KB217159

쓰가루
백년식당

시간을 넘어 이어지는
따뜻한 사랑과 인연 이야기

모리사와 아키오 지음
이수미 옮김

쓰가루
백년식당

津軽百年食堂

문예춘추사

차례

프롤로그 마음을 지킨다는 것 - 오모리 데쓰오 · 006

제1장

발가락 없는 아이 - 오모리 겐지 · 016

도쿄의 피에로 - 오모리 요이치 · 025

불길한 예감 - 오모리 겐지 · 033

어떤 우연 - 오모리 요이치 · 043

달려라, 느림보 - 오모리 겐지 · 056

모두를 잇는 하늘 - 오모리 요이치 · 061

행운의 꽃잎 - 오모리 겐지 · 077

터진 풍선 - 쓰쓰이 나나미 · 084

피에로의 사연 - 오모리 요이치 · 089

오늘의 기회 - 쓰쓰이 나나미 · 108

재회 - 오모리 요이치 · 113

제2장

둘이라서 괜찮아 - 오모리 요이치 · 122

네가 없으면 곤란해 - 쓰쓰이 나나미 · 142

천직 - 오모리 요이치 · 150

봄날의 천둥 - 쓰쓰이 나나미 · 156

질투 - 오모리 요이치 · 163

수렁 속으로 - 쓰쓰이 나나미 · 171

제3장

따뜻한 고향 냄새 - 오모리 요이치 · 180

성급한 직감 - 쓰쓰이 나나미 · 224

단순한 오해 - 오모리 요이치 · 243

애달픈 처지 - 쓰쓰이 나나미 · 247

화해 - 오모리 요이치 · 258

제4장

아버지의 진심 - 오모리 요이치 · 268

각자의 사정 - 후지카와 미즈키 · 292

두 개의 하트 - 오모리 요이치 · 299

제5장

백년 선물 - 오모리 도요 · 314

에필로그 어떤 매력 - 오모리 아키코 · 326

저자 후기 · 333

역자 후기 백년의 시간 속에서 찾은 소중한 가치 · 336

프롤로그   # 마음을 지킨다는 것

- 오모리 데쓰오

이번 겨울도 쓰가루 지방에는 눈이 적었다.

3월도 어느덧 후반에 접어들었고 도로에 쌓인 눈은 거의 사라졌다. 남은 것은 인도 한쪽 옆에 눈삽으로 쌓아올려 언덕처럼 되어버린 눈의 잔해뿐이다.

어렸을 적엔 아직 이 계절이라면 세상이 온통 은세계였다. 오모리 데쓰오는 자신이 꾸려가는 낡은 식당 창문을 통해 아직 어슴푸레한 바깥 풍경을 바라보며 유년기 때 본 정경을 떠올렸다.

북쪽에서 차가운 바람이 불어와, 페인트가 벗겨지기 시작한 나무틀 속 유리창을 덜커덕덜커덕 울린다. 외풍이 틈새로 살짝 숨어들어와 데쓰오의 목덜미를 어루만진다. 두터운 잠옷의 옷깃을 무심코 여미는데 몸이 부르르 떨렸다.

가게와 주거 시설을 한 공간에 마련한 이 건물은 올해 64세가 되는 데쓰오보다도 조금 더 오래된 쇼와시대(1926~1989년-옮긴이) 유물이다. 이제 들보도 기둥도 조청 색으로 빛나고, 복도나 부엌에서 걸으면 삐걱삐걱 소리가 난다. 여기저기 낡고이미 고장도 났지만 정이 들어서 새로 지을 마음은 도통 생기지 않는다. 가게 안의 의자도 테이블도 반은 옛날 그대로라 역시 제법 낡은 상태다. 데쓰오는 휴일을 이용하여 자기 손으로조금씩 수리하는 것으로 만족하고 있다.

연한 보랏빛을 띤 이른 아침의 거리를 신문 배달 오토바이가 노란 불을 켜고 달려간다. 안면이 있는 그 배달원은 목도리를 코까지 둘둘 말고 추위에 목을 잔뜩 움츠리고 있다. 쓰가루의 겨울바람은 금속성을 띤 듯 묵직하여 뼛속까지 천천히 스며든다.

감기 걸리지 않도록 조심해. 길이 얼어서 미끄러지기라도하면 큰일인데.

데쓰오는 마음속으로 중얼거린 후, 가게 쪽 장작 스토브에성냥으로 불을 붙였다. 작은 가지가 타닥타닥 튀는 소리를 들으면 기분이 좋아진다.

벽시계가 뎅, 뎅, 하고 여섯 번 울었다.

거의 동시에 거실 미닫이문이 드르륵 열리는 소리가 들렸다.돌아보니 아내 아키코와 어머니 후키가 신발을 신고 가게로 나오는 참이었다. '안녕히 주무셨어요?' 하고 인사를 나눈다.

늘 그랬듯 데쓰오가 식당 상석에 마련된 신주장을 바라보고 섰다. 그 오른쪽에 아키코, 왼쪽에 어머니가 선다. 셋이 나란히 손뼉을 치고 잠시 양손을 맞댄 채 기도를 올렸다.

데쓰오의 기도는 20년 이상 변함이 없다.

오늘 하루도 무사히 보낼 수 있기를…….

32년 전에 첫째 딸 모모코(桃子)를 낳고, 그로부터 4년 후에 장남 요이치가 태어났다. 지금 모모코는 이웃 마을 히로사키 시내에서, 또 요이치는 멀리 도쿄에서 홀로 분투하고 있다.

선대로부터 가게를 이어받고 이 아이들을 독립시키기까지 참 많은 일이 있었다. 모모코가 폐렴으로 죽을 뻔했고, 태풍으로 가게 지붕이 부서졌고, 아버지가 술 취해서 차에 치여 사망했고, 오일 쇼크가 있었고, 아내가 자궁근종으로 입원했고…….

아무 사건도 일어나지 않는 평범한 하루하루를 담담하게 사는 것이 얼마나 행복하고 고마운 일인지……. 그 사실을 깨달은 후로, 데쓰오는 줄곧 같은 기도를 올리고 있다.

아내와 어머니가 매일 아침 무슨 기도를 하는지 물어본 적은 없다. 하지만 왠지 몰라도 알 것 같았다. 아내는 떨어져 사는 아이들의 건강과 행복을 기원하고, 어머니는 조상님께 감사 기도를 올리지 않을까?

기도가 끝나고, 데쓰오와 아키코는 가게 청소와 영업 준비를 시작했다. 어머니 후키는 거실로 올라가 안쪽 부엌에서 세 사람이 먹을 아침식사를 만든다. 이 역시 매일 똑같다.

할아버지가 처음 이 가게를 시작할 때부터 오모리 식당의 대표 메뉴는 쓰가루 메밀국수였다. 국물을 내는 것은 대대로 아내의 역할이었고, 면을 뽑는 것은 남편이 해야 할 일이었다. 무엇보다 전통의 맛은 고집스럽게 지켜왔다. 초대 사장인 할아버지의 말을 그대로 빌리면, 먹는 사람의 마음이 따스해지는 맛. 그 맛을 지키는 데에 온힘을 쏟았다. 덕분에 지금까지 영업을 계속할 수 있는 것이다.

2대째에 해당하는 아버지는 늘 방탕한 생활에 빠져 지내는 사람이었다. 대낮부터 술에 취해 단골손님과 싸움을 하고, 돈도 없으면서 첩을 들이고, 노름을 하다가 거액의 빚을 지고……. 어린 데쓰오가 보기에도 정말이지 돼먹지 못한 사람이었다.

그 탓에 데쓰오는 어릴 때부터 가게 일을 도와야 했다. 여섯 살 나이로 이미 일하는 사람 취급을 당했다. 방과 후에도 휴일에도 식당에서 일해야 했기에 친구와 놀 수도 없었다. 그러다 학업까지 등한시하게 되었다. 금전적인 이유로 고등학교에도 진학하지 못했다.

어머니와 두 누나와 데쓰오는 '내일도 살기 위해' 매일 열심히 식당을 운영했다.

그런 가족 옆에서 대낮부터 됫병을 입에 물고 있는 아버지가 곁눈으로 보일 때면 원망스럽기보다 한심했고, 돼먹지 못한 아버지에게 불평 한마디 못하고 일만 하는 어머니가 가여웠다.

그런 아버지라도 단 한 군데 존경스러운 면이 있었다. 매일 아침 어머니가 끓인 국물을 눈을 감고 맛볼 때. 그 순간만큼은 의젓하고 늠름한 옆얼굴을 보여주었다.

선대로부터 물려받은 맛은 무슨 일이 있어도 지키겠다…….

그 모습이 어린 마음에도 멋져 보였기에 가게를 이어받은 지금 데쓰오도 맛을 볼 때만큼은 하루하루가 진검 승부라는 마음가짐으로 임하고 있다.

아키코가 오늘의 국물을 작은 접시에 담아 가지고 왔다.

데쓰오는 돌아가신 아버지의 늠름한 옆얼굴을 떠올리며 눈을 감고 접시에 입을 댔다. 혀 위에서 국물을 굴린다.

"응." 하고 살짝 고개를 끄덕인다.

아키코는 접시를 받아들고 안도의 한숨을 짧게 쉰 다음 평소처럼 채소를 썰기 시작했다. 그 아키코의 등을 본다. 왠지 예전보다 더 작아진 것 같은 느낌이 들었다. 이제 늙었구나. 그렇게 생각하니 조금 쓸쓸해졌다.

데쓰오는 그 등을 향해 말을 걸려다……, 그만뒀다.

오늘은 왠지 가슴이 소란스럽다. 갑작스레 그런 말을 꺼내면 아키코도 난처할 것이다. 쓸데없는 걱정은 끼치지 않는 게 좋다.

벽시계가 열 번 울자 데쓰오가 가게 입구에 포렴을 걸었다.

거리로 나와 오른쪽을 보니 오늘도 새하얀 이와키(岩木) 산이 우뚝 솟아 있다. 무심코 기지개를 켜고 싶어질 정도로 푸른 하늘이 높게 느껴졌다.

도쿄의 하늘도 이렇게 맑을까? 아빠를 닮아 내성적인 요이치의 수줍은 미소가 떠올랐다.

요이치에게 식당을 물려줄지 말지 아직은 고민하지 않기로 했다. 굳이 속마음을 밝히자면, 자신까지만 하고 가게를 닫아도 되지 않을까 생각한다. 시골의 오래된 식당을 아무리 열심히 꾸려봐야 도무지 수지가 맞지 않을 것이다.

만약 요이치가 결혼하면 며느리에게도 고생을 시킬 게 뻔하다. 실제로 아내 아키코 손에는 물이 마를 날이 없다. 여기저기 트고 늘 꺼칠꺼칠한 상태다. 데쓰오는 그 손을 볼 때마다 미안한 마음과 고마운 마음이 뒤섞이고 안타까움에 가슴이 저릿해진다. 노후에는 지금보다 훨씬 더 잘해주고 아껴줘야겠다면서 가까운 장래의 일을 다짐하기도 한다.

11시가 조금 넘었을 때, 데쓰오는 "그럼, 다녀오겠소"라고 아키코에게 말하고 가게를 나섰다. 배달하러 가는 것이다. 선대로부터 물려받은 아오모리(青森) 노송나무로 만든 배달통을 오토바이 짐받이의 버팀목에 매달고 시동을 걸었다.

시트에 앉아 기어를 1단에 맞춘다. 액셀을 당기니 혼다 슈퍼커브가 힘차게 거리를 달려나간다.

식당 앞 거리는 역에서 가깝기도 하여 예전엔 상점 몇 곳이 나란히 늘어선 상점가였다. 지금은 대부분이 망해버렸다. 남은 곳은 우리 식당과 비스듬히 맞은편의 약국, 담배 가게, 주류 백화점뿐이다.

더구나 진짜 쓰가루 메밀국수를 먹을 수 있는 가게는 히로사키 시내에서도 손에 꼽힐 정도밖에 없다.

전통의 적은 언제든 시대의 파도였다.

아버지는 자주 이런 말을 했다.

"지켜야 할 것은 맛이다. 지켜야 할 것은 손님의 마음이다."

방탕했던 아버지가 하는 말이었으니 그 당시엔 설득력이 떨어졌지만 지금 생각하면 고개를 끄덕이지 않을 수 없다. 그 말을 따랐기 때문에 우리 식당은 크게 번창하진 않아도 작게나마 명맥을 유지해왔다고 생각한다. 게다가 올해엔 마침내 '창업 100주년'이라는 큰 획을 그을 수 있게 되었다.

데쓰오는 아버지가 남긴 말을 따라 맛을 지키고 가격도 최대한 낮췄다. 그래서 살림살이가 늘 '가난'의 부류에 속했는지도 모른다. 하지만 손님들에게 "잘 먹었습니다"라는 말을 듣는 것에서 행복을 찾는다. 이 가게를 잇기 위해 자신의 손으로 으스러뜨리고 말았던 수많은 꿈도 지금은 후회로서가 아니라 그리운 추억으로서 기억 한구석에 떠올리곤 한다.

이 식당을 계속하길 잘했다…….

진심으로 그렇게 생각하게 되어 기쁘다.

데쓰오는 해가 갈수록 점점 한산해지는 거리를 빠져나와 오토바이를 살짝 기울이며 우회전했다.

한참 가다가 다시 한번 우회전하면 옛날에 요이치가 다니던 고등학교 옆 샛길이 나온다. 초록색의 높은 벽 너머엔 드넓은 운동장이 펼쳐져 있다. 10년 전 육상부원이었던 요이치가 매일 이곳을 질주했다 생각하니 괜스레 감개무량해졌다. '10년이면 강산도 변한다'는데, 10년 전의 일이 바로 어제 일처럼 느껴지다니.

담 안쪽 200미터 트랙을 멍하니 바라보며 오토바이를 달렸다.

그 무렵의 요이치는 참 열심히도 달렸지…….

빠빠빠빠빠앙!

갑자기 앞쪽에서 날카로운 경적 소리가 들렸다.

데쓰오는 깜짝 놀라 앞을 보았다.

검정색 덤프트럭이 눈앞에 바짝 다가와 있었다.

온몸이 경직되는 순간, 핸들을 꽉 잡았다.

아침에 마음이 소란했던 이유가 이 때문이었나.

오늘 하루도 무사히 보낼 수 있기를⋯⋯.

급브레이크를 밟았다.

앞바퀴가 미끄러지면서 오토바이가 옆으로 넘어졌다.

덤프트럭의 거대한 타이어가 시야에 들어온다.

오늘은 무사히 보내지 못하게 되었다는 사실을 깨닫는다.

길 위를 뒹굴면서, 데쓰오는 눈을 꼭 감았다.

제1장

발가락 없는 아이

- 오모리 겐지

덜컹덜컹덜컹덜컹덜컹덜컹덜컹.

짐이 살짝살짝 튀어오른다. 오모리 겐지는 등뒤에서 들리는 그 경쾌한 소리를 느끼며 낡은 짐수레를 끌었다.

지난 밤 미친 듯이 내렸던 차가운 비가 완전히 그치고, 아침 하늘이 파랑 일색으로 물들었다. 큰거리 쪽으로 이어지는 시골 길에 맑고 산뜻한 빛이 가득하여 뜬 눈이 저절로 가늘어진다.

이따금 봄바람이 살랑 불어왔다. 달콤한 흙냄새를 실은 선들 바람이 살짝 땀이 밴 겐지의 목덜미를 기분 좋게 식혀주었다.

길 왼편에 논밭이 펼쳐져 있고, 뻐꾸기가 자기 이름을 연호 하며 그 위를 날아간다. 멀리 이어진 산들은 전체적으로 반들 반들한 어린 풀색이지만, 군데군데 연한 핑크빛 얼룩무늬도 눈에 보였다. 때늦게 꽃을 피운 산벚나무다.

오모리 겐지의 입술이 미소를 머금었다.

비 내린 후의 맑은 아침에 짐수레를 끌며 이 길을 가는 게 좋다. 앞쪽에 체중을 싣고 구부정한 자세로 나아가다 보면 시선 끝에 무수한 물웅덩이가 보인다. 하늘을 또렷이 비춘, 푸른 물웅덩이다. 그걸 보는 게 즐겁다. 특히 이 시기에는 길가에 핀 벚꽃이 푸른 하늘과 함께 비치니 무척 풍아롭다.

바람이 불어 꽃잎이 나풀나풀 수면에 떨어지면 미미한 파문이 푸른 하늘을 살짝 흔든다. 그걸 보는 것이 또 즐겁다.

문득 덜커덩덜커덩 하는 소란스러운 수레바퀴 소리가 뒤에서 들렸다. 가까워지니 말굽 소리가 섞인다. 뒤돌아보지 않아도 안다. 짐마차다.

짐마차는 눈 깜짝할 사이에 겐지의 짐수레를 앞질러갔다. 앞지르는 순간, 말의 뒷발에서 튄 흙탕물이 겐지의 오른쪽 짚신에 묻었다. "아……." 버선 대신 오른발에만 몇 겹으로 감아둔 남색 삼베도 더러워졌다.

"오모리 씨, 이따 국수 먹으러 갈 거요."

멀어져가는 짐마차에서 악의 없는 친숙한 목소리가 들렸다.

"예, 감사합니다. 맛있게 만들어드릴게요."

겐지는 양손을 입에 대고 큰소리로 말했다. 짐마차의 남자는 등을 돌린 채 오른손만 살짝 들어 대답했다.

순식간에 작아져가는 짐마차. 그 너머로 아득히 멀리 이와키 산이 우뚝 솟아 있다. 이 아름다운 독립봉은 히로사키 민중의 상징이다.

"아아, 더러워졌네."

길가에 짐수레를 세우고 발등에 묻은 흙을 손가락 끝으로 털어냈다. 그리고 오른발을 감싼 남색 삼베를 정성껏 벗겼다. 그 발엔 발가락이 없다. 원래 다섯 개의 발가락이 나 있어야 할 곳이 복숭아 색으로 반들거린다. 마치 목욕을 갓 끝낸 아기 피부 같다.

오모리 겐지에겐 태어날 때부터 오른쪽 발가락이 없었다. 그 때문에 어릴 적엔 친구들에게 자주 놀림받았고, 따돌림당하기 일쑤였다. 달리기를 해도 반에서 제일 늦었기에, 친구들은 '느림보 오모리'를 줄여서 '느리모리'라는 별명으로 불렀다. 학교 선생님까지 그렇게 부른 적도 있다. 어린 겐지는 그런 자신이 한심하고, 분하고, 슬퍼서, 손목으로 눈물을 닦으며 집으로 돌아가는 날이 많았다.

어머니는 비탄에 잠긴 겐지를 늘 가만히 안으면서 생긋 웃어주었다. 등을 톡톡 편안한 강도로 두드리며 이런 말도 해주었다.

"이 녀석. 남자가 울면 못써. 발가락 정도 없는 거, 그게 뭐 어때서 그래? 오히려 발가락 외엔 다 가졌으니, 넌 행복한 아이란다. 한번 생각해볼까? 발가락이 없는 만큼, 넌 천천히 천천히 걷잖아. 천천히 걸으니 다른 사람이 못 보고 지나치는 걸 발견할 수 있어. 응? 겐지, 오늘은 뭘 가져왔을까?"

어머니가 그렇게 물으면, 어린 겐지는 울면서 길가에 핀 꽃 이름을 말하기도 하고, 진기한 벌레 이름을 말하기도 했다. 논두렁길에서 캔 미나리랑 뱀밥을 어머니에게 보여주기도 하고, 반들반들 빛나는 돌멩이를 내밀기도 했다.

"어머나, 정말 멋진 걸 발견했네. 겐지는 옛날부터 행운이 따르는 아이였어."

어머니는 온갖 궂은 일로 꺼칠꺼칠해진 양손을 뻗어 겐지의 두 뺨을 부드럽게 감쌌다. 까슬까슬한 엄지손가락이 겐지의 눈물을 닦아줄 때면 말로 표현할 수 없는 안도감에 휩싸이곤 했다.

그런 어머니가 돌아가신 건 재작년의 일이었다. 폐렴으로 맥없이 돌아가시고 말았다. 그때까지 의사의 손을 한 번도 빌린 적 없는 어머니가 정말로 어이없이…….

겐지는 그 후로 논밭에 잘 나오지도 않게 된 아버지와 어린 두 여동생을 먹여 살리기 위해 히로사키 성 아래의 '십자(十字)'라 불리는 번화한 마차길 교차로에 메밀국수 노점상을 차렸다.

친척 농가에서 얻은 목제 사과 상자를 밥상과 의자 대신 길가에 나란히 놓고, 전날에 삶아서 사리로 만들어둔 면을 풍로로 데운 국물에 넣어 손님에게 내는 것이다. 간편하게 먹을 수 있는 데다 맛있다는 점, 마차 정차장이 가까이에 있다는 점이 장점으로 작용하여 점심때는 줄을 서야 할 정도로 번성했다. 한 가지 더 보태자면, 술을 좋아하는 히로사키 사람들을 위해 이 고장 토속주를 준비한 것도 인기를 끈 요인이었다.

이즈음의 히로사키는 누가 보더라도 한창 발전 중인 마을이었다. 해마다 인구가 늘어났고 경제적으로도 탄력이 붙었다. 사람들 마음에 '내일의 히로사키는 분명 오늘과 또 다르리라'는 일종의 자신감이 있었다.

물론 그 자신감을 뒷받침해줄 만한 사건도 몇 가지 있었다.

가장 큰 것은 1891년에 '우에노(上野)~아오모리' 간 노선이 뚫리고 그 3년 후에 '아오모리~히로사키' 간 노선이 개통된 사실이다. 그로 인해 도시에서 사람과 물자가 한꺼번에 밀려들어왔다. 또, 제국육군 제8사단의 주둔지가 창설된 덕분에 군인을 상대로 하는 장사가 급성장을 이뤄 돈 거래가 활발해졌다. 물론 1904년에 터진 러일전쟁 특수도 있었고, 그 전쟁에서 승리했다는 사실도 사람들의 사기를 북돋웠다.

행정적으로는 '배움의 도시-히로사키'라는 목표가 세워진 후로 관청에서 교육에 주력한 덕분에 서양인과 서양 문화가 유입되어 서양식 건축 붐이 일기 시작했다. 히로사키 시가지를 걷다 보면 원추형 지붕을 얹은 도서관, 사립학교, 외국인 선교사들의 숙소, 교회 등이 연출하는 장엄한 광경이 여기저기에 펼쳐졌다.

겐지는 오른발에서 삼베를 벗겨내어 진흙이 묻은 부분만 용수로에 담그고 정성껏 씻어냈다. 손으로 꾹 짜서 다시 오른발에 두른다. 그 위에 짚신을 신었다.

당분간 젖은 천이 차갑겠지만 이런 날씨라면 곧 마르겠지. 겐지는 맑게 트인 푸른 하늘을 올려다보며 한번 크게 기지개를 켜고 다시 짐수레를 끌기 시작했다.

몇 개월 전, 육군 제8사단에 소속된 단골손님이 낡은 군화를 겐지에게 준 적이 있다. 겐지는 처음 가죽 신발을 갖게 되었다는 사실에 기뻐하면서 발을 넣었지만, 발가락 없는 오른발엔 맞지 않아서 한나절 신고 그만 심한 상처를 입고 말았다. 그 후로는 신발에 욕심을 부리지 않았다. 유년기부터 그래왔듯 천을 감고 그 위에 짚신을 신고 다닌다. 옛날에는 발을 감추고 싶어서 삼베를 감았다면, 청년이 된 지금은 연약한 복숭아 빛 피부를 보호하기 위함이 더 크다.

지금 겐지의 발을 감싼 삼베엔 아름다운 기하학 무늬 자수가 하얀 무명실로 놓여 있다. 쓰가루 지방에 전해지는 '고긴사시'라는 기법인데, 원래는 농부의 작업복 천에 자주 이용되었다.

아오모리는 한랭한 기후 때문에 무명을 얻기 힘들었기에 농민들은 주로 삼베로 된 옷을 입어야 했다. 올이 성긴 삼베로는 겨울 추위를 막을 수 없었다. 적어도 보온성이 좋은 무명실로 수를 놓아 조금이라도 따뜻하게 만들기 위해 고안한 것이 '고긴사시'의 시작이었다.

아름다운 무늬로 수를 놓으려면 머리를 써야 한다. 예부터 이 지방에는 '신부를 맞으려면 수를 놓을 수 있는 아가씨 중에서 찾으라'는 말이 있다. 요컨대, 현명한 아내를 맞으라는 뜻이다.

지금 겐지의 오른발을 감싼 천은 각별히 아름답다. 수를 놓아준 사람은 행상을 다니는 도요라는 이름의 아가씨다.

도요는 매주 월요일마다 아오모리에서 전차를 타고 '십자'로 온다. 그녀는 작은 몸집으로 남성용의 커다란 대바구니를 등에 짊어지고 다닌다. 바구니엔 무쓰(陸奥)만에서 난 건어물이 잔뜩 들어 있다. 얼마나 무거운지 연약한 도요의 어깨에 끈이 심하게 죄어들었다.

겐지는 그녀에게 늘 '구워 말린 정어리'를 산다. 그것으로 국물을 끓인다.

같은 정어리라도 삶아서 말린 것과 구워서 말린 것은 다르다. 구워서 말리면 손이 많이 가므로 가격이 좀 더 비싸지만, 그것으로 국물을 끓이면 구수하기에 국수 맛도 한층 살아난다.

특히 물고기의 머리와 내장을 정성껏 제거한 다음 구워서 말리는 도요의 정어리를 쓴 후로는 가게가 눈에 띄게 번성했다. 손님의 혀는 그만큼 정직하다.

도요는 누구나 뒤돌아볼 만한 미인은 아니었다. 하지만 누구라도 한번쯤 말을 걸어보고 싶어지는 애교스러운 아가씨다. 소심하다고 놀림받는 겐지가 스스럼없이 농담을 나눌 수 있는 유일한 아가씨이기도 했다.

1년 정도 전의 어느 날, 겐지가 오른발에 천을 다시 감다가 발가락 없는 발을 도요에게 들킨 적이 있다. 그때 일을 겐지는 잊을 수가 없다. 그 발을 보고 눈살을 찌푸리지 않은 사람이 없었는데, 도요만은 달랐다.

"이렇게 빨개졌네……성실한 일꾼의 발."

그렇게 중얼거리고는 피가 번진 복숭아 색 피부에서 시선을 들어 방긋 웃어주었다. 그러고는 다음 주 월요일에 아름다운 수가 놓인 다섯 장의 삼베를 가지고 왔다.

"피부가 천에 쓸리지 않도록 무명실로 조금 느슨하게 수놓았어요. 괜찮다면, 한번 써보세요."

도요 말대로 그 천은 자수가 놓인 덕분에 폭신해져서 발끝의 민감한 피부에도 부드럽게 느껴졌다.

그로부터 매일 겐지는 도요에게 받은 천을 발에 감고 다녔다.

신발을 신을 수 없는 발이기에…….

짐수레를 끌면서 겐지는 문득 미소 지었다.

벚꽃이 활짝 핀 쾌청한 아침.

1909년, 4월의 마지막 월요일.

그랬다, 오늘은 월요일.

겐지는 연약한 오른발에도 최대한 힘을 실어 짐수레를 끌었다. '십자'까지 조금 남았다.

도쿄의 피에로

- 오모리 요이치

덜컹덜컹덜컹덜컹덜컹덜컹.

나는 스태프실에서 옷을 갈아입은 후, 바퀴 달린 가방을 끌고 인파 속을 걸었다. 주위 시선이 나에게로 쏟아지는 걸 느낀다. 그 시선은 호기심으로 가득 차 있다. 원래 사람들 앞에 나서는 걸 좋아하지 않는 나는 아무리 시간이 흘러도 이 시선엔 좀처럼 익숙해지지 않는다.

하지만…….

입술은 U자로 싱긋 스마일.

발걸음은 용수철이 달린 듯 가볍게.

"앗, 피에로닷!"

아이 목소리가 들리면 조금 익살맞은 몸짓을 보인 후 애교스럽게 손을 흔들어줄 것.

"피에로 아저씨, 풍선 주세요!"

다가오는 아이에겐 공중에 둥실 뜨는 헬륨 풍선을 선물한다.

"오모리 선배, 여기예요."

나란히 걷던 아르바이트 후배, 고토(後藤)가 작은 소리로 말했다. 피에로인 나는 목소리를 내지 못하니 웃는 표정 그대로 눈으로만 대답했다.

지난 몇 년간 파죽지세로 전국에 체인망을 구축해온 미국계 대형 완구점의 입구는 역시 화려했다.

〈토이스타 25호점 오픈 기념 세일!〉

하얀 바탕에 빨간 글씨의 거대한 간판. 그 간판 주위로 수많은 풍선이 장식되어 있다. 가게 입구에는 일곱 색깔 풍선으로 만든 멋진 무지개 아치까지 걸려 있다.

토이스타 홍보 담당 다나카(田中) 씨에게 부탁했던 접이식 테이블이 무지개 아치 옆에 놓여 있었다. 우리는 그 테이블 앞에서 걸음을 멈췄다. 가방에서 도구를 꺼내어 평소처럼 테이블 위에 나란히 놓는다.

'풍선 아트 쇼'라는 글자가 박힌 현수막을 세우면서 고토가 이쪽을 보지도 않고 말한다.

"홍보 담당 다나카 씨, 선배랑 동갑인 스물여덟이래요. 벌써 아이가 둘이나 있다는데요? 본사 홍보실장이라니, 이렇게 큰 가게 점장보다 더 높은 거잖아요. 굉장해요. 뭐랄까, 유능하다는 게 팍팍 느껴지는⋯⋯. 선배도 그렇게 생각하죠?"

다나카 씨와 동갑인데 피에로 아르바이트나 하고 있는 내 심정도 조금 배려해줄 수 없나? 라고 마음속으로 생각했지만, 피에로이니 목소리는 내지 않는다. 대답 대신 살짝 한숨만 쉰다. 물론 웃는 얼굴 그대로.

고토는 현수막이 바람에 안정적으로 나부끼는 것을 지켜보다가, 바보처럼 비뚤어진 빨간색의 큼직한 나비넥타이를 내 목에 똑바로 매주었다.

"선배도 사랑하는 사람이 나비넥타이 말고 보통 넥타이를 고쳐 매주는 생활을 동경하겠죠?"

"시끄러."

나도 모르게 목소리가 나와버렸다. 하지만 얼굴은 웃는 표정 그대로다. 나 자신의 프로 의식에 약간 감탄했다.

고토는 크크크, 하고 웃으며 "그래도 선배는 어울려요, 그 나비넥타이"라고 귓전에서 장난스럽게 속삭였다.

"누가 할 소리? 너도 그 유니폼 잘 어울리거든."

웃는 표정 그대로 보복했다.

고토는 토이스타 유니폼을 입고 있었다. 상하의가 달린 작업복 스타일의 노란색 옷과 모자다.

"그렇죠? 내가 봐도 이런 옷차림 제법 잘 어울리는 것 같아요. 그런데 다음 달부터는 정장을 입어야 한단 말이죠. 선배랑 같이 아르바이트하는 것도 오늘이 마지막이라 생각하니 너무 쓸쓸하네요. 학창시절도 눈 깜짝할 사이에 지나가버렸고."

고토는 지금 대학교 4학년인데 다음 달부터 대형 증권회사 신입 사원이 된다. 지난주 카리브 해로 졸업여행을 갔다가 새까 맣게 그은 얼굴으로 돌아왔다. 오늘이 아르바이트 마지막 날이다.

"그럼, 부를게요."

고토는 분수가 있는 광장을 향해 크게 소리 질렀다.

"여러부~운, 안녕하세요. 잠시 후 풍선 아트 쇼를 시작하겠 습니다아. 어린이들에겐 작품을 무료로 나눠드립니다. 어서 구 경하러 오세요오!"

고토의 목소리가 쩌렁쩌렁 울린다. 단 한 번의 씩씩한 외침 으로 아이를 동반한 부모들이 순식간에 모여들었다.

고토는 주눅이 들거나 부끄러워하는 기색도 전혀 없다. 약 한 모습과는 무관한 듯 보이는 이 후배는 아르바이트가 끝나도 싱글싱글 잘 웃는다. 목소리에 활력이 넘쳐서 여자들에게도 인 기가 많다. 이 아이는 분명 회사에 들어가서도 순조롭게 출세 가도를 달릴 것이다. 토이스타 홍보 담당 다나카 씨처럼.

그에 비해 나는 화려한 피에로 화장을 지우는 순간 인격도 함께 지워지는 걸 느낀다. 고토나 다나카 씨와는 정반대의 소 박한 인간이 되는 것이다. 나는 사람들 앞에 잘 나서지 못하는 성격이기에, 오모리 요이치와 피에로는 동일인물이면서도 결코 양립할 수 없는 존재라고 생각한다. 여자들이 화장을 하면 성격까지 바뀐다고 하는데 그 말이 맞는 것 같다.

고토의 호객 행위는 단 세 번으로 끝났다.

도심의 베드타운에 형성된 거대 쇼핑몰. 오늘은 주말이라 어디를 보아도 사람, 사람, 사람이다. 이미 내 주위로 백 명 가까운 군중이 모였다.

"그럼, 선배, 부탁할게요."

고토는 작은 소리로 말하고 테이블 뒤로 물러났다. 나는 익살맞은 몸짓으로 테이블 왼편에 나와 핸드펌프와 기다란 풍선(요술풍선)을 손에 들었다.

좋아, 해볼까…….

나는 우선 공기가 들어 있지 않은 풍선의 양끝을 잡고 몇 차례 쭉쭉 잡아당겼다. 이러면 풍선의 강도가 훨씬 높아진다. 핸드펌프로 공기를 넣은 다음, 양손의 집게손가락, 가운뎃손가락, 엄지손가락으로 풍선을 부드럽게 잡고 조금씩 당기면서 시계방향으로 살짝 비틀었다. 왼손은 고정하고 오른손만 비트는 것이 기본이다. 이 기법을 '꼬기'라고 한다. 꼬아서 만든 소시지 같은 부분은 '방울'이다.

나는 꼬기를 반복하여 방울을 세 개 만들고, 그 중 두 개의 방울을 겹쳐서 잡고 함께 비틀었다. 이러면 강아지의 얼굴과

귀가 만들어진다. 같은 방법으로 꼬기를 반복하면 순식간에 강아지 풍선 완성이다.

내 손놀림을 보던 관객들이 '오오오……' 하고 환호성인지 탄식인지 모를 소리를 냈다.

나는 완성된 강아지를 얼굴 옆에 대고 '멍, 멍' 하고 가성으로 짖는 흉내를 냈다. 그러고는 맨 앞줄에서 손뼉 치며 좋아해준 세 살 정도의 남자 아이 앞에 쭈그리고 앉아 강아지 풍선을 선물했다.

강아지를 받은 아이는 입을 반달처럼 벌리고 활짝 웃으며 엄마의 얼굴을 올려다보았다. 엄마도 눈을 반짝반짝 빛내며 "좋겠네!" 하고 아이의 머리를 쓰다듬어주었다.

주위 사람들은 그 가족을 선망의 눈빛으로 바라보다가 일제히 내 쪽으로 시선을 돌렸다. 시선을 받은 나는 집게손가락을 세우면서 '하나 더 만들게!'라는 제스처를 취했다.

관객들이 짝짝짝 박수를 쳤다.

오늘은 꽤 호응도가 높다.

이번에는 주머니에서 벌 풍선을 꺼냈다. 이름 그대로 벌 몸통 모양을 한 짧고 통통한 풍선인데, 공기를 넣어도 끝은 여전히 벌침처럼 뾰족한 게 특징이다.

나는 새빨간 벌 풍선을 쭉쭉 잡아당겨 강도를 높인 다음, 핸드펌프로 살짝 공기를 넣고 입구를 단단히 묶었다. 매듭을 오른손 집게손가락으로 누르면서 풍선 속으로 밀어 넣어 반대쪽의 뾰족한 부분에 닿게 한다. 그걸 바깥쪽에서 왼손으로 잡고 뾰족한 부분과 매듭 부분을 함께 꼰 다음, 그 매듭을 왼손 집게손가락으로 방울 중심부까지 다시 밀어 넣어준다.

이것으로 사과 완성.

뾰족한 부분이 사과 꼭지가 된다.

"와, 귀엽다~."

"예쁘다!"

"나도 주세요!"

여기저기서 목소리가 들린다.

나는 입을 크게 벌리고 풍선으로 만든 사과를 베어 먹는 시늉을 했다. 맛있게 입을 우물거리며 그 사과를 오른손에 올리고 '이거 가질 사람?'이라는 듯 손을 들어 보였다.

씩씩하게 "저요, 저요!" 하고 손을 드는 아이도 있고, 부끄러워서 조심스럽게 손을 드는 아이도 있다.

이번에는 일곱 살 정도의 얌전해 보이는 여자 아이에게 선물했다.

수수해 보였던 그 아이의 얼굴에 자그마한 미소가 피었다.

"감사합니다."

깍듯이 인사하는 소녀의 머리를 피에로가 그래그래 하며 쓰다듬었다.

나야말로 고마워.

피에로 안에 있는 수수한 내가 마음속으로 중얼거렸다.

불길한 예감

- 오모리 겐지

"잘 먹었어요. 이걸 먹으면 늘 마음이 편안해져."

"감사합니다."

오모리 겐지는 식대를 지불하고 돌아가는 단골손님의 뒷모습을 향해 친근감을 담아 인사했다.

오늘도 점심때는 눈이 팽팽 돌 만큼 바빴지만, 저녁때가 된 지금은 사과 상자에 걸터앉은 사람이 세 명으로 줄었다.

세 사람 중 한 명은 마도위를 생업으로 삼은 떠돌이, 가도타 세지(門田淸二)다. 마흔이 넘은 단골손님인데, 몸집이 크고 무섭게 생긴 데다 목소리까지 커서 어디 있으나 눈에 띈다. 처음 보는 사람은 대체로 시선을 피하지만, 너글너글하고 배려심 깊은 그의 인품을 한번 접하고 나면 오히려 가족처럼 좋아하고 따른다. 겐지 가게에서 국수를 먹은 날은 대체로 술에 거나하게 취한 상태로 기분 좋게 돌아간다. 오늘도 벌컥벌컥 신나게 잔을 비웠다.

마도위란 소나 말을 사고팔 때 중개하는 상인이다. 가도타 세지는 도호쿠(東北) 지방 말을 주로 취급하는데, 고향인 히로사키나 아오모리, 센다이(仙台), 모리오카(盛岡), 때로는 도쿄(東京)까지 가서 말을 원하는 사람들의 정보를 모으기도 한다. 살 사람에 대한 정보를 얻었으면 그다음엔 말을 팔고 싶어 하는 축산 농가를 방문하여 매매를 알선하는 것이다.

"나는 도호쿠의 정보라면 뭐든 입수할 수 있어"라고 술만 마시면 큰소리치는 버릇이 있는데, 그것도 완전한 거짓말은 아닌 듯했다. 실제로 가도타 세지 밑에는 '하낫삐끼(마도위 밑에서 매매를 도와주었던 사람-옮긴이)'라 불리는 부하 같은 젊은이가 네 명 정도 있었고, 그들을 장기의 말처럼 부리며 정보를 그러모았다. 마도위는 그 집단의 두목 같은 존재다. '하낫삐끼'를 통해 모은 정보를 이용하여 실제로 상품과 돈을 움직이는 것이 그가 하는 일이다. 가도타는 매매가 성립되어 돈을 벌면 정보를 가져온 '하낫삐끼'에게 삯을 준다. 그러니 가도타 세지는 제법 주머니 형편이 좋았다.

사과 상자에 앉아 마도위와 유쾌하게 술을 마시는 또 한 명의 남자는 쓰가루 칠기의 장인, 와타나베 요시오(渡辺義夫)다.

겉모습은 가도타와 대조적으로, 키는 큰 데다 몸은 여위었고 얼굴도 제법 잘생겼다. 언제 어디서든 세속과 동떨어진 분위기를 풍기며 살짝 미소만 짓고 있으니 무슨 생각을 하는지 도통 알 수 없는 사람이다. 어쩌면 웃는 게 아니라 원래 웃는 것처럼 보이는 얼굴인지도 모른다.

거칠고 울퉁불퉁한 겐지의 손과 달리 와타나베의 손가락은 마치 기녀처럼 가늘고 길어서 에로틱하게 느껴지기까지 했다. 지금 그 손가락을 나긋하게 움직이며 한 잔 두 잔 거침없이 넘기고 있다.

나이는 겐지와 같다. 학교에서도 같은 반이었다. 이 녀석은 옛날부터 괴짜여서 친구들 사이에서도 혼자만 붕 뜬 존재였다. 늘 엉뚱한 짓을 저지르고 다녔다.

예를 들면 한밤중에 혼자 묘지를 돌아다니며 유령을 찾기도 하고, 미끈미끈한 개구리 알을 꿀꺽 삼키는 바람에 배탈이 나기도 하고, 무지개가 사라지기 전에 만져봐야 한다면서 수업 중에 느닷없이 뛰쳐나가서 사람들을 깜짝 놀라게 하곤 했다.

아이들은 와타나베 요시오가 또 무슨 짓을 저지를지 모른다는 희한한 두려움을 늘 품고 있었기에, 그가 아무리 별난 아이였어도 친구들은 그를 괴롭힐 수 없었다. 엉뚱한 말을 지껄인다는 이유로 '떠버리 욧짱'이라는 별명을 붙여줬을 뿐이다. 더 신기한 것은 '떠버리 욧짱'이라는 너무나 불명예스러운 별명을 본인은 지금도 무척 좋아한다는 사실이다.

사과 상자에 앉은 마지막 한 사람은 도요다.

도요는 술을 마시진 않았지만 마도위와 떠버리 욧짱의 대화에 즐거운 듯 동참했다. 세 사람은 마치 오랜 친구처럼 우스꽝스러운 농담도 주고받으며 흥을 냈다.

해가 이미 기울어진 이 시각까지 도요가 머문 건 처음 있는 일이었다.

평소엔 오전 중에 '구워 말린 정어리'를 팔러 겐지의 노점상에 왔다가 국수 한 그릇 먹고 장사를 다니다가 바로 아오모리로 돌아가는데, 오늘은 달랐다. 온종일 기다려도 오지 않더니 해질녘이 되어서야 불쑥 얼굴을 내민 것이다.

"오늘은 늦었네."

애타게 기다렸던 얼굴을 보자마자 안심이 된 겐지가 말했다. 도요는 무엇 때문인지 겐지의 시선을 피했다.

"오늘은, 좀……." 하며 고개까지 떨군다.

"응?"

"아, 아니에요, 아무것도……."

복잡한 표정을 짓더니, 이번엔 입을 꾹 다물어버린다.

"도요, 무슨 일 있었어?"

"아뇨, 그런 게 아니고……."

하고 싶은 말이 있는데 망설이는 듯했다. 그걸 알지만 겐지는 그런 도요를 어떻게 대해야 할지 몰랐다. 겐지는 어설픈 자신의 모습에 답답해하면서 해야 할 말을 필사적으로 찾았다. 그때 마도위의 쾌활한 목소리가 끼어들었다.

"오오, 도요. 마침 잘 왔네. 여기 앉아서 같이 한잔하자."

이 제안에 도요는 조금 안도한 듯한 표정으로 마도위와 옷 짱이 있는 자리로 가서 앉았다.

도요는 뭘 숨기는 걸까? 왠지 모를 불길한 예감이 가슴에 싹터, 겐지의 심장이 덜컥 무거워졌다.

시간이 흐르고 바람이 조금 차가워졌다. 그 때문인지는 몰라도 손님들의 발걸음이 뚝 끊겼다.

하늘이 검붉은 빛으로 멋지게 변하면서 함께 웃는 세 사람의 얼굴을 같은 색으로 물들였다.

"나도 슬슬 마무리할까?"

겐지는 솜씨 좋게 가게를 척척 정리하고 수레에 짐을 실었다. 그러고는 자신이 앉을 사과 상자를 들고 세 사람 사이에 끼어 앉는다.

기분 탓인지 도요의 표정이 조금 어두워진 듯했다.

"오오, 겐지도 왔다. 방금 네 이야기 하고 있었어."

마도위는 여전히 흥분한 상태다.

"내 이야기라니, 무슨?"

대담한 것은 웃는 얼굴의 떠버리 욧짱이었다.

"네가 언젠가는 열겠다고 했던 식당 이야기……. 겐지, 너, 언제까지 노점상이나 하고 있을 셈이야? 지붕이 없으면 비올 땐 장사도 못하잖아."

"그렇지……? 비가 와도 손님의 배는 고프니까."

"정말 겐지는 손님 생각만 한다니까. 이왕 장사를 한다면 돈 벌 생각도 조금은 해야지. 안 그러면 이 녀석처럼 바보 소리 듣는다."

마도위가 욧짱을 손가락질하며 웃었다.

그런데도 괴짜 욧짱은 오히려 '떠버리'라 불릴 때처럼 기쁜 듯 웃으며 술을 홀짝였다.

욧짱이 생업으로 삼은 쓰가루 칠기는 사람들이 '쓰가루의 바보 칠기'라고 조롱할 정도로 작업에 품이 많이 든다. 옻칠을 하고 말리고 윤을 내고, 이 작업을 끝없이 '바보처럼' 되풀이해야 한다. 완성까지 40단계 이상의 공정이 필요하다. 느긋한 게 좋다고 해도 정도가 있는 법이지만, 그래도 그만큼 철저하게 작업하니 쓰가루 칠기가 아름답고 견고하다는 말도 있다.

마도위가 내뱉은 '바보'라는 단어는 받아들이기에 따라서는 칭찬도 될 수 있는 것이다.

"좋아, 난 결심했어. 겐지가 가게를 내면, 바보인 내가 바보에 바보 칠을 거듭해서 일본 제일의 자개 서랍장을 만들어 선물하지."

"자개라니, 너……."

바보 같은 소리 하지 마, 라며 겐지는 쓴웃음을 지었다.

자개는 전복이나 진주조개 같은 조가비 안쪽에서 일곱 색으로 빛나는 진주질을 미세하게 떼어내어 서로 붙여 만드는 최고급 세공품이다. 그런 물건을 공짜로 주는 바보는 없다.

"오오, 나왔다. 떠버리 와타나베. 여기서 건배를 안 할 수 없지."

마도위의 말에 모두 같이 웃었다. 통 크게 말했던 욧쨩까지 유쾌한 듯 웃는다.

그 웃음소리가 그쳤을 때, 아침에 흙탕물을 튀기고 지나갔던 마부가 십자에 이르렀다.

"오, 뭐야, 다들 즐거워 보이는데?"

"이리 와서 한잔하고 가."

마도위의 밝은 목소리에 마부는 "아냐, 오늘은 일찍 가야지. 마누라한테 혼나"라며 웃더니, "도요, 건강하게 잘 지내. 송별회도 마음껏 즐기고"라는 말을 남기고 발길을 돌렸다.

송별회……?

사과 상자에 앉은 세 남자가 깜짝 놀라 도요를 보았다.

도요는 한꺼번에 쏟아지는 시선을 견디지 못하고 난처한 표정으로 고개를 푹 숙였다.

마도위와 욧짱은 얼굴을 마주본 채 뒤를 이을 말만 찾고 있었다.

겐지는 심장이 뽑힌 듯한 충격으로 호흡하는 것조차 잊었다.

밤 냄새를 품은 차가운 바람이 슈웅 하고 불었다. 어딘가에서 벚꽃 잎이 훌쩍 날아왔다. 그 꽃잎은 도요의 발밑에 떨어졌다.

마차가 보이지 않을 때까지 아무도 말을 꺼내지 않았다.

먼저 입을 연 것은 도요였다.

"사실은……." 세 남자가 고개 숙인 도요의 입술을 응시한다. "행상, 오늘이 마지막이에요." 도요는 천천히 얼굴을 들고 겐지의 눈을 보았다. "부모님을 도와 건어물을 만들어야 해서……. 행상은, 다른 사람에게 맡기기로 했고……그래서……."

도요는 또 고개를 숙였다.

"여태까지 잠자코 있어서 미안해요. 말을 꺼내기가 쉽지 않아서……."

다시 바람이 불었다. 도요의 발밑에 떨어졌던 꽃잎이 도로 반대쪽으로 구르듯 날아갔다.

겐지의 불길한 예감은 적중했다.

우울한 침묵을 떨쳐버리려는 듯 마도위가 "뭐, 그렇게 됐다면……." 하고 억지로 밝은 목소리를 꺼냈지만, 욧짱의 목소리가 다음 말을 가로막았다.

"도요는……. 도요는, 그래도 괜찮아?"

강하지만 조금 쉰 듯한 목소리였다.

겐지는 흐릿한 의식으로 도요를 바라보았다. 도요의 가녀린 어깨가 조용히 흔들렸다.

"내가 이 녀석 식당 열면 최고급 자개 만들어주겠다고 했는데. 도요, 아깝지 않아?"

이 말의 진의를 이해한 겐지는 깜짝 놀라 욧짱을 보았다.

마도위는 바보처럼 입을 떡 벌리고 겐지를 쳐다보았다.

도요는 여전히 고개를 숙인 채였다.

또 한 번의 침묵이 이어졌다. 처음 보는 마차가 등뒤로 지나갔다.

겐지는 새하얗게 변해가는 머리를 어떻게든 움직여 지금 해야 할 말을 찾아야 했다.

"나……"라고 말을 꺼내며 도요가 일어났다. "그만 가봐야 해요. 기차가……." 도요는 옆에 둔 바구니를 천천히 어깨에 메고 지극히 짧은 순간 겐지의 눈을 응시했다.

호소하는 듯한 까맣게 젖은 눈이었다.

그 눈빛에 압도된 겐지는 무의식적으로 '아……' 하는 소리를 내고는 그대로 침만 꿀꺽 삼켰다. 침과 함께 소중한 말도 삼켜졌는지 겐지의 입술은 끝내 열리지 않았다.

도요의 두 눈에 서서히 실망의 빛이 떠올랐다.

그걸 느낀 겐지는 그 분위기에 한층 더 압도되어 눈을 깜박이는 것조차 잊고 있었다.

도요는 '후우' 하고 숨을 내뱉으며 겐지에게서 시선을 떼어내더니 세 남자의 중간 지점을 향해 꾸벅 절을 했다.

"여태까지 잘해주셔서 정말 감사했습니다. 또, 언젠가, 어딘가에서……."

거기까지 말하고 조용히 발길을 돌려 걸음을 내딛었다.

"자, 잠깐……. 도, 도요……?"

도요는 마도위의 목소리를 등뒤로 흘려들으며 계속 걸었다.

겐지는 우두커니 선 채 그 뒷모습을 바라보았다. 도요의 자그마한 등이 바구니에 가려져 보이지 않았다. 도요는 울고 있을까? 생각하니 척추에서 힘이 쑥 빠졌다.

조금 전까지 검붉은 색이었던 하늘의 반은 이미 캄캄한 밤으로 채워져 있었다. 멀어져가는 도요의 뒷모습을 밤의 어둠이 눈 깜짝할 사이에 지워버릴 것만 같았다.

그래도 겐지는 움직일 수 없었다. 욧짱이 어깨를 쿡 찌르며 "야, 너, 뭐하는 거야? 진짜 바보야?"라고 해도 가만히 서 있기만 했다.

다리가 어떻게 돼버렸는지 자꾸만 떨렸다.

느리모리. 느리모리. 느리모리.

오랫동안 잊고 있었던 친구의 고함이 귀 안쪽에서 어렴풋이 들린 듯했다.

어떤 우연

- 오모리 요이치

"왜 이렇게 꾸물거리나! 너, 이 일 시작한 지 도대체 몇 년이야!"

옆방에서 고함이 들려왔다.

일이 끝나고 스태프실로 돌아온 나는 왠지 내가 야단맞은 것만 같아 무심코 목을 움츠렸다.

"우왓, 좀 무섭네요."

노란색 유니폼에서 잽싸게 사복으로 갈아입은 고토의 목소리도 역시 작아져 있었다.

지금 벽 너머에서는 토이스타 전단지에 사용할 장난감 사진 촬영이 한창인 모양이었다.

"사진 업계는 스승과 제자 사이가 원래 저렇게 엄격한가?"

"글쎄요. 어쩌면 그냥 화를 잘 내는 성격인지도 모르죠. 칼슘이 부족해서 그런 거 아니에요? 우유 좀 마시지."

고토는 자기가 한 말에 큭큭 웃었다.

"선배, 그 피에로 복장으로 잠시 옆방에 가서 기분 좀 풀어주고 오지 그래요?"

"바보, 그게 통할 분위기냐?"

"그렇겠죠?" 또 큭큭 웃더니 "선배, 여러 가지로 고마웠어요. 사회인이 되어도 지금처럼 가끔 놀아주세요"라며 오른손을 내밀었다. "아, 으응." 하고 내가 어색하게 대답하면서 그 손을 맞잡았을 때 다시 벽 너머로 강렬한 벼락이 떨어졌다.

"몇 번을 말해야 알아듣겠어? 병 같은 걸 찍을 땐 반사될 것까지 고려해서 조명을 설치하라고 했잖아! 왼쪽 조명을 좀 더 앞으로 가져와야지!"

"죄, 죄송합니다."

사과한 것은 젊은 여자 목소리였다.

조금 전 피에로 차림으로 스태프실에 돌아올 때 스쳐지나간 아가씨를 떠올렸다. 출입문을 열었을 때 양손 가득 장난감을 안고 서 있던 아가씨. 나는 무심코 열었던 문을 잡은 채 길을 비켜주었다. 그때도 그녀는 "죄송합니다"라고 얌전한 목소리로 말했다. 화장을 전혀 안 했네……그런 인상만 남아 있고, 얼굴은 잘 생각나지 않는다.

"손 그만 놔주세요. 아무리 마지막이라지만."

고토가 오른손을 쭉쭉 당긴다.

"아아, 미, 미안."

옆방에 떨어진 벼락이 신경 쓰여서 나도 모르게 계속 잡고 있었던 모양이다.

고토는 "아, 느낌이 좀 그러네요"라며 장난스러운 표정을 지었다.

"미, 미안."

"그렇게 사과 안 해도 돼요. 옆방처럼." 고토는 벽을 손가락으로 가리키며 웃더니 "그럼, 또 연락할게요. 오늘은 소개팅이 잡혀 있어서 이만 실례하겠습니다"라며 시원스럽게 등을 돌렸다.

"아. 응. 다음에 봐."

다음이 있을까? 나는 멍하니 그런 생각을 하면서, 사라져가는 고토의 등을 향해 살짝 손을 흔들었다.

미팅이라니……고토, 애인 있는 걸로 아는데?

화장실에 들어갔다. 볼일을 보려는 게 아니라 피에로 화장을 지우기 위해서다.

거울 달린 세면대 앞에 섰을 때 낯익은 피에로와 눈이 마주쳤다. 눈물 없는 피에로. 눈물까지 그리면 왠지 나 자신이 비참해져서 굳이 그려 넣지 않았다.

너, 누구야? 나에게 물어본다.

28세. 비정규직 아르바이트생. 특기는 풍선 아트. 취미는……취미도 풍선 아트인가? 도쿄의 싸구려 아파트에서 혼자 살고 있고, 애인은 없음. 돈도 별로 없음. 친구는……음, 몇 명은 있……지?

히로사키에서 지내던 10대 시절에는 그래도 조금 인기가 있었는데.

자조 섞인 한숨을 내쉰 다음, 여성용 클렌징을 얼굴에 바르고 문질러 화장을 지우기 시작했다. 분장용 매직펜으로 칠한 코 주위의 붉은색은 좀처럼 지워지지 않아 늘 고생한다. 잘 보이지 않는 귀 뒤와 턱 아래의 하얀색으로 칠해진 부분을 깜빡 잊는 바람에 전철 안에서 창피를 당한 적도 한두 번이 아니다. 그 부분은 특히 신중하게 잘 닦는다.

화장기 전혀 없는 맨얼굴로 일하는 여자도 있고, 이렇게 두꺼운 화장을 하고 일하는 남자도 있다. 그것도 같은 장난감 가게에. 이것도 인연이라면 인연일 수도……라는 아무래도 좋을 생각을 하면서 몇 분을 들여 화장을 꼼꼼히 지웠다.

프릴이 달린 피에로 의상은 차곡차곡 개켜서 종량제봉투에 넣는다. 버리는 게 아니라 이대로 세탁소에 맡기면 내가 소속된 프로덕션으로 배달되는 시스템이다.

프로덕션이라는 단어가 풍기는 이미지는 좋지만 실제로는

사원이 불과 세 명뿐인 작은 이벤트 회사로서, 정식 명칭은 '도쿄산게샤(東京産藝社)'라는 주식회사이다. 약칭 '도산'. 당장이라도 망할 것 같은 별명을 가진 그 회사와 계약을 맺은 후로 나는 다양한 이벤트 현장으로 파견되었다.

이 회사, 요즘 같은 시대에 홈페이지도 없고, 나 말고 또 어떤 사람이 회원으로 등록되어 있는지도 잘 모른다. 내가 '도산'을 방문한 것은 스킨헤드에 콧수염을 기른 사장에게 면접을 보고 계약서를 교환할 때 딱 한 번뿐이었다. 계약서에도 도장 하나 찍혀 있지 않았고, 그 후로는 전화와 메일로만 연락을 주고받는다.

의심하기 시작하면 모조리 수상한데, 내일이라도 폐업할 것 같은 이름치고는 급료를 늘 신속하게 입금해주니 다행이라 생각한다. 물론 일한 대가의 40퍼센트는 영업 수수료로 챙겨가지만, 그건 뭐 어쩔 수 없다. 나는 영업 따위 절대 못하니까.

화장실에서 나와서 가방에 짐을 모두 밀어 넣었다. 가방 손잡이를 잡고 세우는데 빨간색 벌 풍선 하나가 떨어져 있는 게 보였다. '어이구' 하고 중얼거리며 대충 주워서 점퍼 주머니에 쩔러 넣었다.

반대쪽 주머니에서 휴대전화를 꺼내어 담당자에게 전화를 건다. 오늘 일정도 무사히 끝났습니다, 라는 보고다. 담당자는 애니메이션에서나 들을 수 있을 듯한 목소리의 주인공으로, 그녀의 말은 늘 귓속에서 윙윙 울린다. 말끝을 살짝 올리며 읊는 대사는 항상 똑같다.

"네~엣. 오늘도 수고 많으셨습니다~앗. 의상 세탁 비용은 도산 앞으로 청구해주세요~옷. 그럼 또 연락드리겠습니다~앗."

딸깍.

처음에는 딸깍 하고 일방적으로 끊는 소리에 화가 나기도 했지만, 내 조수로 합류한 고토가 그녀의 만화 목소리와 전화 태도를 흉내 내기 시작한 뒤로는 오히려 재미로 느끼게 되었다. 전화로 똑같은 대우를 받아도 고토는 그걸 즐기고 나는 화를 냈다는 사실을 알고부터 왠지 고토 앞에서 머리를 들 수 없게 되었다. 저 아이는 내 조수인데. 아니, 조수였는데…….

조금 전 어스레한 스태프실에서 밝은 가게 쪽으로 걸어가던 고토의 뒷모습을 떠올린다. 그때는 뭐랄까……후배가 먼저 퇴근했다기보다, 인생이라는 경주 도중에 나 혼자만 제자리에 남겨진 듯하여 쓸쓸했다. 작아져가는 후배의 등을 보고 있으니 이젠 따라잡을 수 없을 것만 같아 울적했다.

뭐야, 안 돼 안 돼. 이런 어두침침한 곳에 오래 있으니 자꾸만 부정적으로 생각하게 되지. 가자, 얼른. 오늘 저녁 반찬은 어느 슈퍼마켓에서 살까……하고 되도록 평화로운 사고로 나 자신을 이끌면서 밖으로 나오려던 찰나, 옆방으로 연결되는 문이 열려 있다는 사실을 알았다.

문 가까이에 서서 귀를 기울여보았다. 조용했다. 내가 화장을 지우는 동안에 촬영은 끝났고 소나기구름도 어딘가로 사라진 듯했다. 지금은 천둥소리 대신에 찰칵찰칵 하고 기재를 정리하는 소리와 이따금 짧은 기침만 들렸다. 그 기침 소리가 스태프실의 높은 천장에 메아리쳤다.

촬영 현장은 어떻게 꾸며져 있을까……나는 순수한 호기심에 이끌려 문 안쪽을 살짝 들여다보았다.

아까 그 아가씨가 쭈그리고 앉아 있다.

이쪽으로 가녀린 등을 보인 채 혼자 뒷정리를 하고 있었다. 조명기구의 다리 같은 걸 접고 있는 듯했다. 촬영 기재는 이제 거의 남아 있지 않고 장난감만 여기저기 흩어져 있었다.

그녀가 또 기침을 한다. 감기라도 걸린 걸까? 짤막하게 올려 묶은 까만 머리. 허리 부분이 쏙 들어간 희끄무레한 색상의 심플한 재킷. 오래 입어 낡은 청바지와 하얀색 나이키 운동화. 운동화만 묘하게 새 상품인 탓에 오히려 전체적인 인상이 더 허름해 보였다.

그 아가씨가 일어났다. 아이들이 실제로 타고 노는 장난감 경찰차를 들어올려 상품 상자에 넣으려 했다. 들어올리긴 했지만 꽤 무거운 듯 곧 술 취한 사람처럼 비틀거렸다. 중심을 잡지 못하고 뒷걸음질친다. 뒤에는 장난감이 산처럼 쌓여 있다.

앗, 위험해.

그렇게 생각했을 때 이미 내 몸은 문을 넘어 뛰어들고 있었다. 다음 순간, 경찰차를 잡고 딱 버티고 섰다.

"아……."

그녀는 갑자기 나타난 나를 보고 눈을 둥그렇게 떴다.

나도 '아……' 하고 소리를 낼 뻔했다. 서로의 얼굴이 너무 가까이 있다는 점과 그녀의 속눈썹이 눈물로 젖어 있다는 사실이 내 심장을 꾹 눌렀다. 스스로도 깜짝 놀랄 만큼 무뚝뚝한 말투로 "위험했어요. 내가 들게요"라고 말했다.

"죄송, 해요……."

그녀는 사과하면서 천천히 손을 뗐다.

손을 떼는 순간, 나는 무심코 이를 악물고 말았다. 경찰차가 예상 외로 무거웠다. 태연한 척하며 가까스로 상품 상자에 넣는 데 성공했다.

"감사합니다. 덕분에 살았어요. 저기, 토이스타 직원……이시죠?"

그녀가 그렇게 묻는 건 당연하다고 생각한다.

"아뇨, 저는, 아니에요."

"예?"

"으음……." 조금 망설이다 가장 이해하기 쉬울 듯한 대답을 골랐다. "피에로예요. 아까 스쳐지나갔던."

말한 직후에 후회했다. 잠깐 스쳐지나갔을 뿐인데 그녀를 기억하다니 조금 수상하지 않은가? 나한테 관심 있는 거 아냐? 라고 의심할지도 모른다.

나의 하찮은 걱정 따위 날려버리려는 듯 그녀가 문득 자그마한 미소를 지었다. 속눈썹이 젖어 있어 울다가 웃은 티가 났다.

"아, 아까 그? 문을 열어주었던……?"

"아, 네. 맞아요."

"그렇다면, 낮에 가게 앞에서, 풍선을 이렇게……여러 가지 모양으로 만들던 피에로 씨예요?"

"응, 뭐, 그런, 데요."

내가 고토처럼 어느 틈엔가 반말을 섞어 쓰고 있다는 사실을 깨달은 순간, 높은 천장에서 침묵이 훌쩍 떨어졌다.

"……"

"……"

그녀의 눈이 조금 어색하게 흔들린다.

안 돼. 무슨 말이라도 해야 해……라기보다, 이제 그만 돌아가야지.

내가 "그럼, 이만 실례할게요"라고 입을 열려던 순간, 작고도 사소한 사건이 터졌다.

그녀의 뱃속에 숨은 작고 작은 천둥님이 작고 작은 소리를 내며 울었다.

꼬르르르르르륵~.

"……." 다시 할 말을 잃은 나.

어떡하나? 라는 표정으로 고개를 움츠리는 그녀.

"사실은, 오늘 점심을 못 먹어서……."

그녀가 말하면서 킥 하고 웃기에 긴장이 풀린 나도 킥킥 웃어버렸다. 그랬더니 왠지 마음이 홀가분해지면서 두 사람 사이에 부드러운 공기가 흐르기 시작했다.

"아, 그렇지. 배가 고프다면……."

마음이 편할 때 좋은 아이디어가 떠오르는 법이다. 나는 점퍼 주머니에 손을 넣고 아까 주웠던 별 풍선을 꺼냈다. 복식 호흡으로 풍선에 공기를 불어넣은 다음, 척척 사과를 만들었다.

"여기, 사과. 맛있을 거예요."

그녀는 "와, 멋지다"라고 작은 소리로 중얼거리며 풍선을 받았다. 이번에는 '죄송해요'가 아닌 '고마워요'라는 단어를 입에 담았다.

"굉장하다. 정말 순식간에 만드시네요."

그녀는 양손으로 사과 풍선을 감싸 쥐고 가만히 응시했다. 사랑스러운 존재를 바라보는 듯 따스한 온도를 품은 눈빛이었다. '하아……' 하고 깊은 한숨도 쉬었다.

정말 기쁜 모양이네…… 내 기분이 살짝 좋아지려던 찰나였다. 별안간 그녀의 어깨가 떨리기 시작했다.

가슴 앞에서 양손으로 쥔 사과 위에 투명한 물방울이 두 개 떨어졌다.

뚝, 뚝.

풍선이 작은 소리를 냈다.

"어……."

내 심장이 또 꾹 눌린다.

갑작스러운 사태에 어찌할 바를 모르고 그저 멍하니 선 채 그녀만 바라보았다.

다섯 번째 물방울이 사과 위에 떨어진 후에야 그녀는 천천히 얼굴을 들었다. 뜻밖에도 그 입가에 미소가 담겨 있어서 나는 깜짝 놀라 숨을 삼켰다.

"부모님이 사과 과수원을 하시거든요. 그래서 조금, 생각이 나서……."

"사과 과수원?"

혹시…….

작은 예감이 가슴을 스쳤다.

"네. 아오모리 현의 히로사키라는 마을, 아세요?"

예감이 적중했다.

"예, 알다마다요. 나도 히로사키 출신이거든."

그녀의 젖은 눈이 동그래졌다.

"예엣? 거짓말!"

"거짓말일 리 있겠나."

장난삼아 쓰가루 사투리로 말했다. 내가 말해놓고 괜히 고향 생각에 또 가슴이 죄어든다.

"깜짝 놀랐다아~."

그녀 역시 쓰가루 억양으로 대답해주었다.

"고등학교 어디 나왔어요?" 내가 물었다.

"히로사키 슌에이(駿英) 고등학교."

"지, 진짜? 나나나, 나이는, 몇 살?"

"스물다섯인데, 처음 보는 여자한테 나이 묻는 거 실례 아닌가요?"

"와아아아. 내 3년 후배네!"

"정말? 꺄아."

그녀는 상체를 뒤로 젖히며 양손으로 자기 입을 막았다. 믿을 수 없어, 라는 표정이다. 믿을 수 없는 건 나도 마찬가지다.

"이런 데서 고등학교 선배를 만나다니." 말하면서 그녀는 재킷 주머니에서 손수건을 꺼내어 속눈썹을 누르듯 하며 눈물을 닦았다. 그러더니 약간 쑥스러운 표정으로 '에헤헤' 하고 웃었다. 나도 그 모습에 이끌려 '에헤헤' 하고 웃었다.

도쿄 어딘가에서 고향 사람을 만나면 어째서 이토록 친근감이 느껴질까? 왜 이렇게도 가슴이 두근거리고 마음이 부드러워질까? 히로사키에서 만난다 해도 그냥 타인일 뿐인데…….

모든 것이 응축된 듯한 낯선 공간 도쿄에서 똑같은 아픔과 공포를 맛본 사람끼리라는 의식 때문일까?

도쿄에 나온 후로 10년간, 친구들에게 소심하다고 몇 번이나 몇 번이나 핀잔을 들었던 내 입이 이렇게도 수월하게 움직이다니, 고향이 같다는 게 뭔지 참 신기할 따름이다.

"좋아, 배고픈 후배. 오늘 저녁은 선배가 사주지."

달려라, 느림보

- 오모리 겐지

태어나서 지금까지 몇 번이나 몇 번이나 '소심하다'는 핀잔을 들으며 살아왔지만, 소심한 나 자신이 지금만큼 싫어진 적은 없었다.

도요의 모습은 이미 오래전에 시야에서 사라졌다.

조금 전.

도요는 큰길에서 북쪽을 향해 걸어갔다. 저물어가는 풍경 속에 아련히 떠 있는 듯한 도요의 바구니가 작아져갔다. 여인숙이 있는 교차로에 이르렀을 때, 도요는 이와키 산과 반대 방향인 오른쪽으로 꺾었다. 이제 뒷모습마저 보이지 않게 되었다.

그 순간 겐지는 위장 부근에서 뭉쳐진 뜨거운 덩어리가 목구멍까지 치밀어오르는 걸 느끼고 소리 지르고 싶은 충동에 휩

싸였다.

정말로, 정말로, 도요가 가버린다…….

겐지를 짓누르는 현실이 너무나 무거워서 그만 뭉개져버릴 것 같았다. 몸이 움직이지 않았다. 육체가 자기 것이 아닌 듯한 느낌마저 들었다.

도요가 모퉁이를 돈 길 끝에 히로사키 역이 있다.

"기차에 타버리면, 너, 이제 두 번 다시 도요랑 못 만나."

욧짱의 목소리가 들렸다. 그 말이 맞다. 그걸 아는데도 지금의 겐지는 어찌할 도리가 없었다. 무엇을 어떻게 해야 할지 몰랐다. 몸도, 머리도, 제각각이었다. 그런 자신이 한심해서 탄식했다. 그 탄식만은 어쩐 일인지 뿔뿔이 흩어지지 않고 묵직하게 들어앉아 겐지 안에서 부풀어갔다.

"겐지, 도요처럼 마음씨 고운 여자는 도호쿠 지방 전체를 뒤진다 해도 못 찾을걸? 정보로 밥 벌어 먹고 사는 마도위인 내가 하는 말이니 믿어봐. 자, 얼른 쫓아가야지."

마도위가 겐지의 등을 톡 두드렸다.

그래도 다리는 떨리기만 할 뿐 움직이지 않았다.

유일하게 움직인 것은 입이었다.

"나, 나 같은……."

욧짱이 겐지 쪽을 천천히 돌아보았다.

"응? 나 같은, 뭐? 겐지, 그다음을 말해봐."

욧짱의 목소리는 평소와 다름없었다. 정말로 여느 때처럼 초연한 음성이었다.

"응? 뭐라고? 잘 안 들려."

욧짱의 하얀 얼굴에는 평소처럼 미소가 가득했다. 늘 그랬듯 입꼬리를 올리고 싱긋 웃었다. 대범하면서도 기품 있는 귀족처럼. 그 입술이 독을 토한다. 무서우리만치 온화한 목소리로.

"느리모리……. 네 별명이었지? 응, 뭘 하든 느려서 느리모리."

욧짱은 별이 반짝이기 시작한 하늘을 살짝 올려다보며 "느리모리라……. 옛날 생각 나네"라고 중얼거렸다. 장신의 욧짱이 멍하니 서 있는 겐지를 부드러운 표정으로 내려다보며 다시 말을 이었다.

"어렸을 때, 왜 나는 널 무시하거나 괴롭히지 않았는지, 알아?"

"……."

욧짱의 표정이 쓰윽 움직였다. 웃은 것이다. 웃는 것처럼 보이는 얼굴이 정말로 웃은 것이었다.

"너를 인정했기 때문이야."

"……."

"기억 안 날지도 모르지만, 그때 너, 여러 사람 앞에서 울면서 말했어. 내게는 내 눈에만 보이는 게 있다고 말이야. 발이 아파 걷는 게 느리지만, 그렇기 때문에 나는 이걸 잡을 수 있었다면서 엄청 큰 사슴벌레를 보여줬지. 그때 난 널 다시 봤어. 겐지에겐 우리한테 있는 발가락이 없다, 하지만 우리에게 없는 뭔가를 분명 갖고 있다고 말이야."

"욧짱……."

"그땐 큼직한 사슴벌레를 잡아왔지? 그렇다면 지금은 뭘 붙잡아야 할까?"

오늘은 뭘 가져왔을까? 엄마의 목소리.

"도요도 속으로는 틀림없이 널 기다릴 거야. 네가 먼저 손 내미는 거, 그게 뭐 어때서 그래?"

발가락 정도 없는 거, 그게 뭐 어때서 그래?

"바보, 남자가 길에서 울면 못써."

이 녀석. 남자가 울면 못써.

"야, 언제까지 꾸물거릴 셈이야? 얼른 가봐야지!"

욧짱이 겐지의 등을 쿡 찔렀다. 그 기세에 밀려 비틀거리듯 한 걸음 두 걸음 움직인 겐지의 발이……멈추지 않는다. 북쪽을 향해 비척비척 걷기 시작했다.

"바보, 얼른 뛰어, 겐지이!"

마도위가 눈을 가늘게 뜨고 웃으며 여느 때의 기운찬 목소리로 겐지의 등을 밀었다.

한 걸음 한 걸음 발을 내딛을 때마다 겐지 안에서 뭔가가 홀홀 붕괴되고, 그와 동시에 해방되었다.

벗어난다. 많은 것에서.

"느리모리, 뛰어!"

욧짱의 목소리가 다시 등을 밀어주었다.

겐지는 한쪽 발을 질질 끄는 흉한 몸짓으로 도요를 쫓기 시작했다. 오른쪽 소매로 눈물을 쓰윽 닦으면서.

지난달 준공된 서양식 건물 앞을 지나고, 옛날부터 있었던 과일 가게를 지나고, 교차로 두 군데를 넘어, 혼자 사는 할아버지가 운영하는 만물상 앞까지 와서 발을 멈췄다. 오른발에 둘둘 감은 천이 서서히 발끝까지 흘러내려서 뛰는 데 방해가 되었다.

겐지는 웅크리고 앉아 급히 양쪽 짚신을 벗은 다음 오른발을 감싼 천을 벗겨냈다. 엷은 분홍색 피부가 갓 떠오른 달빛에 비쳐 반들반들 빛났다. 겐지는 벗은 짚신과 천을 양손에 들고 맨발로 달리기 시작했다.

아직 떠나지 않았기를.

부탁이야.

내 발, 좀 더 빨리 움직여줘.

모두를 잇는 하늘

- 오모리 요이치

"피에로 씨, 발이 빠른가 봐요."

"학교 다닐 땐 늘 1등, 가끔 2등이었던가? 히로사키에서 다섯 손가락 안에 들었는데."

말하면서 생각났다. 내게 풍선 아트 말고도 잘하는 게 있지 않은가.

싸고 맛있는 체인점 형태의 술집. 널찍하고 어둑어둑한 가게 안의 후미진 4인석 테이블에 포니테일 아가씨와 마주보고 앉았다. 그녀가 고등학교 시절 육상부 이야기를 꺼냈다.

"멋지다. 달리기 잘하는 사람, 인기 많잖아요. 피에로 씨, 인기 많았죠?"

그랬다. 그 당시엔 나도 조금 인기가 있었다. 머나먼 추억 속의 몇 가지 새콤달콤한 장면이 뇌리에 떠올랐지만, 그걸 그대로 입에 담을 만큼 순진하진 않았다.

"그 정도는 아니었어."

"너무 겸손한 거 아니에요? 지금도 달리면 빠르겠죠?"

"음……어, 어떨까?"

마지막으로 전력 질주한 게 몇 년 전이었더라? 그것조차 생각나지 않는다. 그렇다면 아마 이젠 빠르지 않겠지.

"아~아. 피에로 씨, 인기 많았을 거야……. 친절하기도 하고."

정면에서 말끄러미 쳐다보니 당황하여 맥주를 들이켜지 않을 수 없다. 쑥스러움을 감추려고 반대로 질문을 던졌다.

"나나미는 히로사키에서 뭐 했어?"

"저요? 나는, 뭘까."

젓가락을 들고 천장을 응시한 채 생각에 잠긴 그녀의 이름은 쓰쓰이 나나미. 뱃사람을 꿈꿨지만 장남이라는 이유로 과수원을 물려받아야 했던 가엾은 아버지가 지어준 이름이라고 한다. 나나미(七海)=세븐 시즈=지구 위의 모든 바다. 이름은 장대하고 낭만적인데 실제로는 작고 볼품없는 자신이 싫다면서, 그녀는 쓸쓸하게 웃었다.

"생각해보니 난 사진을 찍었구나. 중학교 때도 고등학교 때도."

"오호, 멋진데? 풍경 같은 거 찍었어?"

"네, 풍경이 많았지만. 뭐, 여러 가지 찍었죠."

"왜 사진 찍는 일을 하고 싶었던 거야?"

나나미는 지나가던 점원에게 자몽소주를 한 잔 더 주문하고 나서 '후우' 하고 살짝 숨을 내뱉었다.

"우리 스승님 작품을 동경했거든요."

그게 실수였죠, 라고 말하고 싶은 듯한 얼굴이다.

"스승님이라면, 아까 그 벼락처럼 호통 치던 사람?"

나나미는 '아하하'랑 '에헤헤'의 중간쯤 되는 소리를 내며 웃었다. 재미있는 듯, 조금은 겸연쩍은 듯한 미묘한 눈빛으로.

"우리 스승님, 지금은 스튜디오 촬영도 종종 하지만, 옛날엔 풍경 사진으로 제법 유명한 사진 작가였어요. 나라(奈良) 현 출신인데 고향에서 찍은 벚꽃 사진으로 큰 상도 받았죠. 그 당시 사진이 취미였던 아버지가 우연히 스승님 사진집을 사온 거예요. 그때 중학생이었는데, 아무 생각 없이 펼쳤다가 감동해서……, 첫눈에 반했다고 할까."

"그랬구나."

"정말 온몸에 전율이 일었어요. 그 사진과의 만남. 평생 못 잊을지도……. 본 순간, 아아, 세상엔 정말로 천재가 있구나 싶고, 신기하게도 내가 기뻐지는 거예요. 그때부터 언젠가 나도 이런 사진을 찍고 싶다고 진지하게 생각하게 되었어요. 아버지를 졸라서 아버지가 쓰던 수동카메라를 물려받았죠. 그 이후로

사진 세계에 푹 빠졌어요."

"그래서 스승님이 계시는 도쿄로 온 건가?"

나나미는 자칫하면 못 듣고 지나쳤을 법한 초미세 사이즈 한숨을 쉬고는 '응, 응' 하고 두 번 살짝 고개를 끄덕였다.

"고등학교 졸업 후 사진학과 입학. 대학 졸업 후 스승님께 제 자로 받아주십사 부탁. 처음엔 어이없이 거절당함."

"아하하하하." 나도 모르게 웃어버리고 말았다.

"밑져야 본전이다 생각하고 두 번째 찾아갔을 때, 확실히 말 해두겠는데 월급 많이 못 줘! 라고 미리 못 박으심."

"아하하. 재미있네. 그래서 지금은 정식 제자가 되셨음?"

나나미는 장난스러운 얼굴로 고개를 끄덕이고는 포테이토 피자를 덥석 물었다. 눈썹이 서서히 팔자로 변한다 싶더니, 이 번엔 별안간 목소리 톤이 낮아진다.

"제자가 되긴 했지만, 오늘은 엄청 야단맞으심⋯⋯."

한바탕 웃어넘기려 했으나 웃음이 나오지 않았다. 입가가 실룩실룩 움직였을 뿐이다. 어쨌든 스승이라는 사람이 내질렀 던 목소리는 무시무시했고, 울던 나나미의 얼굴이 떠올랐기 때 문에.

"아~아. 요즘 들어 이상하게 화를 많이 내신다고 할까, 아무 튼 엄해졌어요. 내가 제자로 막 들어왔을 땐, 좀 더 여유롭고 다 정다감하셨거든요. 신사적이셔서, 과연 그 벚꽃 사진을 찍은 분답다고······. 마음이 넓고 고우니 작품에서도 투명감이 느껴진다고 생각했어요. 깊이 존경했죠."

"그랬구나. 그럼 지금은 존경 안 해?"

"지금도 존경하지만······무서워서."

"그러게, 그 목소리라면."

"그게 아니라······." 나나미는 중얼거리며 눈을 약간 내리깔았다. 젓가락은 테이블에 가만히 내려놓는다.

"저한테 재능이 없다고 말씀하실 것만 같아서. 그게 좀······ 무서워서."

그렇지 않아, 재능이 왜 없어, 라고 말해주고 싶은 마음 굴뚝같았지만, 나는 그녀의 사진을 본 적이 없다. 무책임한 말은 해선 안 된다. 이럴 때 고토라면 분명 멋진 말로 위로했겠지?

나는 조금 미지근해진 맥주를 들이켜고 점원에게 한 잔 더 주문했다. 모듬 꼬치구이, 무 샐러드, 치즈 두부도 추가했다.

조금 떨어진 자리에 학생으로 보이는 무리가 있는데 주위 손님들에게 방해가 될 정도로 떠들썩하게 놀고 있었다. 안 보는 척하며 곁눈으로 보는데 까까머리 남자가 별안간 큰소리를 내며 일어섰다. 오른손에는 상장이 든 통을 들었는데, 그걸 머리 위에서 빙글빙글 돌리며 괴상한 춤을 추기 시작했다. 낮에 졸업식을 한 모양이었다.

그 통을 보고 문득 어떤 생각이 떠올랐다. 릴레이 때 쓰는 배턴. 파란색 배턴……푸른 여름 하늘. 파란색 유니폼. 소나기구름. 멀리서 맴맴 하고 들려오던 매미들의 대합창. 그리고 그 장면. 선명하게 되살아났다.

"내 인생에서 가장 비참했던 순간은 제일 자신 있는 달리기에서 실수했을 때야."

"실수?"

"응. 3학년 마지막 여름 대회 때 400미터 릴레이 결승에 나갔는데, 마지막 주자였던 내가 2등으로 건네받은 배턴을 떨어뜨렸어. 툭."

"그래서……?"

"꼴찌 먹었지."

여기서 내 실수를 가볍게 웃어넘기려 했는데 제대로 웃을 수가 없었다. 또 입술 끝이 실룩실룩 움직였을 뿐이다.

그랬구나……역시. 나, 아직도 그때의 기억을 떨쳐버리지 못했구나. 이제 와서 재확인하다니. 자조 섞인 미소를 지으려 했지만 그것도 쉽지 않았다.

"그래서 피에로 씨, 울었어요?"

"뭐, 아무래도, 조금?"

거짓말이다. 사실은 소리 높여 울었다. 경기가 끝난 후 함께 애썼던 동료 앞에 엎드려 미안하다고 빌었는데, 모두 말리고……. 나는 그때 끝없이 울었다. 여름 하늘 아래로 소나기처럼 내리는 매미 소리 안에서. 스포츠타월에 얼굴을 묻은 채.

"청춘답네요. 새콤달콤하다~."

"아하하. 너무나 한심한 청춘이었지만."

나나미의 '새콤달콤하다~'라는 말에 겨우 웃을 수 있었다. 이 아이에겐 사람을 위로하는 재능이 있는 것 같다.

그 여름날 배턴과 유니폼을 파란색으로 통일한 것은 '푸르다'는 뜻이 담긴 아오(靑)모리 지역 대표가 되어 전국 대회에 반드시 나가자는 모두의 결의와 바람을 담기 위해서였다. 컨디션만 좋으면 그 꿈도 충분히 실현 가능했다. 그러나 결과는 히로사키 시에서 꼴찌. 전국 대회를 넘볼 처지가 아니었다.

"솔직히 말하면, 나, 아직도 파란 배턴을 떨어뜨리는 꿈을 꿔. 내 안에 트라우마로 남았나봐."

"그렇구나. 새콤달콤하기만 한 건 아니군요."

"그렇지?"

둘이서 옛 생각에 젖어 있는데 한 여점원이 우리 테이블 옆에 한쪽 무릎을 꿇고 앉아 아주 정중한 말투로 "한 잔 더 추가하시겠어요?"라며 인공적인 미소를 날렸다.

"어?" 나나미의 잔에도 내 잔에도 아직 3분의 1 정도 남아 있었지만, 점원의 강요하는 듯한 말투에 밀려 둘이 동시에 "같은 걸로"라고 말해버렸다.

점원이 물러나자 우리는 서로의 얼굴을 마주보았다.

067

"도쿄 사람들, 성격이 좀 급한 것 같지 않아요?"

나나미가 쓴웃음을 지었다.

"그렇지? 걸음도 무지 빠르고."

"맞아 맞아! 정말 빨라요. 시골과 달리 3분만 기다리면 다음 전철이 오는데도 밀치락달치락 끝까지 타려고 하고."

"맞아! 그건 정말 이유를 모르겠어."

"또 내가 깜짝 놀란 건, 점심시간에 가게 앞에 줄 서는 것. 아오모리에선 절대 못 볼 광경이죠?"

"맞아 맞아! 그보다 도쿄 사람은 오히려 줄이 길면 더 줄서고 싶어지나봐. 긴 줄을 보면 일단 자기도 서서 앞 사람한테 이거 무슨 줄이에요? 라고 물어."

나나미는 "맞아 맞아 맞아." 하고 손뼉 치며 웃었다.

마침 그때 조금 전의 점원이 맥주와 자몽소주를 가지고 와서 "빈 접시 치워도 될까요?"라고 새된 목소리로 묻기에 나나미와 나는 무심코 시선을 맞추고 하마터면 폭소를 터뜨릴 뻔했다. 빈 접시도 없는데. 내가 웃음을 참으며 "예." 하고 대답하자마자 예상대로 아직 조금 남은 연어 그라탱 접시를 치우고 말았다.

"그라탱 접시에 붙은 치즈 벗겨 먹으면 맛있는데."

점원이 사라진 후 내가 중얼거렸다.

"아아아아, 맞아요! 역시 고향 친구."

"쓰가루 사람은 다들 미식가잖아."

"그렇지요~?"

우리는 한참 동안 도쿄 험담을 안주 삼아 줄기차게 술을 마셨다. 도쿄를 깎아내리는 것이 곧 아오모리를 칭찬하는 것인 양 즐겁게 수다를 떨었다.

도쿄는 생선이 맛없다든지, 공기가 더럽다든지, 어딜 가나 붐빈다든지, 사람들이 차갑다든지, 물가가 비싸다든지, 사립 초등학교 교복이 반바지라든지, 밤에 소음이 심하다든지, 범죄가 많다든지…… 반은 농담, 반은 진담이었지만 대화는 흥겨웠고 우리는 많이 웃었다.

나나미는 웃으면 볼에 보조개가 생겼다. 마주봤을 때 오른쪽 보조개가 좀 더 컸다. 그 언밸런스함이 귀여웠다. 어쩌면 나는 그 보조개가 보고 싶어서 계속 도쿄를 조롱할 거리를 찾아 유쾌하게 떠들어댔는지도 모른다.

하지만……. 거꾸로 생각하면, 그건 히로사키를 떠나 외톨이로 생활하는 우리가 늘 품어왔던 고독감과 불안한 미래를 공통된 문제로서 확인하는 일이기도 했다. 우리는 그 사실을 알면서도 눈을 반쯤 감고 대화를 즐겼다. 위로하며 서로의 상처를 핥아주었다. 조금 과장인지도 모르지만……. 우리의 가슴은 늘 도쿄의 까슬까슬한 바람에 쏠려왔고, 긁혀서 조금 피도 났는데, 그 욱신거리는 아픔을 이해하는 사람만이 다정하게 약을 발라줬으면 싶은 것이다. 그 마음을 알기에 우리 대화는 한없이 즐거웠지만, 그만큼의 쓸쓸함도 가슴 깊은 곳에 서서히 달라붙기 시작했다.

도쿄에서 상처 입고 도쿄 험담을 하면서도 우리는 줄곧 '도쿄말'을 쓰고 있었다. 18세에 상경한 후 필사적으로 마스터한, 이 억양 없는 도쿄말을. 대화 상대가 같은 고향 사람인데도 주위 시선을 무시할 수 없었던 것이다. 그런 것, 모순이라 느끼면서도 어쩔 수 없다고도 생각하고, 그렇게 생각하는 자신이 조금 싫어지기도 한다. 그렇게 또 우리는 우리 자신을 눈에 보이지 않는 속도로 상처 입힌다.

특히 언어에 대한 열등감은 아무리 도쿄를 무시한다 해도 절대 사라지지 않는다. "사투리는 다정하게 느껴져서 좋아"라고 말하는 사람도 만원 전철에서 쓰가루 사투리로 크게 이야기하는 걸 들으면 눈살을 찌푸리고 쓴웃음을 짓는다.

당연히 그럴 것이다.

나는 좋아하는 무 샐러드를 먹으며 10년 전의 일을 떠올렸다. 사투리가 심한 아버지가 도쿄에 왔을 때, 나는 성질도 고약하게 짜증을 내며 이렇게 말했다.

"창피하니 아버지는 입 다물고 계세요."

그때 나를 조금 쓸쓸한 눈으로 바라봤을 뿐 한마디 불평도 없이 내가 시키는 대로 말수를 줄였던 아버지. 약해 보이는 아버지 뒷모습이 눈에 들어온 순간, 나는 죄책감으로 울고 싶어졌다. 그 죄책감의 흔적은 지금도 내 안에 확연히 남아 있다.

도쿄 사람은 좀…… 하고 내가 말한다.

손뼉을 치며 나나미가 웃는다.

그런 우리는 지금 도쿄 한구석에서 살아가고 있다.

여기 있으면 상처받고 소모될 뿐이라는 걸 알면서도 떠나지 못하고 있다.

"다음엔 노래방이라도 갈까?"

"응, 가고 싶어요. 아니, 가자아!"

"어? 이제 보니 나나미, 기침 멈췄네."

"정말이다. 역시 백약의 으뜸. 쓰가루 사람은 마시면 낫는다아!"

적당히 취한 우리가 가게를 나서자 차가운 바람이 덩어리가 되어 부딪혔다.

쇳녹과 식용 기름이 섞인 듯한 '도쿄의 밤 냄새'를 품은 바람이다. "추워!" 나는 점퍼 단추를 목까지 단단히 채웠다. 매화꽃과 벚꽃의 딱 중간 계절. 아직 밤바람은 매섭다.

"아~, 맛있었다. 피에로 씨, 잘 먹었습니다. 덕분에 스트레스가 다 풀렸어요."

가로등 아래에서 보조개를 보인 나나미는 양손에 들었던 무거운 사진기재를 땅바닥에 살짝 내려놓고 밤하늘을 향해 양손을 뻗으며 기지개를 켰다.

"으~웅, 기분 좋다. 이 하늘이 쓰가루까지 이어지는 거죠? 왠지 신비롭다."

나나미는 양손을 내리고 얼굴만 밤하늘을 향한 채 혼잣말처럼 추억을 이야기하기 시작했다.

"고향의 과수원, 아빠랑 자주 산책했어요. 나나미, 별님 만나러 가자, 한손에 캔 맥주를 들고 아빠가 날 부르곤 했죠. 나는 손전등 담당이었는데, 그 시간이 왠지 즐거운 거예요. 아빠랑 손잡고 과수원 한가운데까지 가면, 거기서 일단 손전등을 끄는데, 그러면 별이 굉장히 많이 보여요. 캄캄한 시골 마을이니까."

"멋지겠다."

나도 밤하늘을 올려다보았다. 빌딩과 빌딩 사이로 뻗은 좁고 긴 하늘에 다섯 손가락으로 충분한 수의 별이 뿔뿔이 흩어져 빛나고 있었다. 도쿄의 이 자그마한 하늘이 쓰가루와 연결된다고 생각하니 왠지 가슴이 뭉클해졌다.

"나나미는 역시 예술가라 그런지 시인이네."

'예술가 지망생'이 아니라 '예술가'라고 단언한 것 외에는 빈말이 아니었는데도, 그녀는 큭큭 웃으며 "풍선 예술가한테 칭찬받았다." 하고 농담으로 넘겼다.

사진작가의 꿈, 정말로 이루고 싶겠지⋯⋯. 왠지는 몰라도 그 마음이 내게 오롯이 전달된 듯했다.

갈지자가 되기 직전의 위태로운 발걸음으로 둘이 나란히 가장 가까운 역까지 걸었다. 나나미가 탈 전철은 나와 다른 노선이었다.

헤어질 즈음에 "아, 저기……." 하고 주뼛거리며 꺼낸 내 말을 덮어버리려는 듯 나나미가 "명함 주실 수 있어요?"라고 물었다.

"아, 미안. 나, 명함 없어."

직업란에 피에로라고 적힌 명함, 만들어서 뭐하냐고.

"나도 아직 명함 없어요. 좀 씁쓸하지만."

나나미는 전혀 씁쓸한 것 같지 않은 술꾼의 얼굴로 웃으면서 그렇게 말하더니, 촬영 소품이 들어 있는 종이봉투에서 내가 만들어준 사과 풍선과 유성 사인펜을 꺼냈다.

"여기에 전화번호 써주세요. 기념도 되고."

"오케이. 아, 그런데 아까도 말했지만, 풍선은 생고무로 되어 있어서 시간이 지날수록 점점 오므라들어. 알지?"

"네~에. 오므라들기 전에 휴대폰에 저장할게요."

나는 사과와 유성 사인펜을 받아들고 전화번호와 이름, 반대편에는 싱긋 웃는 얼굴 그림을 그려 넣었다. 스마일 모양의 입술 옆에, 톡톡 보조개도 찍고.

"응. 자, 여기."

그녀는 "고마워요." 하고 웃더니 사과에 적힌 글자를 바라보았다. 그리고 오늘 처음으로 내 이름을 불러주었다.

"오모리 요이치 씨구나."

"응."

"피에로 씨가 아니구나."

"당연하지."

"앞으로 뭐라고 부르면 좋을까요?"

'앞으로'가 있다는 말을 들으니 내 마음이 조금 날아오르는 듯했다.

"으음, 글쎄. 그냥, 뭐든 좋아. 한번 생각해봐."

"알겠습니다! 생각해볼게요, 피에로 씨."

우리는 웃으면서 개찰구를 빠져나가 누가 먼저라고 할 것도 없이 가볍게 하이터치를 했다. "잘 가." "바이바이." 각자 플랫폼을 향해 걸었다.

왠지 신기한 하루였어…….

전철로 이어지는 긴 에스컬레이터를 타고서 무심코 히쭉히쭉 웃음 뻔했으나, 그 들뜬 기분 이면에는 뭔가 잊어버린 것만 같은 불안감도 동시에 똬리를 틀고 있었다. 뭘 잊었을까? 꽤 중요한 뭔가를? 뭐지?

알코올에 둥둥 떠 있는 듯한 미덥지 못한 뇌로 멍하니 생각해본다.

그 대답이 문득 떠오른 것은 긴 에스컬레이터를 다 내려갔을 때였다.

취기가 쓰윽 가셨다.

아, 안 돼앳!

나는 지금 막 내려온 에스컬레이터 옆 계단으로 돌아가 다시 급히 뛰어오르기 시작했다. 잔뜩 취한 탓에 겨우 두 칸씩만 뛰어오를 수 있었다. 올라가는 에스컬레이터는 없었다.

아직 떠나지 않았기를.

어깨로 숨을 쉬며 죽을힘을 다해 달렸다. 달리기만큼은 자신이 있었는데, 역시 지금은 전혀 아니다. 제길. 좀 더 빨리…….

사과 풍선, 터질지도 몰라!

나는 세계 제일의 멍청이였다. 풍선 전문가이면서 기본의 '기'도 잊었다.

풍선은 조금 전 나나미에게 말한 대로 생고무 소재로 만들어진다. 햇빛이나 공기로 인해 변질될 수 있고, 흙에 묻어두면 미생물이 분해하여 언젠가는 사라진다. 한 가지 더 잊어선 안 되는 성질이 있다. 유성 펜으로 쓰면 터진다. 쓰자마자 바로 터지는 경우도 있고, 조금 지난 후에 터질 수도 있다.

가까스로 계단을 다 올랐다.

머리 위의 안내 표지판을 보고 나나미가 탄다고 했던 전철의 플랫폼을 찾았다. 있다. 제일 안쪽이었다. 휘청거리는 다리에 오로지 집념 하나로 기합을 넣고 달렸다. 플랫폼으로 내려가는 에스컬레이터에 사람들이 길게 줄서 있다. 그 에스컬레이터 끝에서 지금 막 전철이 들어오는 소리가 들렸다.

안 돼…….

나는 에스컬레이터를 포기하고 계단으로 뛰어 내려갔다. 도중에 비틀거려 넘어질 뻔하다가 가까스로 난간을 잡았다.

빨리!

계속 계단을 뛰어 내려간다. 전철이 토해낸 사람들이 계단을 올라온다.

가로막지 마. 비켜줘. 도쿄는 좌측통행이잖아!

마침내 플랫폼에 섰다.

눈앞의 전철 문은 이미 닫혀 있었다.

안 돼…….

내겐 할 수 있는 것이 없었다. 그저 어깨로 크게 숨을 쉬며 우두커니 서 있을 뿐. 이윽고 전철이 움직이기 시작했다. 오른쪽에서 왼쪽으로 흘러가는 수많은 유리창들. 그 너머로 나나미의 모습을 찾았지만 보이지 않았다.

전철은 그대로 떠나고 말았다.

행운의 꽃잎

- 오모리 겐지

아오모리 행 기차는 떠나고 말았다.

바로 지금 눈앞에서.

겐지는 어깨로 크게 숨을 쉬며 선로 옆에 우두커니 서 있었다. 덜컹덜컹덜컹 하고 소리 내며 멀어져가는 기차의 빨간 미등을 멍하니 배웅하면서.

문득 둘러본 어둑어둑한 플랫폼. 보이는 건 드문드문 지나가는 승객의 모습과 제복 차림의 역무원 한 사람뿐이었다.

역시 나는 이 나이가 되어서도 느리모리구나…….

겐지는 마음속으로 중얼거리며 '하아' 하고 깊은 한숨을 내쉬었다.

해가 완전히 저물었다. 역 앞 식당에서 간장과 육수가 섞인 구수한 냄새가 흘러나와 서늘한 밤바람을 타고 다가온다.

그러고 보니 오늘은 도요한테 정어리 사는 것도 잊었구나……. 겐지의 뇌리에 애교스럽게 웃는 도요의 얼굴과, 그녀에게 정어리를 사는 순간의 가슴 뛰는 영상이 떠올랐다 사라졌다.

마음에 구멍이 뚫린다는 게 이런 것이었구나……. 겐지는 불안해하는 자신을 느꼈다. 몸 중심이 흐물흐물해진 듯 신체 중 어느 부위에도 힘이 실리지 않는다. 그런가? 이런 상태를 두고 얼이 빠졌다고 하는가?

무력감에 젖어 역사 앞에 놓인 나무 벤치에 걸터앉으려 했지만, 욧짱과 마도위가 기다릴 것 같아 십자까지 걸어서 돌아가기로 했다.

맨발로 비틀비틀 걷는다.

역 앞 도로에서 큰길을 향해 조금 걸으니 작은 공터 모퉁이에 벚꽃이 피어 있는 게 보였다. 줄기도 가늘고 아직 어린 나무다. 그에 비해 꽃은 활짝 피어 있어 다른 나무보다 풍성해 보였다. 달빛과 희미한 가로등 빛 아래에서 환상적인 자태를 뽐내고 있다.

겐지는 그 벚나무를 쓸쓸히 바라보며 걷다가 모퉁이에 막 접어들었다.

그때……. 모퉁이 왼편에서 갑자기 사람이 나타났다. 화들짝 놀라 발을 멈춘다. 그리고 자기 눈을 의심했다.

겐지는 옛날부터 행운이 따르는 아이였어…….

"어, 어떻게, 여기……."

상대의 물음에도 겐지는 멈칫하지 않았다.

나는 행운이 따르는 아이.

"생각해보니 오늘 너한테 정어리를 안 샀더라고."

"아……."

"그래서 급히 쫓아왔어."

"……."

"방금 떠난 기차에 탄 줄 알고, 포기하고 돌아가려던 참이었지."

도요는 눈을 둥그렇게 뜨고 겐지를 그저 올려다보기만 했다.

"도요야말로 이런 골목길에서 뭐하고 있어?"

"바로 근처에 계신 할머니께 그동안 신세를 많이 져서, 잠깐 마지막 인사라도 드릴까 싶어서……."

"그랬구나."

"네." 도요가 천천히 고개를 끄덕였을 때 겐지의 양손에 들린 짚신이 눈에 들어왔다. 오른손엔 도요가 직접 수놓은 천도 함께였다.

"발……."

"응?"

"겐지 씨, 발에서 피 나요……."

아래를 보니 정말로 발가락 없는 발끝에서 피가 질금질금 스며 나왔다.

"정말이네. 못생긴 발이라도 피는 확실히 흐르는 모양이야."

겐지는 웃었다.

"뛰어……왔어요?"

물방울이 도요의 눈에 가득 찼다가, 깜빡임과 동시에 볼을 타고 흘러내린다.

"저기, 도요."

"네."

"나, 식당, 새로 차릴 생각이야."

"네……."

"욧짱이 자개 서랍장을 만들어준다니까."

농담을 하니, 울던 도요가 큭 하고 웃었다.

2인승 마차 한 대가 사거리를 지났다. 마차가 멀어지자 두 사람 주위가 갑자기 고요해졌다.

겐지는 도요의 젖은 눈썹을 바라보았다.

천천히, 숨을 크게 들이마시고, 단숨에 말해버렸다.

"도요, 내 식당에서 매일 맛있는 국물을 만들어주지 않겠어?"

"네……?"

"먹는 사람의 마음이 따스해지는……."

밤공기가 두둥실 움직였다. 머리 위 암흑 속에서 몇 장의 벗꽃 잎이 팔랑팔랑 떨어진다.

도요의 눈에서는 물방울이 주르르 넘쳤다.

겐지가 도요의 차가워진 볼을 양손으로 감쌌다. 엄지손가락
으로는 흘러내리는 눈물을 닦아주었다.

"도요는, 내가 행복하게 해줄게."

"……."

"그리고 내 발에 두르는 천, 뒤꿈치 부분이 닳아서 구멍이 날
것 같아."

도요의 얼굴에 여느 때의 애교 가득한 웃음이 깃든다.

"왠지……, 내가 늘 보던 겐지 씨가 아닌 것 같아."

"그래?"

"응. 어쩐지, 자신감 넘치는 눈빛이에요."

겐지는 도요의 볼에서 손을 떼고 쑥스러워하며 머리를 긁적
였다.

"그런가……."

도요가 "아, 겐지 씨 얼굴로 돌아왔다"라며 큭큭 웃더니, 고
개를 옆으로 살짝 기울이고는 "행복하게, 해줄래요?"라며 겐지
를 가만히 올려다보았다.

"응. 그럴게."

"그 자신감은 어디서?"

또 큭 하고 웃는 도요.

“나는······.”

“나는?”

“옛날부터 행운이 따랐거든.”

둘이서 풋 하고 살짝 웃음을 터뜨렸다.

“겐지 씨, 잠깐 고개 숙여볼래요?”

“어, 왜? 제대로 고개 숙여 부탁하라는 뜻인가?”

“설마. 머리 위에 꽃잎이 떨어졌어요.”

겐지는 시키는 대로 머리를 숙였다. 도요가 손가락으로 꽃잎 한 장을 집는다.

“봐요, 이거.”

“응······.”

“남녀가 둘이 있을 때 머리 위에 꽃잎이 떨어지면 소원이 이루어진대요.”

겐지는 깜짝 놀라며 “저, 정말이야?” 하고 아이처럼 신나는 얼굴을 했다.

도요가 어깨를 움츠리며 큭큭 웃었다.

“거짓말이에요. 방금 내가 지어낸 거.”

“뭐, 뭐야, 그게.” 겐지도 웃는다.

“하지만······.” 도요는 어린 벚나무를 올려다보았다. “이 벚나무가 겐지 씨를 선택해준 것 같아요.”

“이 벚나무가······?”

겐지도 벚나무를 올려다보았다.

팔랑, 팔랑 하고 밤공기 속에서 꽃잎이 떨어진다.

겐지가 도요의 가녀린 어깨를 조용히 끌어안았다.

터진 풍선

- 쓰쓰이 나나미

　낮에 촬영할 때 쓴 조명 받침대와 투박한 삼각 다리. 카메라 두 대에 다수의 렌즈. 그 외에도 노트북이랑 조명 파라솔 따위가 잔뜩 든 가방 두 개가 있다. 양 어깨 뼈가 삐걱거릴 정도였다.

　역에서 도보로 15분 걸리는 원룸 앞에 이르렀을 때는 취기도 어느 정도 가셨다.

　303호 우편함을 확인하니, 야당에서 입후보하는 사람을 소개한 공보물과 신청하지도 않은 쇼핑몰 카탈로그가 들어 있었다.

　이 카탈로그가 또 무겁다······. 풍선 사과가 들어 있는 종이 봉투에 카탈로그를 밀어 넣고 엘리베이터에 올랐다.

　3층에 내려서 303호 문에 열쇠를 끼우고 비틀었다. 도난방

지 기능이 없는 오래된 열쇠이지만 금전적 여유가 없으니 어쩔
수 없다고 포기했다. 도둑이 들어온다 해도 훔쳐갈 물건도 없
고, 유일한 고가품인 카메라 기재엔 보험을 들어두었으니 괜찮
을 거다.

현관에서 신발을 벗으며 아무도 없는 컴컴한 방을 향해 "다
녀왔습니다"라고 인사했다. 이것도 습관이다.

불을 켜고 현관에 체인을 걸어 이중으로 잠긴 걸 확인한 다
음 방으로 들어갔다. TV 옆에 카메라 가방 두 개를 살짝 내려
놓는다. 이제야 겨우 해방된 어깨를 빙글빙글 돌려본다. 견갑
골 부위가 삐걱삐걱 소리를 냈다.

'후우~' 하고 무의식적으로 한숨을 내뱉었다.

냉장고에서 미네랄워터를 꺼내어 페트병 채로 꿀꺽꿀꺽 마
셨다.

가까스로 한숨 돌린 후, 종이봉투에서 풍선 사과를 꺼냈다.
사과에 그려진 글자와 숫자와 스마일을 보고 있으니 왠지 웃고
싶은 기분이 들었다.

설마 그런 곳에서 고향 사람을 만날 줄은 몰랐다. 게다가 같
은 고등학교 선배라니.

오모리 요이치 씨…….

부모님이 식당을 하신다 그랬지? 혹시 식당 이름이 '오모리
식당'이거나 하면 재미있겠는데? 음식들이 모두 수북하게 나

올 것 같잖아('오모리'는 요이치의 성(大森)이기도 하지만, 곱빼기(大盛)라는 뜻도 있다-옮긴이).

나나미는 후후후 하고 웃으며 손에 든 사과를 창틀 위에 놓았다.

스마일이 이쪽으로 향하게 하면 더 귀엽겠지?

응, 느낌 좋다.

사과 주위에는 테두리 없는 액자로 장식된 풍경 사진이 세 장 놓여 있다. 나나미가 여태까지 개인적으로 촬영한 것 중 특히 마음에 드는 작품이다. 학생 시절에 런던의 어느 길모퉁이에서 찍은 스냅 사진, 작년에 이와테(岩手) 현 산리쿠(三陸) 해안에서 찍은 달밤의 바다, 고향 과수원에서 사과 수확 중에 찍은 가족사진. 그 사진 속에서 아빠와 엄마, 할머니, 할아버지가 나란히 이쪽을 보고 있다. 아빠와 할아버지는 조금 쑥스러운 표정이고, 엄마와 할머니는 천진난만한 얼굴로 활짝 웃고 있다. 나는 그때 사다리에 올라가 높은 위치에서 광각렌즈로 촬영했다. 맨 앞에 가족, 그 뒤에는 사과밭, 그보다 더 뒤쪽의 저 먼 곳에 이와키 산과 오렌지 빛 저녁하늘이 펼쳐져 있다. 분명 고향집 거실에도 똑같은 사진이 장식되어 있을 것이다.

사진 속 아빠의 손에 새빨간 사과가 들려 있는 걸 보고, 아, 맞다, 하고 떠올렸다. 오므라들기 전에 저장해야지.

나나미는 카메라 가방 옆 주머니에서 하얀색 휴대폰을 꺼냈다. 풍선 사과를 잡으려다……, 생각이 바뀌었다.

사진부터 찍어둘까?

나나미는 휴대전화에 카메라 기능을 실행시키고 사과를 향해 들었다. "으음, 잘 안 나오네……." 천장의 형광등 빛이 반사되어 사과 얼굴이 선명하게 나오지 않았다.

각도가 좋지 않군……그렇다면, 사과를 이쪽으로. 나나미는 형광등 위치를 보고 사과를 살짝 옮겼다. 다시 사과를 향해 카메라를 든다.

좋아 좋아. 이제 됐다. 자, 사과 양, 예쁘게 웃어주세요~.

하나, 둘, 치…….

사건은 나나미가 셔터를 누름과 동시에 일어났다.

팡!

"꺄악!"

나나미는 전화기를 손에 든 채 하마터면 엉덩방아를 찧을 뻔했다.

"어……, 뭐야? 설마, 내가 잘못 본 거지?"

잘못 본 게 아니라는 걸 알면서도 그렇게 말하지 않을 수 없는 타이밍이었다.

황급히 휴대전화에 찍힌 사진을 보았다. 셔터를 누른 게 터진 직후였는지 사과는 찍히지 않았다. 방바닥 여기저기에 빨간 풍선의 잔해가 널려 있다. 나나미는 풍선 파편을 필사적으로 모아서 퍼즐처럼 연결해보았다.

30분 정도 노력하여 '오모리 요이치'라는 글자는 가까스로 맞췄다. 하지만 중요한 숫자 부분은 산산조각이 나서 11개의 숫자 중 4개는 판독이 불가능했다.

이럴 수가. '하아' 하고 소리 내어 한숨 쉰다.

아까 헤어졌던 순간을 되돌아본다. 귀찮아하지 말고 카메라 가방에 있는 전화기를 꺼내어 그 자리에서 저장할 걸 그랬다…….

"아니, 왜 갑자기 터지고 난리야……."

혼자 소리 내어 한바탕 짜증을 내고는 방 한가운데에 벌렁 드러누워버렸다.

그럼 이제 연락할 방법도 없잖아…….

왜 이런 불운이, 라고 생각하니 기침이 나왔다.

백약의 으뜸의 약효가 다 된 모양이었다.

피에로의 사연

- 오모리 요이치

"선생님, 미안하지만 좀 더 크게 이야기해주면 안 되겠습니까?"

맨 뒷줄에 앉은 할아버지가 깜짝 놀랄 만큼 큰소리를 냈다. 멋스러운 남색 체크무늬 셔츠를 입어서 비교적 젊어 보이긴 하지만 귀는 어두울지도 모르겠다……라고 생각했는데, 주위 다른 학생들도 이 할아버지 말에 동의하는 듯 모두 고개를 끄덕였다.

"아, 예. 죄송합니다……."

아마도 얼굴이 빨개졌을 나는 뒤통수를 긁적이며 이렇게 대답했다. 방금 지적당했으면서 또 목소리가 작아졌다. 교실에 킥킥 웃는 소리가 퍼진다. 웃는 사람은 모두 할머니들이다.

나는 한 달에 두 번 정도 평일 낮에 이웃 시의 시민회관에서 풍선 아트를 가르친다. 수업 시간은 9시부터 11시. 이 시간이라 배우기 위해 모이는 사람 대부분은 은퇴하여 시간이 남아도는 어르신이다.

수업료는 딱 천 엔. 저렴한 데다 만든 작품을 모두 가지고 갈 수 있어서 그럭저럭 인기가 있었다. 손자에게 선물하면 좋아한다는 것도 인기를 끄는 이유인 듯했다.

오늘도 대충 헤아려보니 서른 분이 넘게 모였다. 매출은 약 3만 엔. 그 중 내가 만 팔천 엔을 갖고, 나머지는 조금 수상한 프로덕션 '도산'이 챙긴다.

높은 건물의 2층에 있는 이 교실 창을 통해 주택가의 지붕이 보여 분위기가 꽤 괜찮다. 눈앞의 도로를 따라 뻗은 전선에 앉은 참새 몇 마리가 봄 햇살 아래에서 수다를 떨고, 몇 집 건너 빨간 지붕 위엔 검은 고양이가 몸을 둥글게 말고 낮잠을 잔다. 내 눈앞에는 점잖은 노인들이 방긋방긋 웃으며 풍선을 만지작거리고 있다. 이토록 평온한 공기에 감싸여 있으니, 이 지구상 어딘가에 지금 전쟁 중인 나라가 있다는 사실이 믿기지 않는다.

강의를 할 때는 피에로가 될 필요가 없다. 오모리 요이치의 모습 그대로 사람들 앞에 선다. 그러니 아무래도 긴장하게 되고 목소리까지 작아진다. 상대가 차분한 어르신들일 땐 그래도 덜 긴장하는 것 같다. 체면을 차릴 필요가 없어서일까?

지금 가르치는 것은 기본 중의 기본인 강아지이다. 이게 끝나면 하트 만드는 법을 가르치기로 했다. 나이 드신 분은 풍선에 공기를 넣는 것부터 어려워하니 내가 미리 딱 적당한 양의 공기를 넣은 상태로 나눠준다. 그런 다음, 친절하고 정중하게 천천히 천천히 만드는 법을 가르친다.

"예, 이것으로 완성입니다. 멍멍이, 다들 잘 만들어졌나요? 완성하신 분은 주위에 아직 다 못하신 분 있으면 도와드리세요."

이런 식으로 외로운 노인끼리 친구로 연결시켜드리는 것도 중요한 일이라고 도산의 전화 목소리가 말했으므로 고분고분 따르고 있다. 학생끼리 서로 가르쳐주면 강사도 그만큼 여유가 생길 테고.

학생들이 작품을 만드는 동안, 나는 창밖의 평화로운 풍경을 멍하니 바라보았다. 나나미와 헤어진 후로 오늘이 3일째다. 사과 풍선은 벌써 터졌거나 오므라들었겠지?

기대했던 전화는 걸려오지 않았다.

역시 터졌을까? 아니면 처음부터 연락할 마음이 없었던 걸까? 소개팅처럼 예의상 연락처 정도는 물어보자고 생각했을지도 모르고.

나는 나나미의 얼굴을 떠올리려 애썼다. 이상하게도 초점이 안 맞는 카메라처럼 선명하지 않았다. 확실히 떠오르는 건 보조개와 하나로 올려 묶은 까만 머리, 처음 봤을 때의 뒷모습. 그

다음엔 사과에 그려 넣은 스마일. 그런 건 기억해도 아무 소용 없는데.

인간의 기억이란 참 애매하구나……

작은 한숨을 한 차례 흘렸다.

"선생님, 이 부분은 어떻게 하라고 하셨나요?"

갈라진 목소리에 정신을 차렸다. 은발을 깔끔하게 뒤로 빗어 넘긴 할머니가 조심스럽게 손을 들고 있다. 1분 전에 가르쳐 드렸는데 벌써 잊으셨네. 왠지 친근감이 끓어오른다.

"여기는요……"

이번에는 기억에 확실히 남도록 친절하고 성의 있게 가르쳐 드렸다.

강아지가 완성되었다면 이번엔 하트다. 하트는 강아지보다 더 간단하다. 우선 기다란 요술풍선의 꼭지와 엉덩이 부분을 연결하여 고리를 만든다. 그 매듭이 하트의 뾰족한 부분이 된다. 매듭의 대각선 부분을 안쪽으로 접어 꾹꾹 눌러서 구부러진 자국을 만들고, 전체적인 모양을 다듬으면, 하트 완성.

나는 천천히 시범을 보이고 그다음은 학생들에게 맡겼다. 강아지를 만들어봤으니 단순한 하트 정도는 모두 어려움 없이 해낼 것이다.

어르신들 중에는 커플도 있다. 꽤 알콩달콩한 분위기다. 옆 자리에 나란히 앉아 어깨를 딱 붙이고 즐겁게 풍선을 만든다.

상대를 부를 때 '씨'를 붙이니 부부는 아닌 것 같다. 연령은 80세 정도로 보인다.

저 정도 나이가 되어도 연애가 가능할까? 두근거릴까? 떨어져 있으면 보고 싶어서 가슴이 바짝바짝 탈까? 그런 쓸데없는 망상에 빠져 있는 동안, 두 분은 서로의 풍선 고리를 체인처럼 엮어 커플 하트를 만들었다. 그 주변만 공기가 연한 핑크빛이다.

저 두 분, 결혼하면 좋을 텐데……. 애인도 없는 주제에 다른 사람 걱정을 하는 나 자신을 느끼고 마음속으로 쓴웃음을 지었다. 나는 전화도 못 받고 있는데.

집으로 돌아와 편의점 도시락을 다 먹었을 때 테이블 구석에 둔 휴대전화가 떨렸다. "왔다앗!" 급히 전화기를 손에 들고 화면을 확인한 순간……실망했다.

"아, 여보세요, 누나?" 낙담한 마음을 완벽하게 감췄다고 생각했는데, "왜? 누나라서 실망했어?"라고 콕 찌른다. 아무튼 예리하다, 이 사람은.

"설마, 그럴 리 있겠어?"

누나는 '므흐흐흐' 하고 의미심장한 웃음소리를 흘리더니 "너, 여자 전화 기다리고 있었지?"라는 말로 다시 내 속을 떠보려 했다.

"아니라니깐. 딴생각을 좀 하고 있었을 뿐이야."

누나는 냉정을 가장한 내 설명보다 자신의 직감을 더 신뢰한다. 내 말은 가볍게 무시당했다.

"너는 착해빠져서 걱정이야. 깍쟁이 같은 도쿄 여자한테 속지 않도록 조심해."

내가 기다리는 건 도쿄 여자가 아니라 히로사키 여자라고~. 도쿄 남자한테 속은 건 누나잖아.

머리에 떠오른 생각이 입 밖으로 나가지 않도록 목 안에 잡아두고, 대신 한마디 '바~보'라고 말해주었다.

누나 모모코는 올해 서른두 살이다. 나와 마찬가지로 고등학교 졸업과 동시에 도쿄로 올라와, 디자인 전문학교에 들어갔다. 그 후 작은 편집디자인 회사에 취직하여 몇 년 후에 도쿄 출신 샐러리맨과 결혼, 느닷없이 이혼하겠다고 말한 건 재작년이었다.

주위 사람들에게 아이를 안 낳은 게 불행 중 다행이네, 라는 위로의 말을 들으며 히로사키로 돌아와, 지금은 부모님 집에서 차로 10분 정도 걸리는 지역의 임대 아파트에서 혼자 살고 있다. 시내에 있는 안경점에 취직하여 안경테 디자인을 하면서 판매도 하는 모양이었다.

"그런데, 무슨 일 있어?"

"뭐야~. 꼭 무슨 일이 있어야 전화하는 사이야?"

나는 무심코 웃었다. "동생한테 권태기 커플 같은 말을 하고 그러냐?"

"아하하하하. 듣고 보니 그러네." 누나도 자기가 한 말에 웃었다.

나와는 참 대조적인 사람이다. 어릴 때부터 밝고 낙천적이라 친구가 많았고 남자에게도 제법 인기가 있었다. 이혼하고 10킬로나 빠진 몸과 우울증 직전의 마음 상태로 히로사키로 돌아오리라는 건 어느 누구도 예상치 못한 일이었다. 아마 본인조차도.

회복 속도도 예상 외로 빨라서 10킬로 빠진 몸무게 중 8킬로는 이미 되찾은 듯 "아직 2킬로는 쪄도 된다!"라며 오히려 본인이 이혼을 농담거리로 삼는다.

"너, 언제 한번 올 거야? 여기."

"모르겠는데."

"골든위크(4월 말부터 5월 초까지 일주일 정도 공휴일이 모여 있는 기간-옮긴이)는?"

"일이 몇 개 들어올 것 같아."

"일이라면, 피에로?"

"……그렇지 뭐."

긴 연휴는 1년 중 이벤트가 가장 많은 시기이다. 피에로 일도 자연스럽게 는다.

"가끔 좀 오지 그래? 할머니도 좋아하실 거야."

"으응……."

한 마디 더 하자면 그 시기에 죽을힘으로 벌어야 한다. 6월부터 7월 장마까지 수입이 급감하기 때문이다. 장마철엔 야외이벤트가 거의 기획되지 않으니 피에로는 할 일이 없어진다.

"작년에도 안 왔잖아."

작년뿐 아니라 안 간 지 벌써 5년이다.

"으응……."

"아버지 때문이라면 걱정 안 해도 돼."

정말 예리하다, 이 사람은.

"그런 건 아니고, 일 때문에."

"그렇구나."

누나는 실망스러운 목소리를 냈지만 늘 그렇듯 금세 밝아져서 "그건 그렇고, 어떤 여자야?"라며 또 한 번 쿡 찌른다. 나는 적당히 받아넘기고, 그래도 10분 정도는 하찮은 이야기에 응해주다가 가까스로 전화를 끊었다.

누나의 전화가 아주 조금 귀찮기도 하지만, 통화가 끝나면 신기하게도 30퍼센트 정도는 힘이 생긴다. 누나의 인기 비결은 이런 긍정적인 성격에서 찾을 수 있는 건지도 모른다.

휴대전화를 테이블 위에 다시 내려놓았다.

아버지 때문이라면 걱정 안 해도 돼.

그 한마디가 귀 안쪽에 언제까지고 남아 있었다.

나는 대학을 1년 더 다녔다. 필수과목 출석 일수를 착각하여 제때 학점을 따지 못한 것이다. 나는 그 사실을 알고 쓰가루 긴죠슈(吟醸酒, 일본 술의 한 종류로서, 좋은 원료를 사용하여 공들여 양조한 고급술-옮긴이)를 사들고 급히 담당 교수를 찾아갔다. 양손 모아 간절히 부탁하여 특별히 추가시험 기회를 얻었는데, 공교롭게도 하필 그날 독감에 걸려 결석을 하고 말았다. 추가시험의 추가시험까지는 역시 아무리 부탁을 드려도 단칼에 거절당했다. 한정판 다이긴죠(大吟醸, 일본 술 중에서 최고 등급에 해당하는 고급술로서, 긴죠슈와 비교하면 좀 더 맑고 은은하다-옮긴이)로도 안되었다.

1년 늦은 23세에 졸업한 나는 일단 히로사키로 돌아갔다. 그때 아버지에게 말했다.

저, 아버지 일을 물려받을 테니 이 식당에서 일하게 해주세요, 라고.

당연히 기쁨의 눈물을 흘리리라 생각했는데 현실은 예상하지 못한 쪽으로 흘러갔다. 그때 쓰가루 국수를 뽑던 아버지는 나를 보지도 않고 "물려받고 싶으면 다른 가게에서 몇 년 배우고 오너라"라고 말했다.

"어……, 왜요?"

놀라서 이유를 물으니 사회 경험이 없으면 요즘 세상엔 어떤 일도 잘 해내지 못하기 때문이라고 했다.

"아버지는 다른 데서 안 배우고도 시작했잖아요."

그렇게 말하면서 대들었지만 아버지는 내 말을 무시하고 배달을 나가버렸다. 대신 대답한 건 어머니였다.

"아버지가 그것 때문에 고생하니까 하는 말씀이야."

나는 우리 식당 단골손님의 소개로 도쿄의 어느 중화요리점에서 일을 배우기로 했다. 일류는 아니지만 삼류라고 할 정도도 아닌, 내게 딱 좋을 만한 단독 건물을 가진 가게였다.

처음 그 가게 사장과 주방장을 만나러 갔을 때는 일부러 아버지까지 나서서 같이 머리를 숙여주었다.

"제 아들, 세상 물정도 잘 모르고 어리석지만 심성만은 착한 아이입니다. 아무쪼록 잘 부탁드리겠습니다."

아버지는 그렇게 말하고 바보처럼 깊이 머리를 숙였다.

나는 그 뒷모습을 보고 같이 꾸벅 절했다가 이제 됐겠지 싶어 얼굴을 들었는데 아버지는 아직도 머리를 숙인 채여서 황급히 다시 고개 숙여 절을 한 기억이 있다.

이때 나는 아버지가 '창피하다'고 생각했다. 주방장은 팔짱을 끼고 아버지를 내려다보았고, 사장은 희미하게 미소 짓고 있었다. 이 명백한 상하관계가 묘하게 분했다.

어린 시절……. 아버지는 어느 누구보다 멋진 존재로서 내 안에 군림했다. 말이 없는 편이라도 가족에겐 자상했고, 맛있는 메밀국수와 맛있는 밥을 만들어 동네 손님들을 기쁘게 했다. 학교에 가면 친구들이 "너는 매일 맛있는 거 먹어서 좋겠다"라며 부러워했다.

무엇보다 쓰가루 메밀국수를 만들 때 아버지의 모습은 정말이지 최고였다. 마치 장인처럼 눈빛이 진지했고 몸짓 하나하나가 예리하여, 아들인 나마저 그 모습에 홀딱 반해버렸다.

그런 아버지라도 도쿄에 오니 시골 촌구석의 그저 그런 식당 아저씨일 뿐이었다. 이류 중화요리점 주방장에게 엎드려 부탁해야 하는……. 가능하다면 아버지의 그런 모습은 보고 싶지 않았다. 혼자 찾아가서 혼자 머리를 숙이고 싶었다. 나 혼자라면 얼마든지 고개 숙일 수 있는데.

그날이었다. 아버지에게 "창피하니 아버지는 입 다물고 계세요"라고 말한 것은.

반년 후, 설거지와 칼갈이와 새우 껍질 벗기기에만 능숙해진 나는 결국 그 중화요리점을 그만두었다.

정확히 말하면 해고된 것이다.

그날 저녁에 나는 어쩌다 주방장의 칼을 콘크리트 바닥에 떨어뜨리고 말았다. 전날 밤에 내가 완벽하게 갈아둔 날의 일부가 빠져버렸다.

"죄, 죄송합니다앗!"

당황하여 주방장과 동료 견습생들에게 몇 번이나 고개를 숙이고 서둘러 다시 칼을 갈려 했다. 그 순간 주방장의 입에서 나온 말이 내 등을 깊이 찔렀다.

"바보야. 이 빠진 칼은 이제 못 써. 시골 촌구석에 있는 아버지 식당에나 보내드리면 좋아하겠네. 헝클어진 머리로 여기까지 찾아온 네 아비라면 이런 칼이라도 고맙다고 넙죽 받겠지."

주방장은 그렇게 말한 후, 히히히히 하고 야비하게 웃었다. 심보가 고약한 인간이다. 사장 앞에서만 늘 유능한 척하는 것도 참 꼴불견이다.

나 자신도 놀란 일이지만, 누군가가 내 가족을 무시하니 위장 부근에서 정체불명의 열 덩어리가 치밀어올라 도저히 삼키기 힘들었다. 제정신이 들었을 땐 숫돌 위에 올린 칼을 전혀 움직이지 못하고 있었다. 호흡하는 방법조차 잊었는지 귀 안쪽에서는 쿨렁쿨렁 혈액 흐르는 소리가 들렸고 몸 전체가 딱딱하게 경직되는 듯했다.

유일하게 움직인 것은 입이었다.

"아버지는, 자신의 칼을, 늘 소중히 다룹니다……."

숫돌에 시선을 떨군 채 가까스로 쉰 목소리를 짜냈다.

주방장은 흥, 하고 코로 웃었다.

"그렇게는 안 보이던데? 그 아재."

나는 천천히 주방장을 돌아보았다. 평소에도 입이 험한 중년남자의 기름진 얼굴에 비웃음의 흔적이 왼쪽 볼에만 달라붙어 있었다. 그 웃음이 너무나 저속하게 느껴졌다.

내가 무슨 말을 하려고 숨을 크게 들이마셨을 때, 늘 나를 귀여워해주던 선배 중 한 사람이 '어이' 하고 나를 제지했다. 들이마신 숨은 갈 곳을 잃고, 결국 뜨거운 한숨으로 바뀌어 떨리는 입술 사이로 가늘게 새어나왔다.

나는 최대한 냉정하게 말했다.

"죄송합니다. 칼을 떨어뜨린 건 제 잘못입니다. 그건 아버지와는……."

"상관있지. 네 아비 씨가 어디로 갔겠어? 내 말이 틀려?"

주방장이 내 말을 끊고 자기 멋대로 발언했다.

선배가 내 얼굴을 보고 눈으로 '참아'라고 말했다. 하지만 내 입이 반사적으로 움직였다.

"아버지와, 우리 가게, 무시하지 마……."

"뭐라? 이 녀석이."

무릎과 꽉 쥔 주먹이 떨렸다.

"이 자식, 다시 한 번 말해봐."

나는 주방 안쪽 출구를 통해 뒷골목으로 뛰쳐나갔다. 선배가 '야!' 하고 부르는 목소리는 무시했다. 뒤쪽 계단을 뛰어올라가 스태프 전용 로커에서 재빨리 사복으로 갈아입고 그대로 전철을 타고 집으로 돌아왔다. 싸구려 아파트 다다미방 한가운데에 드러누워 천장에 매달린 낡은 조명을 멍하니 바라보았다. 마음이 정리되지 않은 채로 그냥 "까불지 마"라고 한마디 중얼거렸더니 눈물이 주르르 흘러 귀로 들어갔다.

분해서 운 것은 고등학생 때 파란 배턴을 떨어뜨린 그 여름날 이후로 처음이었다.

그날 밤늦게 선배의 전화를 받았다. 돌아오라고 설득해도 소용없을 거라는 대답을 준비해뒀는데, 그는 연민을 담은 목소리로 이렇게 중얼거렸다.

"너, 정말 바보야. 이제 나오지 말래……."

그때 제일 먼저 내 뇌리에 어른거린 것은 반년 전 나를 위해 머리를 숙여주었던 아버지의 뒷모습과, 앞으로 볼지도 모를 낙담한 아버지의 얼굴이었다.

예기치 않게 백수가 된 나는 일주일 정도 아무 일도 하지 않고 지냈다. 한 일이라곤 TV 화면에 흐르는 영상을 마냥 쳐다보거나, 동네 서점에 서서 책을 읽거나, 대학 시절 후배 집에 놀러가서 싸구려 술을 마신 것 정도였다.

같은 도쿄에 살던 누나가 전화를 한 것은 그만둔 지 3일째 되는 날이었다. 그때 나는 숨김없이 모든 걸 털어놓았다. 아니, 누나의 예리한 직감과 유도신문에 넘어가서 어느새 모조리 자백해버렸다고 할까?

사정을 들은 누나는 만난 적도 없는 주방장을 향해 온갖 욕설을 퍼부은 다음, "아버지한텐 내가 말씀드릴까?"라며 내 처지를 배려해주었다. 하지만 나는 거절했다. 오히려 "아버지한텐 절대 비밀로 해줘"라고 신신당부했다.

아버지 때문에 싸우고 결국 잘렸다는 걸 알게 된다면 정말이지 최악이다.

보름 후 나는 누나의 지인이 근무한다는 회사에 취직했다. 사원수가 총 열 명인 작은 회사였다. 나는 광고대리점에서 하청을 주는 전단지나 소책자 만드는 일을 했다.

취직이라는 반드시 넘어야 할 관문을 통과한 후에야 나는 큰맘 먹고 아버지에게 전화를 걸었다.

"사실은 저요, 그 중화요리점 관두고 지금 광고 회사에서 일하고 있어요."

나의 고백에 수화기 저편의 아버지는 잠시 침묵했지만, 곧 "그랬구나"라는 한마디만 중얼거렸다. 좋을 것도 없고 나쁠 것도 없다는 듯한, 여느 때의 담담한 목소리였다. 예상했던 낙담은 그 음성에서 조금도 느껴지지 않았다. 왠지 조금 안심이 되기도 하고, 쓸쓸하기도 하고…… 복잡한 심경에 사로잡혔다.

"모처럼 소개해주셨는데……죄송해요."

떨리는 목소리로 애써 사죄했는데, 아버지는 그에 대해서는 아무 대답이 없었다. 그만둔 이유조차 묻지 않고 "일은 바쁘냐?"라고 오히려 다정한 목소리로 말을 건넸다.

"일은……." 솔직히 매일 한밤중까지 일해야 할 정도로 굉장히 바빴기 때문에 나는 "엄청 바빠요"라고 되도록 씩씩한 목소리로 말했다. 아버지도 "그래? 바쁜 게 좋지. 열심히 해"라고 순수하게 기뻐해주었다. 내가 수화기 너머에서 울고 있다는 사실도 모르고.

혹시 아버지는 처음부터 가게를 물려줄 생각이 없었던 걸까? 그런 생각이 가슴속에서 부글부글 거품처럼 끓어올라 서서히 부푸는 걸 느꼈지만 통화는 평온한 상태로 마무리했다. 그 이후로는 아버지와 제대로 대화를 나눈 적이 없었다.

회사는 2년을 채우고 그만두었다. 그 2년 동안 나는 늘 전력 질주를 강요당했다. 도쿄에서 겨우 빠듯하게 생활할 수 있을 만큼의 쥐꼬리만한 월급에 무급 야근은 매달 100시간을 넘겼고, 수면 시간까지 줄여가며 죽을힘으로 완성한 광고 작품도 클라이언트의 변덕스러운 말 한마디에 기획 단계부터 다시 시작해야 했던 적도 많았다.

뭔가를 만드는 일 자체는 재미있었다. 2년째가 되니 일을 통째로 맡는 경우도 생겨 보람도 느꼈다. 직장 내의 인간관계도 나쁘지 않았다. 다만 매일매일 눈이 팽팽 돌 정도로 일만 해야 하니 나만의 생활 리듬을 도저히 찾기 힘들었다. 일단 그런 생각이 들기 시작하니 그 부조화는 날이 갈수록 심해졌고, 급기야 시간에 쫓기는 이 생활에 공포심마저 느끼게 되었다.

권태감이 너무 오래 지속되는 것 같아, 나는 어느 날 병원을 찾았다. 중년 여의사가 불안 장애 같다고 했다. 정신건강의학과로 가서 진찰을 받아보길 권하기에 바로 그날 찾아갔더니 역시 그랬다. 심한 편은 아니었지만 일단 마음의 병에 걸린 것이다.

그래서 회사를 그만두었다. 누나는 알지만 부모님에겐 아직까지 비밀로 하고 있다. 괜한 걱정을 끼치고 싶지 않았다.

회사를 그만둔 나는 곧 경제적으로 어려워졌다. 저금해둔 돈도 거의 다 써버렸다.

목구멍이 포도청이라 나는 창피함을 무릅쓰고 학생 시절에 아르바이트를 했던 신주쿠(新宿)의 레스토랑을 찾아가 여기서 일하게 해달라고 부탁했다. 그 당시 주방장이 점장이 되어 나를 맞아주었는데, "오모리, 와줄 건가!" 하고 크게 기뻐하며 양쪽 어깨를 팡팡 두드렸다.

이 레스토랑에서 디너 타임마다 선보였던 작은 공연이 제법 인기가 있었다. 공연이라 해도 무명의 마술사가 테이블 마술을 살짝 보여줄 뿐이었지만……. 학창 시절에 나는 풍선 아트 쇼로 그럭저럭 수입을 얻었다.

"마침 공연할 사람이 부족했던 참이야. 덕분에 살았어."

점장이 그렇게 말하여 당장 그 주부터 일을 시작하기로 했다.

"저야말로 감사합니다."

"그런데 그전에."

"네?"

"이 프로덕션이랑 계약해주지 않겠어?"

"어……?"

"우리랑 계약한 외주업체가 있는데, 지금은 거기서 파견한 사람만 쓰고 있어. 개인이랑 계약하면 갑자기 그만두는 경우가 생길 때 곤란하거든."

점장은 투덜거리면서 A4용지 한 장을 건넸다. 그 종이에 '도쿄산게샤'라는 고딕체의 회사 이름과 전화번호, 팩스번호, 그리고 간단한 지도가 그려져 있었다.

"축약하면 도산이야. 금방 망할 것 같은 이름이지? 지금 이 회사 사장한테 전화해놓을 테니 나중에 계약하러 가."

"어, 에, 예……."

"아, 그래, 여기랑 계약하면 다른 일도 받을 수 있으니 오히려 더 좋을 거야."

"아, 예……."

점장은 일당의 40퍼센트를 수수료로 지급해야 한다는 사실은 끝까지 밝히지 않고 이야기를 척척 진행시켰다.

그리하여…….

지금 내 직업은 풍선 아트 피에로다.

이 일을 시작한 지 벌써 3년째에 접어들면서 제일 오랫동안 종사한 직업이 되었다.

도산을 소개해준 점장의 레스토랑은 작년에 도산하고 말았다. 그 사실을 도산의 전화 담당자에게 전해 들었을 때는 역시 조금 우울했다.

오늘의 기회

- 쓰쓰이 나나미

오늘도 기침이 멈추지 않는다.

지난 일주일간 조금 여윈 몸으로 아파트에서 나와 주택가를 걷는다. 근처 단독주택에서 기르는 시바이누(일본에서 천연기념물로 지정된 일본 고유의 견종 중 하나-옮긴이)가 여느 때처럼 담 위에 턱을 올리고 지나가는 사람을 구경한다. '안녕. 잘 있었어?' 눈으로 인사하니, 개도 '안녕. 나는 잘 지내. 너는?' 하고 눈으로 대답하는 것 같다.

'나는, 별로 잘 못 지내……' 마음속으로 중얼거렸다. 왜 그런지 온몸이 나른하다. 열은 없는데 기침이 밤새 멈추지 않아서 잠이 부족한 상태다. 그 탓에 피로감이 등에 점토처럼 철썩 달라붙었다.

아침 10시의 맑고 푸른 하늘도, 휴일의 온화한 공기도, 내겐 어쩐지 나른함의 일부로 느껴졌다. 하지만 기회는 오늘밖에 없을 것 같다. 그래서 갈 수밖에 없었다. 그 토이스타에.

그와 만난 후 일주일 내내 아침부터 밤까지 촬영 일이 바빠서 쉴 틈이 전혀 없었다. 따져보니 오늘이 보름만의 휴일이다. 스스로 '참 부지런한 일꾼일세'라고 감탄하며, 가까운 역까지 걸어가 완행 전철을 탔다.

그와 처음 만난 토이스타는 오늘도 가족 단위 손님들로 북적였다. 휴일이니 어쩌면 피에로 씨가 있을지도……라고 조금 기대했건만, 입구 앞에 서 있는 건 거대한 곰 인형이었다. 엄청나게 큰 데다 엄니가 있어서 별로 귀엽지도 않다. 미국 브랜드답다는 생각에 나는 속으로 쓴웃음을 지었다.

가게로 들어가서 안쪽 스태프실로 연결되는 문 앞까지 걸어갔다. 피에로 차림의 그가 문을 잡아주었던 곳이다. 그곳에서 누구라도 오길 기다렸다.

1분도 채 지나지 않아 나타난 것은 바라지 않은 얼굴이었다.

"다나카 씨!"

나나미는 당장 말을 걸었다.

"어……? 으음, 저기, 어디서?"

홍보 담당 다나카는 조금 당황했지만 "저, 사이토(斎藤) 사진 사무소에서 조수로 일하는 쓰쓰이 나나미입니다"라고 말하자,

손뼉을 치며 "아, 맞다, 제가 깜빡했네요!"라고 약삭빠르게 아는 척을 했다.

"실은 다나카 씨한테 좀 여쭤보고 싶은 게 있어서요."

"어? 나한테요?"

"네."

다나카는 의아한 표정으로 "일단 안으로 들어오세요"라고 말하며 스태프실 문을 열고 나를 안으로 안내했다. 그러고는 왼편 안쪽에 있는 응접실 같은 곳으로 먼저 들어간다. 파이프 의자에 긴 테이블만 놓인 간소한 공간이었다.

"여기를 일단 회의실로 쓰고 있습니다. 자, 앉으세요."

"아, 네, 감사합니다."

우리는 파이프 의자에 마주앉았다.

"기침하시네요. 감기 걸렸어요?"

아무래도 좋을 대화를 다나카가 먼저 시작했다.

"감기라고 할 정도는 아니지만……."

"요즘 감기가 유행이래요."

"그런가요?"

"어제 뉴스에서 봤어요. 백신이 부족할 정도라고."

다나카가 이렇게 말하며 가슴주머니에서 박하 향 담배를 꺼냈다. 100엔짜리 라이터로 불을 붙인 후 천장을 향해 연기를 토해냈다.

얼핏 보면 센스 있고 유능한 남자 같은데 기침하는 사람 앞에서 담배를 피우다니……. 나는 '흐음' 하고 마음속으로 신음하고 되도록 기침을 참으며 본론을 꺼냈다.

"저기, 지난번에 여기서 피에로 복장으로 풍선 아트를 했던 분이랑 연락하고 싶어서요. 혹시 그분 전화번호를 알 수 있을까요?"

다나카는 이번엔 얼굴을 오른쪽으로 돌리고 연기를 토해내더니 '으음……' 하며 고개를 갸우뚱했다. "그 피에로 분과는 직접 명함을 교환한 적이 없어서요. 아마 도쿄산게샤라는 외주 업체에서 파견된 분일 텐데."

"예." 그건 알고 있습니다. 축약해서 도산이라는 것도. 사장이 콧수염을 길렀다는 것까지도. 그런데 아무리 검색해봐도 그런 회사가 없어요. 그래서 당신한테 묻고 있잖아요. 가르쳐주세요. 부탁할게요. 제발.

예, 라는 한 글자 속에 많은 의미와 소망을 담았다. 다나카에게도 통했는지 담배를 재떨이에 비벼 끄고 훌쩍 일어났다.

"잠깐 기다려보세요. 도쿄산게샤 전화번호라면 사무소에 있을 것 같네요."

야호!

"감사합니다."

그로부터 5분쯤 기다렸다. 다나카가 가슴주머니에서 꺼낸 것은 담배가 아니라 이번엔 종이 조각이었다.

"자, 여기 있습니다. 이 번호로 전화해서 풍선 아트……. 그 사람, 이름이 뭐였더라?"

"오모리 요이치 씨예요!"

서로 마주본 채 한순간 침묵했다.

"어? 아는 사이예요?"

"아……. 저, 이, 이름만."

다나카는 큭 하고 웃더니 "그렇군요. 젊다는 건 좋은 거예요. 나한테도 그런 시절이 있었는데……"라고 혼잣말을 했다. 군인의 거수경례처럼 오른손을 이마에 대더니 "건투를 빕니다"라고 농담까지 한다.

나는 무척 쑥스러워하며 "네……." 하고 대답했다.

재회

- 오모리 요이치

지바(千葉) 현의 도쿄 만 부근에 있는 대형 복합 쇼핑몰은 휴일의 쇼핑객과 데이트하러 나온 커플들로 초만원이었다.

식당가의 한 모퉁이에서 오전 일을 끝낸 나는 피에로 차림 그대로 스태프실에 들어가 점심을 먹었다.

이벤트 담당 스태프에게 받은 마쿠노우치(幕の内) 도시락(가부키를 보러 온 사람들이 1막과 2막 사이에 먹었다고 해서 마쿠노우치라는 이름이 붙었다-옮긴이)을 거의 다 먹고 마지막에 남은 분홍색의 시큼한 장아찌를 씹고 있는데 바퀴 달린 가방 안에서 휴대전화가 울렸다.

누구지? 전화기를 꺼내어 화면을 확인한다. 도쿄산게샤, 라고 뜬다.

"여보세요, 오모리입니다."

"수고 많으십니다. 지금 점심시간일 텐데."

"아, 예. 방금 다 먹어서 괜찮습니다."

"오전 일은 어땠나요?"

"평소대로 순조롭습니다. 그런데⋯⋯무슨?"

"아, 사실은 방금, 지난주 토이스타에서 사과를 받은 카메라 맨이라는 여성에게 전화가 왔는데, 오모리 씨한테 연락하고 싶다면서 전화번호를 가르쳐달라고 하더군요."

"앗!"

나나미다!

"아시는 분이에요?"

"예, 아, 아주, 잘 아시는 분입니다!"

너무 놀란 나머지 이상한 높임말을 쓰고 말았다.

"아, 그래요? 신원도 모르는 사람한테 오모리 씨 전화번호를 가르쳐주려니 좀 꺼림칙해서 그 여자분 연락처를 받아놨어요."

"아, 감사합니다!"

"왠지, 좀 느낌이 수상하던데, 괜찮은가요?"

"네⋯⋯?"

"목소리가, 좀, 뭐랄까, 스릴러 영화 같은 데서 전화로 몸값을 요구하는 사람이 일부러 이상한 목소리를 내잖아요. 그런 느낌이었어요."

나는 한순간 의아했지만, 곧 기침하던 나나미의 모습이 떠올랐다. 감기가 더 심해진 모양이다.

"아, 원래 목소리가 그래요."

"그런가요? 그렇다면, 뭐……. 지금 메모 가능하세요?"

나는 가방에서 아직 사용하지 않은 풍선과 펜을 급히 꺼낸 후 불러주는 전화번호를 기록했다.

"감사합니다."

"아뇨. 오후에도 잘 부탁드릴게요."

딸깍.

이 딸깍 하는 소리마저 무척 상쾌하게 들렸다.

나는 오후 일이 끝나고 피에로 화장도 지우기 전에 당장 휴대전화부터 잡았다. 틀리지 않도록 차분하게 풍선에 적힌 번호를 하나하나 눌렀다.

호출음이 다섯 번 울렸을 때 '네' 하는 탁한 목소리가 들렸다. 순간적으로 번호를 잘못 눌렀나 싶을 정도로 목소리가 이상했지만, 일단 준비해둔 대사를 던지는 데 성공했다.

"도쿄 사람은 성급하고 쓰가루 사람은 아무리 기다려도 전화를 안 한다 생각했더니, 정중하게 사무소를 통해서 연락하려고 그랬나보오?"

쓰가루 사투리로 말했다.

전화 저편에서 나나미의 웃음소리가 터진다.

"다행이다, 전화 와서. 사무소의 그 직원 분, 나를 굉장히 수상하게 생각하는 것 같았어요. 제대로 전달해줄까 걱정했죠."

"응, 꽤 의심스러워하더라. 아무래도, 그 목소리라면……."

말이 끝나기가 무섭게 나나미의 콜록거리는 소리가 들렸다.

"죄, 죄송해요. 그때부터 계속 기침이 멈추지 않네요. 목소리도 걸걸해지고."

"많이 안 좋아?"

"아뇨. 열은 안 나니까 괜찮아요."

"그렇구나."

이 목소리라면 한동안 노래방엔 못 가겠는걸. 내가 그렇게 생각했을 때 나나미도 비슷한 생각을 한 듯…….

"저기, 혹시 시간 되면 또 같이 한잔해요."

내 심장이 날뛰기 시작했지만 흥분한 마음을 애써 꾹 누르고 "어, 나는 좋지만, 감기 때문에 괜찮겠어?"라고 물어보았다.

"전혀 상관없어요. 노래방만 안 간다면……콜록콜록."

나나미는 기침하며 웃었다.

우리는 지난번과 같은 역 개찰구에서 만나기로 했다.

"그런데 말이야."

"예?"

"혹시, 그 사과……."

"아, 그거! 집까지는 잘 갖고 갔는데 전화번호 저장하기 전에 터져버렸어요."

"아아. 역시……."

"어? 역시라뇨?"

집에 도착할 때까지 무사했다는 것만으로도 훌륭하다.

"터질 수도 있다는 생각이 나중에 들었거든."

"어, 그게 무슨 말이에요?"

"그건 나중에 설명할게. 꿀꺽꿀꺽 마시면서."

빨리 만나고 싶으니 전화하는 시간도 아까웠다.

나나미는 '어어어엉~' 하고 불평 섞인 목소리를 내며 풍선이 터진 이유를 당장 알고 싶어 하다가 "그럼 내가 어떻게 피에로 씨 사무소 전화번호를 알아냈는지도 나중에 가르쳐줄 거예요. 힌트는 잘나가는 남자의 군대식 경례입니다"라고 호기심을 부추겨 입장을 평등하게 만들었다. 우리 두 사람의 접점은 토이스타밖에 없으니…… 잘나가는 남자라면 다나카 씨겠지? 군대식 경례는 또 뭐야?

"알았어. 기대할게."

"네. 피에로 씨, 오늘 몇 시에 만날까요?"

피에로 씨라니. 호칭을 어떻게 할지 아직 결정을 못했나 보군. 뭐, 그런 건 아무래도 상관없겠지?

나는 이때 상당히 들떠 있었다. 소심하기로 둘째가라면 서러운 내 입에서 상상도 못할 대사가 술술 나왔다.

"나나미의 연락을 일주일이나 기다렸으니 되도록 빨리 만나고 싶은데."

물론 말한 직후 얼굴이 빨갛게 달아올랐다. 새하얀 피에로 화장 덕분에 어쩌면 핑크색으로 변했을지도 모른다.

나나미는 조금 쑥스러운 듯 큭큭 웃더니 그 후 열 번 정도 연속해서 콜록거렸다.

서로 가장 빨리 도착할 수 있는 시각으로 약속을 정하고 전화를 끊었다.

그로부터 나는 도쿄 사람처럼 성급하게 뒷정리를 하고 바퀴 달린 가방은 굴리기보다 손에 든 채 종종걸음으로 일터를 떠났다.

헐떡이며 역에 도착하여 마침 플랫폼에 서 있던 전철로 뛰어드는 데 성공. 빈 의자가 눈에 띄어 앉았는데 잠시 후 내 눈앞에 주름투성이 할머니가 섰다. 평소라면 쑥스러워서 자는 척했을 테지만, 오늘의 나는 왠지 벌떡 일어나 할머니에게 자리를 양보하고 싶었다.

약속 장소인 역 개찰구에 도착하니, 먼저 온 나나미가 손을 들어 살짝 흔들어주었다.

"기다렸지?!"

"오랜만, 인가?"

"미묘하네, 일주일이면."

말하면서 다가가는 나를 나나미가 가만히 응시한다. 보조개를 보이며 싱긋 웃어준다.

그건 상상도 못할 만큼 큰 미소였다.

쑥스러워하는 나에게 나나미가 웃음 띤 눈으로 말한다.

"피에로 씨, 턱 밑이 아직 하얗거든요."

제2장

둘이라서 괜찮아

- 오모리 요이치

덜컹덜컹덜컹덜컹덜컹덜컹.

바퀴 달린 가방을 둘이 나란히 끌면서 주택가 한가운데를 관통하는 저녁의 가로수 길을 걸었다.

"아아, 아직도 배불러. 나 과식했나봐." 나나미는 임산부처럼 자기 배를 쓰다듬으며 "마지막 피자를 안 먹었어야 했는데"라고 괴로운 듯하면서도 행복한 목소리를 냈다.

"피자가 그렇게 클 줄 몰랐어."

"점원이 들고 나오는 거 보고 깜짝 놀랐잖아."

틀림없이 미디엄 사이즈를 시켰는데, 그건 아무리 봐도 엑스라지였다. 라지 사이즈를 주문했더라면 대체 얼마나 큰 피자가 나왔을까?

122

"그러게. 정말 깜짝 놀랐어. 우리 소화도 시킬 겸 조금 멀리 돌아갈까?"

"좋지. 이렇게 여행가방 끌면서 나란히 걸으니 꼭 해외여행에서 막 돌아온 커플 같다."

"아하하. 그러네. 설마 가방 안에 사진 기재랑 피에로 옷, 풍선 같은 게 들어 있는 줄은 아무도 모르겠지?"

나나미가 "그렇겠지?"라고 웃으며 나를 바라본다.

사귀기 시작한 지 딱 1년이 지났지만, 나는 나나미의 보조개가 여전히 좋다. 하지만 나나미가 나의 어떤 점을 좋아하는지는 여태껏 수수께끼다. 궁금해서 물어봐도 "좋아하는 데 이유가 필요해?"라고 지구상의 모든 나라에서 오랜 옛날부터 써왔을 낡아빠진 대사를 내뱉으며 살짝 웃을 뿐이다. 곤란해서 얼버무리는 건지, 정말로 그렇게 생각하는 건지, 그 역시 수수께끼다.

하는 일은 둘 다 1년 전과 다름없지만 그동안 서로를 부르는 호칭이 바뀌었다. 나는 '나나미짱'에서 '짱'을 빼고 '나나미'라 부르고, 나나미는 반대로 '짱'을 붙여서 나를 '요짱'이라 부르게 되었다. 연하인 그녀가 '짱'을 붙여 부르니 처음에는 조금 낯간지러웠는데 지금은 어느 정도 적응이 되었다. 아니, 오히려 두 사람의 가까워진 거리를 상징하는 것 같아 더 마음에 든다.

우리는 나나미의 일이 끝나는 시간에 맞춰 데이트 약속을 잡는 일이 많아졌다. 기본적으로 그녀가 나보다 훨씬 바빠서 시간을 내기 어려웠기 때문이다.

오늘은 둘 다 저녁까지 도쿄에서 일을 해야 했기에 시부야에서 만나 싸고 맛있는 이탈리아 식당에서 밥을 먹었다. 돌아가는 길에 게임센터에 들러 동전을 날리고, 레코드숍에서 우리가 좋아하는 스피츠 앨범을 사고, 전철을 타고, 지금은 나의 싸구려 아파트를 향해 걷고 있다.

나나미의 말에 따르면 오늘이 우리 1주년 기념일인 모양이다. 만난 지 1년인지, 사귀기 시작하고 1년인지는 잘 모르겠다. 굳이 묻고 싶지 않았다. 물으면 "어, 그걸 모른단 말이야? 정말 기억 못해?"라고 추궁할 게 뻔하니까.

평소라면 모퉁이를 돌았을 텐데 소화를 위해 가로수 길을 계속 직진해서 걸었다.

"요짱."

"응?"

"이 가로수, 은행나무지?"

"응, 맞아."

우리는 머리 위로 뻗은 나뭇가지 끝을 올려다보았다.

3월의 이 시기에 가로등에 비친 은행나무는 아직 벌거벗은 어린 나무다. 다음 달이면 귀여운 부채꼴 새싹이 파릇파릇 돋아나 가로수 길도 순식간에 초록빛으로 물들 것이다. 가을이 되어 멋진 단풍으로 변모하면 마치 노란 터널 속을 걷는 듯한 환상적인 기분도 느낄 수 있다.

"요짱, 은행나무에 수그루와 암그루가 있다는 건 알지?"

잡다한 지식이 많은 나나미가 이쪽을 보며 물었다.

"그건 상식이지. 암그루에만 은행이 열리잖아."

"응. 그럼, 은행나무는 활엽수일까, 침엽수일까?"

"활엽수 아냐?"

나나미는 신난 듯 방긋 웃으며 "땡!" 하고 소리 냈다. "잎은 넓적해도 사실은 침엽수야."

"거짓말."

"정말이야. 전에 〈네이처〉에 실릴 은행잎 사진을 찍은 적이 있는데, 그 잡지에 적혀 있었어."

"오호. 은행나무가 침엽수였다니……."

"겉모습만으로 판단하면 안 된다는 거지, 식물도."

"정말 그렇다. 아, 그럼 그것도 알아?"

"뭐?"

"수그루와 암그루를 구별하는 방법."

"은행이 열리는 쪽이 암그루라고 했잖아?"

"응, 그것 말고도 다른 구별법이 있어."

"혹시……." 나나미는 나를 놀리려는 듯한 표정으로 보았다. "잎 모양이 중앙으로 깊이 찢어진 게 수그루이고, 조금 얕은 게 암그루라는?"

"뭐야. 알고 있었어?"

내가 과장스럽게 '췟' 하고 혀를 차니 나나미가 큭 웃었다.

"요쨩, 겉모습으로 판단하면 안 된다고 금방 말해놓고선."

"어?"

"잎 모양으로 암수를 구분할 수 있다는 말, 사실은 속설이래. 학술적인 근거는 전혀 없다고 그 잡지에 적혀 있었어."

"앗, 정말이야?"

"응. 진짜."

"큰일 났네. 나, 몇 사람한테 아는 척하면서 그 얘기 해줬는데."

"앗, 안 되지."

두 사람의 웃음소리가 주변으로 두둥실 퍼졌다가 축축한 밤공기에 섞여 사라졌다. 봄날 밤의 암흑은 고요하고 깊다.

"요쨩, 겉모습에 잘 속는 타입이구나."

"아냐, 전혀 아니라고."

"아, 왠지, 방금 그 대답, 나한테 살짝 실례되는 발언 아니야?"

나나미는 걸으면서 가녀린 어깨를 내게 부딪쳐왔다.

나는 일부러 비틀거리며 대답했다.

"아하하하. 내가 겉모습에 속는 건 식물에만 해당되는 이야기. 인간은 정확히 관찰하고 속속들이 이해한 후에 판단한다고."

"그런가? 요쨩은 사람이 좋아서 쉽게 속을 것 같아 보여."

나나미는 때때로 누나처럼 말한다.

"앗, 나나미도 나의 겉모습만 보고 판단했다."

"나는 보는 눈이 있어서 괜찮거든."

"방금 그 말, 나에 대한 칭찬인 것 같은데?"

그런 가벼운 농담을 주고받다가, 들어가야 했던 골목을 그만 지나치고 말았다. 되돌아가는 것도 재미없을 듯해서 이대로 조금 더 직진하여 편의점에서 와인이라도 사야겠다 싶었다. 내일은 둘 다 쉬는 날이고, 무엇보다 오늘은 우리의 1주년 기념일이다. 때로는 밤을 새면서 알코올에 푹 잠기는 것도 나쁘지 않으리라.

"나나미, 잠시 편의점 들렀다 갈래?"

내가 말했다.

"그래, 좋아."

나나미가 시원스레 대답했다.

이런 사소하고도 별 의미 없는 대화에서 작은 행복을 느끼는 건 언제까지일까? 우리에게도 권태기라는 게 찾아올까?

권태기라……. 떠올려보려 했지만 잘 되지 않았다. "아이스크림도 살까? 밥 배랑 간식 배는 다르니까"라며 눈을 반짝이는 나나미를 보고 그런 상상이 가능할 리 없었다.

하지만…….

아직 현실로 다가오진 않았어도 상상할 수 있는 미래는 있다. 각자의 집안 문제다.

나는 '오모리 식당'의 장남이고, 나나미는 사과 농가의 외동 딸이다. 언젠가는 각자 부모님 곁으로 가야 할 때가 온다. 나나미의 부모님도 '우리 집에 들어와서 살 수 있는 사위를 얻으면 좋겠다'라고 간접적으로 압력을 준다고 하고, 게다가 요즘은 되도록 빨리 결혼하길 바라신다고 했다.

그 이야기만 나오면 솔직히 조금 두근거린다. 들뜬 마음에서 오는 두근거림이 아니라, 뭔가가 묵직해지는 두근거림이다. 프러포즈하기엔 너무 이른 감이 있고, 그렇다고 이대로 있다간 나나미를 '누군가'에게 빼앗길 것 같은 두려움도 있다. 그 '누군가'가 누구일지 생각할 때마다 뇌리에 떠오르는 사람은 당황스럽게도 나나미의 가족이었다.

나나미의 방 창가에는 사진 네 장이 장식되어 있다. 한 장은 디즈니랜드에 갔을 때 둘이 같이 찍은 사진. 외국의 어느 길모퉁이에서 찍은 사진도 있고, 산리쿠인지 어딘지는 몰라도 바다를 찍은 풍경 사진도 있다. 그 중 가장 나나미다워서 좋다고 생각한 것은 나나미의 가족을 찍은 사진이었다. 구도 앞쪽에 카메라를 올려다보는 부모님과 조부모님이 있고, 그 뒤엔 사과밭이 펼쳐져 있고, 그보다 더 멀리 이와키 산이 우뚝 솟아 있다. 오렌지색 저녁 하늘까지 무엇 하나 흠 잡을 데 없이 참 예쁜 사진이다.

이 사진에서만 봤을 뿐이지만 나나미의 가족은 모두 다정해 보였다. 같은 히로사키 출신인 내가 말하기도 좀 뭣하지만, 무척 순박한 표정으로 카메라 렌즈를 바라보고 있다.

나나미는 일반적인 젊은 여성과 비교하더라도 가족을 무척 좋아하는 편인 것 같다. 나랑 데이트할 때도 자주 가족 이야기를 한다. 이 세상에서 가장 소중한 존재는 '가족과 요짱'이라고 말한 적도 있다. 순서가 '요짱과 가족'이었다면 최고였겠지만, 뭐 어쩔 수 없다고 생각한다. 나랑은 사귄 지 아직 1년밖에 안 되었으니.

그래도 조금 섭섭하다.

나의 오래된 아파트 세면대에는 칫솔이 두 개 나란히 놓여 있다. 비교적 신축인 나나미의 아파트에도 마찬가지이다. 열쇠도 각각 하나씩 가지고 있으니, 우리는 도쿄에 집이 두 개 있는 것과 같은 상황이었다.

나나미를 알게 된 후 도쿄에 부는 바람의 질감이 조금 바뀌었다. 왠지 동그스름해진 느낌이다. 우리는 도쿄에서 이제 '혼자'가 아니라 '둘'이기 때문에 마음을 덮는 피부까지 두 배로 두터워진 듯했다. 요즘은 사소한 일로는 더 이상 마음에서 피가 흐르지 않았고, 가끔 푹 찔려서 상처가 나도 함께 슬퍼하거나 웃어넘겨주는 사람이 있다는 생각만으로 그 상처가 달콤하게 느껴지기까지 했다.

나나미와 나는 이제 도쿄 험담을 하지 않는다. 오히려 이 자극적인 도시에서 모험하는 마음으로 함께 즐기자는 입장에 서게 되었고, 언제부턴가 우린 둘 다 도쿄라는 도시를 좋아하고 있었다.

내 집에 도착하자마자 나나미는 편의점에서 산 맥주와 와인을 냉장고에 넣으려 했다.

"어, 풍선 또 늘었네? 와인 안 들어가겠는데?"

부엌에 쭈그리고 앉아 작은 냉장고 안을 들여다보며 나나미가 말했다.

풍선은 직사광선과 공기에 노출되면 품질이 나빠지기 때문에 밀폐용기에 넣어 냉장고에 보관한다. 나나미의 집 냉장고엔 요즘은 거의 쓰지 않는 은염필름이 잔뜩 들어 있다. 중학생 때 아버지에게 물려받아 소중히 간직하고 있는 낡은 수동카메라를 나나미는 자신의 풍경 작품 촬영 전용으로 사용하고 있다.

"와인은 지금 마시게 그냥 꺼내둘래?"

나는 그렇게 말하면서 고타쓰(일본의 대표적인 난방기구로, 테이블에 이불을 덮어놓은 것처럼 생겼다—옮긴이) 위에 있는 잡지와 CD

등을 정리하고 아까 산 스피츠 앨범을 CD플레이어에 넣었다. 재생 버튼을 누르니 새콤달콤 투명감 넘치는 보컬의 노랫소리가 흘러나왔다. 오래전에 묻혀버렸던 기억의 밑바닥을 노크하여 깨워줄 듯한 그런 목소리다.

"역시 좋다, 스피츠."

레드와인과 코르크 따개, 바닐라 아이스크림을 손에 든 나나미가 고타쓰로 들어오면서 말했다.

"듣다 보면 무조건 감동하게 돼."

와인글라스 같은 멋스러운 물건은 갖고 있지 않으므로 백엔숍에서 산 보통 유리잔을 두 개 준비했다. 나나미가 산 아이스크림을 먹기 위해 스푼도 두 개 테이블에 놓았다.

"아, 설마 요짱, 내 아이스크림 먹으려고?"

"물론이지. 바닐라 아이스크림 먹으면서 레드와인 마시면 얼마나 맛있는데."

"에에에에. 반이나 먹을 생각은 아니겠지? 한입만 줄게."

나나미에겐 이런 아이 같은 구석이 있어서 장난을 치면 재미있다.

"안 돼, 안 돼. 가난할수록 나눠먹어야지. 간식 배까지 가득 채우면, 나나미, 살쪄."

"우와, 역시 요짱, 겉모습이 중요한 타입이었어."

아이 같아도 나보다 늘 한 수 위다.

레드와인을 잔에 따르고 오늘 두 번째 건배를 하고 아이스크림 빼앗기를 막 시작한 참에 휴대전화가 울렸다. 나는 반사적으로 벽에 걸린 시계를 보았다. 밤 11시 45분.

전화기에 '모모코'라고 떠 있다. 누나다. 아무리 덜렁거리는 누나라도 이런 시각에 전화를 거는 경우는 극히 드물다. 나는 나나미에게 "누나야"라고 한마디 일러둔 다음 통화 버튼을 눌렀다.

"여보세요, 누나?"

"여보세요, 요이치?"

둘이 동시에 말했다.

"아, 응, 그런데."

"아, 응, 그래."

또 동시여서 둘이 같이 풋 하고 웃었다. 아이스크림 컵을 든 나나미가 소리를 내지 않도록 신경 쓰면서 내 모습을 바라본다. 나는 내 마음을 몸짓으로 전했다.

그 아이스크림 다 먹지 마…….

나나미가 혀를 쏙 내민다.

"무슨 일이야, 이 시간에? 평소답지 않네."

"아, 응, 사실은……."

평소답지 않은 것은 오히려 전화를 건 시각보다 묘하게 낮은 누나의 목소리 톤이었다.

집에 무슨 일 있나……?

직감적으로 알았다. 나는 위장이 꾹 눌리는 듯한 불길한 감각을 느꼈다. 한번 크게 숨을 들이마시고 내뱉은 후에야 차분한 목소리를 낼 수 있었다.

"무슨 일, 있었어?"

"아버지가……."

설마……. 나는 무심코 침을 꿀꺽 삼켰다. 그대로 숨을 멈추고 누나의 다음 말을 기다린다.

"아버지가 배달 도중에 오토바이 사고를 당해서."

이번엔 누가 내 심장을 세게 잡는 것만 같았다.

내 표정이 굳어졌는지, 나나미까지 놀란 듯 걱정스러운 눈빛으로 나를 응시한다.

"그래서……?"

나는 이 한 단어를 온힘을 다해 토해냈다.

"다리가 골절됐는데……."

"……."

골절? 그것뿐?

목 안쪽에 걸렸던 열 덩어리를 큰 한숨과 함께 뱉어냈다. 이어서 한 번 더 심호흡을 했다.

나나미는 아이스크림 컵을 조용히 고타쓰 위에 놓고 불안한 표정으로 이쪽을 보았다.

"야, 요이치, 듣고 있어?"

나는 제대로 된 대화를 하기 위해 다시 한번 크게 심호흡을 해야 했다. 심장이 날뛰고 있다.

"누나야, 제발 좀."

"왜?"

"아버지 돌아가신 줄 알았잖아."

"엉? 이게 무슨 바보 같은 소리야? 그런 흉한 소리 하지도 마."

나는 전화기의 마이크 부분을 손가락으로 가리고 또 한 번 심호흡했다. 걱정하는 나나미에게 "미안, 괜찮아"라고 작은 소리로 전했다. 일단 가슴을 쓸어내린 나나미도 소리를 내지는 않았지만 깊은 한숨을 흘렸다.

"누나 말투, 심장에 안 좋아."

수화기 저편에서 누나가 큭 하고 웃는 걸 느꼈다.

"아, 설마, 나를 속이려고……."

"그런 짓 할 리 없잖아!"

딱 잘라 말하니 나도 할 말이 없었다. 옛날부터 그랬다. 상하 관계가 확실한 형제다. 말싸움을 해서 이기기는커녕 승리의 실마리조차 잡기 힘들었다. 나는 누나에게 지는 것이 습관으로 굳어져버렸는지도 모른다.

"요이치, 너 여전히 둔하네."

"어……? 뭐가? 그보다 아버지, 괜찮아?"

"괜찮지 않으니까 전화했지. 이 시기에 다리가 부러지면, 아버지, 어떻게 될 것 같아?"

이 시기? 곧 4월. 다 나을 때까지 한 달 반으로 잡는다면……5월 중순까진 완치가 힘들단 말인가?

"앗!" 알았다.

"이제 알겠냐?"

"벚꽃 축제."

"그래. 게다가 우리 가게, 올해로 100주년이잖아. 아버지, 벚꽃 축제에 참가하겠다고 얼마나 벼르고 계셨는데……."

그런데 다리를 다쳐서 요즘 무척 침울한 상태란다.

"많이 우울해하셔?"

"응. 많이."

"그렇구나."

그렇구나, 라고 말했지만, 생각해보니 나는 '우울한 아버지'를 여태까지 한 번도 본 적이 없었다. 그러니 아무리 해도 풀이 죽은 아버지 모습이 떠오르지 않는 것이다. 하지만 그 마음만큼은 헤아릴 수 있을 것 같았다. 아버지는 옛날부터 벚꽃 축제에 집착하는 경향이 있었다. 1년에 한 번뿐인 빅 이벤트라며, 매년 4월이 되면 조금씩 흥분하기 시작했다. 원래 말이 없는 사람이라 움직임만 봐도 흥분 상태임을 알 수 있었다. 고등학생 때는 아버지의 그런 면이 조금 귀엽다고 생각했던 것 같기도

하다.

"벚꽃 축제라."

"벚꽃 축제야."

누나와 나는 한숨처럼 말했다.

벚꽃 축제란 매년 골든위크에 히로사키 성터 공원에서 열리는 대규모 축제이다. 연못으로 둘러싸인 광대한 그 성터에 52종류 총 2600그루 벚나무가 화려하게 꽃을 피우고, 전국 각지에서 300명 이상의 장사꾼이 모인다. 20세기 초 야간 벚꽃놀이를 시작으로 지금까지 쭉 이어져온 역사 깊은 축제로서, 지금은 하루에 30만 명이 넘는 관광객이 방문하는 전국적으로 손꼽힐 만한 규모의 이벤트이다.

아버지가 운영하는 '오모리 식당'은 할아버지 때부터 매년 이 축제에 참가했다. 작은 노점상 수준이 아니라 큰 텐트를 치고 앉을 자리까지 설치하는 등 늘 대규모로 진행했다. 해수욕장에서 흔히 볼 수 있는 그런 가게 말이다. 이 기간 중에는 휴업을 선언하고 벚꽃 축제에만 전념할 정도로 할아버지도 아버지도 혼신을 다해왔다.

전통을 이어오는 벚꽃 축제 때 원조 쓰가루 메밀국수를 먹고 싶다고 찾아오는 손님이 의외로 많아서 축제 기간 중의 '오모리 식당'은 항상 만원사례였다. 이 축제만을 위해서 아르바이트생을 열 명이나 고용했을 정도다.

"아버지 요즘 뭐하셔?"

"심심하니까 책도 읽고 그러시지."

병원 침대에 누운 채 붕대 감은 다리를 천장에 매달고…… 그런 아버지의 모습이 눈에 선하다. 입을 한일자로 꾹 다물고 뚱한 표정으로 문고본에 푹 빠져 있을 아버지. 고지식한 사람인데 의외로 추리물이나 미스터리를 좋아했다. 왠지 좋아할 것 같았던 순수문학에 대해서는 "억지 이론의 나열이야. 지루해서 못 읽겠어"라고 말한 적이 있다.

"누나, 병문안 갈 때 책 갖고 갈 거면 미스터리나 추리물이 좋을 거야. 아버지, 순수문학은 안 읽으셔."

"오호. 너, 어떻게 알았어?"

정말로 놀란 말투였다.

"응. 다 읽은 책을 아버지랑 자주 바꿔 읽곤 했거든."

"네가 책을 읽었단 말이야? 운동장만 죽어라 달리는 육상 소년 아니었어?"

육상 소년이기도 했지만 책도 누나의 세 배는 읽을걸, 하고 마음속으로 생각했으나 아무 말 하지 않았다. 그것보다 누나가 전화한 진짜 이유를 빨리 알고 싶었다.

"그건 그렇고, 나한테 무슨 할 말이 있는 거야?"

여기서 누나는 한 박자 쉬었다. 그리고 똑똑한 목소리로…… 명령했다. 유능한 상사가 덜떨어진 부하에게 지시라도 내리듯.

"벚꽃 축제, 요이치가 책임지고 맡아."

"엉……?"

"너밖에 없잖아. 너 아니면 누가 해?"

나는 내 귀를 의심하려 했지만 금세 실패했을 만큼 놀랐다.

"자, 잠깐만. 나도 일이 있는 사람이고."

"피에로 일?"

"……응."

피에로에게 골든위크는 돈을 벌 수 있는 최적의 시기이다. 또 누나에겐 말할 수 없지만, 처음으로 나나미와 함께 짧은 여행을 떠나기로 했다.

"응? 네가 해준다면 아버지도 어머니도 크게 기뻐하실 거야."

과연 그럴까…….

나는 아버지의 기대를 저버리고 중화요리점에서 멋대로 뛰쳐나왔고, 그 후로는 제대로 대화를 나눈 적조차 없었다. 그런데도?

여태까지 아버지는 나에게 '가게를 물려주겠다'는 말을 단한 번도 한 적이 없었다. 아버지가 가게 일을 도우라고 한 것도 어머니가 독감으로 쓰러졌을 때 "미안한데, 배달 좀 다녀올래?"라고 시켰던 적 딱 한 번뿐이다. 그것도 아마 중학교 2학년 때였을 것이다.

아버지는 아버지까지만 하고 가게를 접을 계획인 것 같다.

나에게 가게를 물려줄 생각이 없다. 솔직히 지금은 그런 느낌이 강하게 든다.

한참을 잠자코 있으니 누나가 조금 다정한 목소리를 냈다.

"아버지 다리 다쳤다는 거, 요이치에겐 말하지 말라고, 어머니랑 나한테 신신당부를 하셨어."

"어……."

"요이치는 도쿄에서 열심히 살고 있으니 이쪽 일로 번거롭게 하면 안 된다고. 그 아이에겐 그 아이가 할 일이 있다고. 남자는 자기 일을 할 때 가장 멋지다고."

"……."

그 아이에겐 그 아이가 할 일…….

아버지는 내가 피에로 아르바이트를 한다는 사실을 모른다. 아직도 광고 회사에 다니는 줄 안다.

……세상 물정도 잘 모르고 어리석지만 심성만은 착한 아이입니다.

중화요리점 주방장과 사장에게 깊이 머리 숙이던 아버지 뒷모습이 뇌리에 떠올랐다.

"아버지는 한결같아."

누나가 툭 한마디 던졌다.

그랬다. 아버지는 한결같았다. 늘.

무슨 문제가 생겨도 타인의 도움 없이 묵묵히 혼자 짊어지고 일하는 사람. 몸 상태가 좋지 않아도 전혀 내색하지 않고 어떠한 불평불만도 입에 담지 않는 사람. 나쁘게 말하는 건 정치가에 대해서뿐이고, 어쩌다 선의의 거짓말을 해도 금방 들통이 나고, 본인은 들통 났다는 사실조차 모르고 묵묵히 일만 하는 사람. 돈이 드는 취미에는 일절 관심을 두지 않지만 동네 주민과의 자리에는 빠짐없이 참석하는 사람. 그게 내 아버지였다. 요즘 세상에 보기 힘들 만큼 우직하고 융통성이 없는 사람이다. 그런 아버지가 지켜온 가게이기에 나도 뒤를 이으려고 생각했던 것 같다. 하지만……

"하지만 나는……, 역시 따로 할 일이 있어서."

미적지근한 나의 태도에 누나가 살짝 한숨을 흘렸다.

"뭐, 그렇지? 너한테도 사정이 있을 테니까."

"응……미안."

"할 수 없지 뭐……. 만약 생각이 바뀌어서 효도할 마음이 생기면 얼른 와."

"응……. 알겠어. 그렇게."

누나는 '후우' 하고 짧은 숨을 내뱉으면서 기분전환을 한 듯, 마지막에 무서운 말을 덧붙였다.

"그럼, 잘 있어. 옆에서 숨죽이고 있는 여친?한테 통화가 길어서 미안하다고 전해줘."

"어……뭐?"

전화가 끊겼다.

깜짝 놀란 나는 거의 반사적으로 나나미를 돌아보았다. 그런 내 모습을 보고 나나미도 눈을 둥그렇게 떴다.

"나, 다 안 먹었어……."

말하며 고개를 흔드는 나나미의 손을 보니 바닐라 아이스크림의 반은 사라지고 나머지 반은 표면부터 녹기 시작하고 있었다.

네가 없으면 곤란해

- 쓰쓰이 나나미

전화를 끊자마자 요짱이 화들짝 놀란 표정으로 나를 보았다. 왜 그런지 무척 놀란 듯, 당황한 듯, 아무튼 평소와는 다른 태도로.

설마, 아이스크림?

"바, 반은 남겼다니까……."

요짱의 심상치 않은 태도에 눌려 가슴이 두근거린 나는 그만 엉뚱한 소리를 하고 말았다.

"……."

"……."

시선이 마주친 채로 3초 정도 침묵이 흐른 뒤 요짱이 풋 하고 웃음을 터뜨렸다.

"아니, 아이스크림 때문이 아니라."

요짱이 웃어주니 나도 조금 안심이 되어 "그럼, 뭐야?"라고 물으며 남겨둔 아이스크림을 내밀었다.

"우리 누나, 옛날부터 그랬는데……."

요짱은 누나의 초능력이 얼마나 무서운지를 나에게 절절히 들려주었다. "옛날부터 그랬어"라고 몇 번이나 말하면서 정말로 기묘하다는 듯한 얼굴로.

"나나미, 어떻게 생각해? 누나는 왜 그렇게 잘 알아차리지? 이게 여자의 직감이라는 거야?" 요짱은 아이스크림을 손에 든 채 먹지도 않고 계속 고개만 갸우뚱했다. "앗, 혹시 그냥 떠본 건가? 응, 그럴지도."

아마, 아닐걸? 누나는 알고 있다. 나는 누나가 지닌 초능력의 비밀을 안다. 100퍼센트는 아닐지라도 내 예상이 거의 맞으리라. 순진한 요짱을 보고 있으니 나도 모르게 킥킥 웃음이 나왔다.

"어, 왜 웃어?"

"요짱, 너무 귀엽잖아."

뭐래? 라고 말하고 요짱은 아이스크림을 먹기 시작했다. 나는 초능력보다 요짱의 아버지가 걱정이 되어 물어보았다.

"그보다 아버님 괜찮으셔?"

"아아, 응. 아마 괜찮을 거야. 배달 가다 오토바이가 넘어져서 다리에 골절상을 입으셨나봐. 아프긴 하겠지만, 죽는 것도 아니고. 매일 심심해서 책 읽고 계신대."

"그렇구나. 힘드시겠다."

"아버지는 다친 것보다 벚꽃 축제에 참가하지 못할 것 같아서 그게 속상하신가봐."

"그래서 요짱이 와서 해줬으면 좋겠다는?"

요짱은 반 남은 아이스크림 중에서도 반만 먹고 나머지를 내게 "너 먹어"라고 건네준 다음, 마치 남 일처럼 중얼거렸다.

"뭐, 그렇대."

남 일도 자기 일처럼 여기는 것이 요짱의 장점이자 단점이다. 그걸 나도 알기 때문에 이 될 대로 되라는 식의 말투가 무엇을 의미하는지 어느 정도 추측할 수 있었다. 요짱은 흔들리고 있다. 히로사키에 가야 할지 말아야 할지.

"벚꽃 축제라……." 하며 생각에 잠기는 나.

요짱은 멍하니 와인만 마시고 있었다.

나는 기억 밑바닥에 간직해두었던 추억의 벚꽃 축제를 끄집어내보았다. 스피츠 음악이 과거의 기억에 애달픈 맛을 가미했다.

유년기의 나는 종종 아버지 손을 잡고 벚꽃 축제 구경을 가곤 했다. 사과나무를 온종일 만지느라 손톱 끝이 새까맸던 아버지의 손은 굉장히 크고 뺏뻣하고 따뜻하고 힘이 셌다. 축제

기간 중에는 '휴일의 다케시타거리(竹下通り), 도쿄 시부야에 위치한 상점가로, 휴일마다 많은 사람으로 북적이는 곳이다-옮긴이)'처럼 혼잡하여 아버지 손을 필사적으로 붙잡았던 기억도 있다. 그 무렵의 내게 아버지 손은 그야말로 '구명줄'이었다. 이걸 놓치면 미아가 되어 집에 돌아갈 수 없을 것 같은 공포심을 분명히 느꼈다.

아버지는 포장마차에서 종종 초코바나나를 사주었다. 포장마차 아저씨가 초콜릿 위에 뿌려주는 화려한 토핑이 어린 내 마음을 설레게 했다. 단 음식을 싫어하는 아버지는 항상 다코야키를 샀다. 우리는 손을 잡고 포장마차가 밀집한 광장에서 일단 벗어나, 연못에 걸쳐진 다리를 하나 건너서 그네랑 시소가 있는 작은 공원으로 들어갔다. 그곳 벤치에서 초코바나나와 다코야키를 먹었다.

벚꽃 축제에 마지막으로 간 건 아마 초등학교 5학년 때였을 것이다. 친한 친구끼리 셋만 가려고 계획했는데 부모님이 허락하지 않아 결국 인솔자로 내 부모님이 따라왔다. 그래도 나름 즐거웠던 기억을 간직하고 있다.

만약 지금 벚꽃 축제를 보러 간다면…….

나는 분명 밤의 화려한 벚꽃을 찍으면서 사진사의 눈으로 축제를 즐기겠지. 요짱은 식당 일을 도우려나?

요짱을 본다. 마음을 딴 데 두고 온 듯한 얼굴로 와인을 마시고 있다.

"요짱……."

"응?"

"부모님 집에 안 가도 돼?"

내 질문은 공중에 떴다가 어딘가로 사라졌다. 대답은 돌아오지 않았다. 그 대신 작은 한숨소리가 들린 듯했다. 한숨과 함께 '으응' 하는 소리가 들린 것 같기도 했다.

"저기 있잖아……." 나는 거의 녹아버린 아이스크림을 스푼으로 빙글빙글 돌리며 되도록 온화한 말투로 이야기했다. "혹시 나랑 여행 가기로 한 것 때문이라면, 신경 안 써도 될 것 같아……."

100퍼센트 진심은 아니지만 거짓말을 한 것도 아니었다. 그래서인지 미묘한 뉘앙스를 풍겼다. 끝에 '것 같아'를 덧붙인 점이 어른스럽지 못하다는 생각을 했다.

"응……. 고마워. 좀 고민해볼게."

나는 응응, 하고 살짝 고개를 끄덕였다.

이대로 좋아? 사실은 요짱, 식당 하고 싶은 거 아냐? 가게를 물려받을 생각으로 중화요리점에서 일했잖아. 집으로 돌아갈 좋은 기회야. 아버지랑 화해해야지.

100퍼센트 진심을 입에 담을 용기는 아직 없었다. 만약 그런 말을 하여 정말로 요짱이 히로사키로 가버리면 나는 도쿄에서 또 외톨이가 된다. 그게 두려워 말을 신중하게 고르는 내가 있다.

도쿄에서 꿈을 이룰 수 있는 건 나다.

요짱의 꿈은 히로사키에서만 피울 수 있다.

나는 이렇게 이기적이다. 벌꿀처럼 달콤하고 아기자기한 지금 이 생활을 부수고 싶지 않아 진심에서 살짝 벗어난 말을 하여 요짱을 교묘하게 붙잡으려는 것이다. 착한 요짱은 그런 나의 계산을 눈치 챌 리 없다. 오히려 나에게 100퍼센트 도움이 될 만한 쪽으로 늘 생각하고 배려해준다. 순박하고 다정한 사람이다. 정말로.

스피츠 CD가 끝나자 문득 방 안이 고요해졌다. 둘 다 아무 말 않으니 창밖에서 소방차 사이렌소리가 희미하게 흘러들었다.

"불났나봐."

요짱이 한마디 툭 던졌고, 나는 "어디지?"라고 물었다.

"멀리서 들리네."

"응."

사이렌은 점점 멀어지다가 곧 들리지 않았다.

"나나미도 와인 마실래? 혼자서는 다 못 마셔."

"응, 나도 마실까? 스피츠 한 번 더 틀어도 돼?"

"물론이지. 열네 번째 곡부터 부탁해."

나는 "마지막 곡 말이지? 오케이." 하면서 일어났다.

요짱은 내 잔에 와인을 따르고, 나는 스피츠를 마지막 열네 번째 곡부터 틀었다. 그런 다음 반복 재생 버튼을 눌러서 이 곡이 끝나면 첫 번째 곡으로 연결되도록 설정했다. 요짱이 고향 집에서 가져왔다는 낡은 CD플레이어 조작도 이젠 자신 있다.

"아아, 이 스타게이저라는 노래, 참 좋더라."

요짱이 애틋한 눈빛을 앨범 재킷에 쏟으며 말했다.

"여행 가고 싶다."

"응. 정말로 이 가사처럼 멀리 멀리 가보고 싶어……."

조금 취한 요짱의 시선이 살짝 위로 향했다. 아득히 먼 풍경을 바라보는 듯한 눈빛이었다.

요짱은 지금 어디를 보고 있을까?

상상해본다. 남태평양의 아름다운 섬나라? 대륙의 드넓은 초원? 유럽의 어느 길모퉁이? 광대한 사막? 아니면 홋카이도 (北海道)라든지 오키나와(沖繩) 같은 일본의 어느 마을?

히로사키가 아니라면 좋을 텐데…….

심술궂은 생각을 했더니 아주 조금 울고 싶어진다. 탁해진 마음을 조금이라도 희석시키고자 나는 와인을 마셨다.

스피츠의 보컬이 와인처럼 새콤달콤한 목소리로 '내일 네가 없으면 곤란해'라고 노래한다. 그걸 들으니 옆에 요짱이 있어 줄 내일이라는 날이 너무나 절실하고 애타게 느껴졌다.

"내일 아침에 또 나나미가 만들어주는 프렌치토스트 먹고 싶다."

요짱도 내일을 생각했을까?

"좋지. 메이플 시럽이 아직 남아 있던가?"

인형 모양 병에 든 메이플 시럽. 나는 최대한 평소처럼 미소 지으려 애썼다.

"있어, 있어. 냉장고 풍선 뒤에 몰래 숨어 있지."

"냉장고 안에 넣으면 굳지 않나?"

"아, 그래? 그럼, 실온에 둬도 안 상하나봐?"

"어떨까……."

"뭐야, 몰라?"

요짱이 집게손가락으로 내 이마를 콕 찔렀다.

그게 스위치였는지 눈물이 왈칵 쏟아질 뻔했다.

이런 시시하고 하찮은 대화에서 작은 행복을 느끼는 나날은 과연 언제까지 이어질까?

천직

- 오모리 요이치

오늘은 두 가지 일을 해야 했다. 시민회관에서 어르신들에게 풍선 아트를 가르친 다음, 오후엔 사이타마(埼玉) 현의 아동 양육시설을 방문했다. 돌봐줄 친지가 없는 어린이들과 시간을 보내며 여러 가지 작품을 만들어 보여주는 것이다. 둘 다 피에로 복장이 필요 없는 일이라 비교적 편하다. 노인과 어린이 앞에선 긴장도 덜 하는 편이고.

아이들을 재미있게 만드는 데에는 두 가지 방법이 있다. 첫 번째는 눈에 보이지 않을 만한(그 정도는 아니지만) 속도로 눈 깜짝할 사이에 작품을 만들어 보여주는 것. 두 번째는 아이들이 좋아하는 캐릭터를 만드는 것. 미키라든지, 도라에몽이라든지, 울트라맨이라든지.

이날 나는 두 가지 방법으로 작품을 만들어 아이들의 갈채를 받았다. 시설의 선생님들까지 크게 기뻐했는데, 그 중 젊은 남자 선생님은 "제 여자친구가 흰색 푸들을 기르거든요. 강아지 풍선을 선물하고 싶은데, 하나 만들어주시면 안 될까요?"라고 진지하게 부탁하기도 했다.

끝나고 돌아갈 때는 풍선을 손에 든 아이들에게 둘러싸여서 문밖으로 나가기도 힘들었다. 나를 형이나 오빠라고 부르는 아이도 있고 아저씨라 부르는 아이도 있었지만, 이 이벤트를 기획한 자원봉사단체의 담당자인 누마타 사오리(沼田沙織) 씨는 줄곧 아이들 앞에서 '풍선 오빠'라고 불러주었다. 특히 '오빠'를 강조하면서.

시설에서 나온 때는 예정 시각을 30분이나 넘긴 오후 5시 반이었다. 누마타 씨와 함께 가장 가까운 역까지 저녁노을 아래를 걸었다. 국도 옆의 인도가 널찍하여 어깨를 나란히 하고 걸을 수 있었다.

"마치는 시간이 늦어졌네요. 죄송합니다."

걸음을 떼자마자 곧 누마타 씨가 머리를 꾸벅 숙였다.

나보다 조금 연상인 것 같은데 목소리는 중학생처럼 맑고 청아했다. 외꺼풀 눈이 일본 인형을 연상케 하는 데다 인상이 시원스러워서, 보는 사람에 따라서는 미인이라 할 것도 같았다.

"아뇨, 저도 즐거웠어요."

정말로 즐거웠기에 망설임 없이 대답할 수 있었다.

"오늘 선생님 무대를 보면서 생각했는데요, 뭐랄까, 정말 멋진 직업인 것 같아요."

앗, 선생님이라는 호칭은 부담스러워요. 또 무대가 아니라 그냥 교실인데요……, 라고 말하고 싶었지만 일일이 정정하는 것도 이상할 듯하여 감사합니다, 라고만 말했다.

"선생님은 왜 이 직업을 선택하셨나요?"

누마타 씨가 흥미진진한 눈빛으로 나를 보았다.

"어, 저기……."

이 일은 '선택'한 게 아니다. 이것밖에 할 일이 없었다. 내가 대답할 말을 찾지 못하니, 누마타 씨 혼자 멋대로 예상하기 시작했다.

"제 예상으로는…… 어릴 때 길거리 예술을 보고 동경했다거나, 그런 이유 아닐까요? 사람들이 좋아하는 모습을 보는 게 즐겁다거나……."

아닙니다, 라고 말하기도 미안하여 "학생 시절부터 풍선 아트가 취미였는데, 어쩌다 보니 계속하게 되었네요"라고 말해 버렸다. 거짓말은 아니니까.

어둑어둑한 저녁 하늘을 까마귀 한 마리가 동쪽을 향해 울면서 날아간다. 조금 강한 바람에 흙과 파 냄새가 섞여 있다. 바로 옆에 밭이 펼쳐져 있어서다.

레몬 빛 하늘로 멀어져가는 까마귀를 눈으로 좇으며 누마타 씨가 말을 이었다.

"어쩌다 보니? 어쨌든 취미를 직업으로 삼았고 그 직업이 사람들을 기쁘게 하는 일이니 얼마나 좋아요. 너무 부럽네요."

"하하……."

천성이 착한 사람이다. 조금 수다스럽지만 직설적이고 마음에 없는 말은 못하는 성격으로 보였다.

"누마타 씨는 어떻게 이 일을 하시게 됐나요?"

"저요? 저는……, 4년 전까지는 큰 은행에서 근무했어요. 이래봬도 총무부의 정사원이었죠. 그렇게 안 보이죠?"

나는 애매하게 고개를 흔들며 미소 지음으로써 속마음을 감췄다. 누마타 씨는 후후후 하고 웃다가 다시 말을 이어갔다.

"은행은요, 경영 상태가 좋지 않은 회사한텐 대출을 꺼리잖아요. 안 그래도 어려운 중소기업을 울리는 것도 못할 짓이고, 이래저래 정신적으로 힘든 점도 많았고……. 이 일을 계속해도 좋은가, 라는 생각이 들기 시작했죠."

"그랬군요."

나는 살짝 고개를 끄덕이며 다음 말을 기다렸다.

"그럴 때 우연히 어떤 TV 프로그램을 봤는데, 미국의 어느 부자가 나와서 돈에 대한 지론을 펼치고 있었어요. 깨끗한 돈이란 누군가를 기쁘게 한 대가로서 얻은 것이고, 그런 돈이 돈을 불러모으기 때문에 점점 더 큰 부자가 될 수 있다는 거예요."

감탄한 나는 무심코 '헤에' 하는 소리를 내고 말았다.

누마타 씨도 조금 기쁜 듯 웃더니 다시 말을 이었다.

"그 이야기를 듣고 생각했죠. 내가 하는 일이 누군가를 웃게 만들고 있는가? 그랬더니 거래처 사람들의 웃는 얼굴이 아니라 실망한 얼굴만 떠오르는 거예요……. 그래서 은행은 깨끗이 그만뒀죠. 그게 자원봉사를 시작하게 된 계기예요."

은행에도 양면성이 있어서 사람에게 기쁨을 주는 측면과 그렇지 않은 측면이 있겠지만, 누마타 씨는 안타깝게도 후자에 해당하는 부서에 소속되어 있었던 모양이다.

"멋져요." 나는 너무나 단순한 말로 총정리를 해버렸다.

"그런가요? 감사합니다. 아, 그런데 그 미국인이 한 이야기 중에 딱 한 가지 납득하기 힘든 부분이 있어요."

"어떤?"

"깨끗한 돈이 돈을 부른다는 부분이요. 내가 하는 일은 자원봉사라서 아무리 노력해도 돈이 모이지 않거든요."

누마타 씨의 장난스러운 미소에 이끌려 나도 큭 하고 웃어버렸다.

"저도 충분히 가난합니다."

"아하하하. 그런 커밍아웃은 안 해도 돼요."

우리는 입술에 웃음을 담은 채 잠시 아무 말 않고 걷기만 했다. 육교가 있는 모퉁이를 도니 고가 철로가 보여서 역이 가깝다는 걸 알 수 있었다.

교차로에 서서 신호를 기다리는 동안 누마타 씨가 다시 입을 열었다.

"누더기를 걸쳐도 마음은 비단이라는 말이 있지요. 선생님은 그래도 좋다고 생각하세요?"

"어떨까? 그래도 너무 가난하면 역시 좀 힘들겠지요."

생각한 대로 대답하니 누마타 씨가 킥킥 웃었다.

"선생님은 솔직한 분이네요. 저는 선생님이 하시는 일, 천직이 아닐까 생각해요. 아이들이 그렇게 좋아하다니, 그건 특별한 사람에게만 가능한 일이거든요."

"그렇게 특별하진……."

쑥스러워서 그렇게 말했지만, 그녀가 사용한 '천직'이라는 단어가 거친 줄이 되어 내 마음을 쓱 긁고 지나갔다.

봄날의 천둥

- 쓰쓰이 나나미

수요일 저녁, 스튜디오 촬영 일을 마무리하고 집으로 향하는 발걸음을 재촉했다. 늘 그렇듯 카메라 기재가 양어깨를 짓누르고, 오른손에 든 커다란 슈퍼마켓 봉투가 손가락 혈관을 압박했다.

어깨와 손가락 통증을 참으며 아파트 현관으로 들어가 엘리베이터를 타고 3층까지 올랐다. 비어 있는 왼손으로 청바지 주머니에서 열쇠를 꺼내어 문을 연다. 어둑어둑한 집 안을 향해 평소처럼 "다녀왔습니다"라고 중얼거린 찰나, 찌릿 하는 소리가 매섭게 작렬하면서 눈앞에 섬광이 번뜩였다. 다음 순간 위장 안에서 메아리치는 듯한 중저음이 우르릉 쾅 하고 울리더니 바닥이 미세하게 진동했다.

춘뢰, 즉 봄날의 천둥이다.

나는 옛날부터 천둥이 무서웠다. 섬광이 비친 순간, '헉' 하고 숨을 멈춘 채 현관에 우두커니 서버렸다.

집 안에 있으면 괜찮아, 괜찮아, 괜찮아…… 그렇게 나 자신을 달래며 조명 스위치를 눌렀다.

방으로 들어가 TV 옆에 짐을 내려놓았다. 피가 통하지 않아 저렸던 어깨를 빙글빙글 돌린다. "이거 정말 중노동이네……"라고 당연한 말을 입 밖에 꺼내본다. 기쁜 일이 있었던 오늘 같은 날엔 이런 불평마저 경쾌하게 울린다.

방 안쪽 커튼을 젖히고 베란다 창문을 통해 하늘을 올려다보았다. 서쪽에서 먹을 풀어놓은 듯 섬뜩한 먹장구름이 천천히 밀려와 도쿄 상공을 낮게 뒤덮었다. 비구름이 햇빛을 차단한 탓에 풍경이 색채를 잃었다. 세상은 마치 재능 없는 사진사가 찍은 흑백사진처럼 단조로워졌다. 왠지 인공물처럼 보이기도 했다.

창문을 열었다. 수분을 촉촉하게 머금은 공기가 쓰윽 흘러들어와 목덜미를 선뜩하게 감싼다. 먼지가 조금 섞인 듯한 비 냄새를 크게 빨아들인다.

역시 서둘러 오길 잘했다. 얼른 베란다에 널어둔 세탁물부터 걷어야겠다. 그렇게 생각하고 베란다용 샌들을 신은 순간, 굵은 빗방울이 후드득 떨어지더니 기다렸다는 듯 강한 바람이 슈웅 하고 덮쳤다.

나는 급히 세탁물을 걷기 시작했다.

행거를 실내로 이동하고 베란다 난간에 걸쳐둔 이불 커버를 양손으로 감싸 안았을 때 근처의 신사 안뜰에 문득 눈길이 머물렀다. 어두컴컴했지만 꽃잎이 떨어지기 시작한 벚나무 몇 그루가 나란히 서 있는 게 보였다. 가끔 산책 겸 꽃구경을 가는 곳이다. 자그마한 뜰 구석엔 그네와 벤치도 설치되어 있다. 낡은 신전과 인기척 없이 쓸쓸히 놓인 그네, 늙은 벚나무의 조합이 왠지 과거를 회상케 하는 데다 어딘가 초월적인 느낌을 주어서 언젠가 사진에 담아보자고 생각했던 장소다.

우웅 하고 강한 바람이 불어, 안고 있던 이불 커버가 펄럭였다. 아래로 보이는 벚나무도 격렬히 흔들리면서 희멀건 꽃잎이 바람을 타고 일제히 날아올랐다. 그 꽃잎의 흐름이 강을 연상케 했다.

요짱, 괜찮을까…….

조금 걱정이 되어 그로테스크한 검은색 하늘을 올려다본 순간, 또 번개가 세상을 세로로 찢어놓았다. 내 목이 반사적으로 '꺄악' 하고 비명을 지른다. 급히 방으로 뛰어든다. 1분도 채 지나지 않아 창밖이 억수 같은 비로 보얗게 흐려졌다.

그리고 나는 부엌에 섰다.

파를 짤막하게 채 썰고 안초비와 함께 올리브 오일에 볶다가 반으로 자른 방울토마토도 넣고 같이 볶는다. 시판되는 피자 도우 위에 피자 소스를 바르고 치즈를 뿌린 다음, 볶은 재료들을 골고루 잘 얹는다. 이걸 오븐에 넣고 구우면 요짱이 좋아하는 일본식 안초비 피자 완성이다. 에피타이저 겸 맥주 안주.

피자 준비가 끝나고, 아까 슈퍼마켓에서 사온 채소와 버섯, 고기 등을 칼로 적당히 썰었다. 칼이 도마를 두드리는 소리가 유쾌하다. 선반 안쪽에서 작은 냄비를 꺼내어 물을 넣고 다시마도 넣고, 또 어머니가 보내준 전갱이와 구워 말린 정어리를 넣고 우린다. 여기에 진간장과 김치 양념, 두반장, 시골 된장을 적당량 넣으면 맛있는 찌개 국물이 되는데 아직 간은 맞추지 않는다. 너무 빨리 만들면 먹기 전에 향이 날아가버리고, 무엇보다 요짱과 함께 간을 맞추며 두 사람이 좋아하는 요리로 만들어가는 게 즐겁기 때문이다.

이 찌개는 맥주를 마신 뒤 니혼슈(日本酒)의 안주가 될 것이다.

냉장고 안을 살펴본다.

"맥주는 오케이. 글라스도 충분히 차갑고."

혼잣말을 콧노래 멜로디에 맞춰 노래처럼 불렀다. 이따금 천둥소리가 들려도 아까보다는 멀어졌다. 하지만 빗발이 점점 강해지는 데다 옆으로 들이치고 있었다.

벽에 걸린 시계를 보았다. 이제 곧 저녁 7시. 휴대전화를 손에 들고 요짱에게 문자를 보낸다.

<비 많이 오는데 괜찮아? 여긴 준비 완료야.>

답이 바로 왔다.

<나나미, 모처럼 초대해줬는데, 미안! 오늘은 못 가게 됐어! 이유는 나중에 설명할게. 정말 미안!>

'어……' 하고 무심코 소리를 냈다.

무슨 일이지……. 번개나 비 때문에 전철이 멈춰버렸나?

급히 답 문자를 보낸다.

<무슨 일이야? 혹시 전철 멈췄어?>

전송 버튼을 누르고 나자 갑자기 기력이 빠져서 나는 전화기를 손에 든 채 거실 바닥에 털썩 주저앉아버렸다. 텅 빈 한숨을 한 차례 내쉰다. 테이블 위에 준비해둔 요리를 멍하니 바라본다. 이거 혼자 어떻게 다 먹지…….

1분쯤 그대로 있는데 별안간 초인종이 울렸다.

택배인가? 신문 받아보라는 아저씨면 싫은데……. 그런 생각을 하면서 인터폰 수화기를 잡았다.

"배달 왔습니다."

귀에 좀 거슬릴 정도로 새된 목소리였다. 나는 '네에' 하고 실례가 되지 않을 만큼만 낙담한 목소리로 대답하고 현관으로 향했다. 혹시 모르니 도어 아이를 통해 밖을 일단 확인했다. 그런데 '어?' 택배 아저씨 모습이 보이지 않는 것이다.

나는 체인을 건 채로 가슴을 졸이며 문을 아주 조금만 열어보았다. 틈 사이로 쏴아 하는 빗소리와 차가운 저녁 바람이 숨어든다. 역시 아무도 없다. 공포심으로 등골이 오싹해져서 급히 문을 닫으려던 순간……

문틈으로 남자 구두가 쑥 들어왔다.

"꺄악……"

목소리라 할 수 없는 비명이 나왔다.

다음 순간, 틈 사이로 남자 얼굴이!

"아하하하. 나야. 기다렸지?"

요짱이었다.

나는 정말로 진짜 너무너무 무서웠기에 큰 한숨을 내쉬면서 현관에 주저앉아버렸다. 다리가 거짓말처럼 떨렸다.

"어, 왜. 나나미? 괜찮아?"

틈으로 얼굴을 들이밀며 요짱이 말했다.

괜찮을 리 없잖아, 라고 소리 지르고 싶었지만, 가까스로 밀어낸 목소리는 "정말, 뭐야~"뿐이었다.

요짱의 이런 아이 같은 구석이 싫지는 않지만 오늘은 장난이 좀 심했기 때문에 '에피타이저 겸 맥주' 전에 일단 설교부터 시작했다.

내가 얼마나 무서웠는지, 이 경험이 트라우마가 되어 '초인종 공포증'에 걸리면 어떻게 책임질 것인지, 여자 혼자 산다는 게 어떤 건지, 그런 것들에 대해 절절히 호소했다.

"초인종 공포증이란 게 있어?"

"있는지 없는지 모르지만 그렇게 되기라도 하면 곤란하다는 거지!"

네, 죄송합니다……. 요짱은 변명 따위 제쳐두고 열심히 빌기부터 했다. 당연하다.

질투

- 오모리 요이치

나나미는 평소와 달리 정색을 하고 화냈다.

한바탕 하고 싶은 말을 쏟아냈고 또 내가 덮어놓고 용서를 빌었더니 "다음에 한 번만 더 그러면 절대 용서 안 해"라고 못을 박고 일어서서는 냉장고에서 차가운 맥주와 잔을 꺼내어 가지고 와주었다.

캔에 든 맥주를 내가 먼저 나나미 잔에 따르고 "자, 화해한 기념으로 건배할까요?"라고 머리를 숙인 자세 그대로 잔을 들었다.

"어쩔 수 없군. 용서해줄까?"

나나미는 일부러 뽀로통한 표정을 지으며 잔을 쨍 부딪쳤다. 눈이 웃고 있어서 안심했다.

맥주도 잔도 완벽하게 차가우니 더 맛있게 느껴졌다. 둘이 '카아' 하고 소리를 낸 순간부터 여느 때의 평화롭고 즐거운 공기가 우리 주위를 흐르기 시작했다.

잠시 후 테이블 위에 내가 좋아하는 피자가 등장했다. 잘 먹겠습니다, 라는 인사를 시작으로 사양 않고 덥석 한입 베어 물었다.

"우와. 역시 나나미가 만든 피자는 정말 맛있어."

진심을 말하자 살짝 웃는 나나미의 볼에 보조개가 쏙 들어갔다.

"좋아, 그럼 나도 먹어볼까?" 말하면서 나나미도 피자를 한 입 가득 넣었다. "와, 정말이다. 내가 만든 거지만, 진짜 맛있네" 라고 활짝 웃으며 내 잔에 맥주를 따라주었다.

나나미는 주변의 같은 또래 여자에 비해 요리를 꽤 잘하는 편이다. 냉장고에 적당한 재료만 있으면 맛있는 요리를 척척 만들어낸다. 나처럼 요리 책을 펼치고 '만드는 법 1'부터 순서대로 따라하는 것과는 근본적으로 다르다. 나나미는 손어림으로 대충 요리하는 것 같은데도, 마지막에 보면 모든 것이 딱딱 맞춰진 완벽한 요리가 되어 나온다. 요리 솜씨에 주부다운 면이 있는 것이다.

나나미는 자기 요리를 타인이 먹는 것에 굉장한 기쁨을 느끼는 타입이기도 하다. 그래서 첫 번째 한입을 맛보는 건 늘 내 담당이다. 한입 먹고 난 나의 만족스러운 얼굴을 확인한 후에야 자기도 안심이 되는지 미소를 지으며 요리에 젓가락을 댄다.

"맛있다, 맛있어"라고 감탄하면서 피자를 안주로 맥주를 꿀꺽꿀꺽 마시는 동안, 나나미는 책꽂이 가운데 단에 설치해둔 하얀색 미니 오디오세트를 조작하여 사잔 올 스타즈 CD를 틀었다. 두 장이 세트로 된 발라드집의 두 번째 디스크. 우리는 이 앨범의 아홉 번째 곡을 특히 좋아한다.

"있잖아, 요짱, 나 말이야."

오디오 앞에서 뒤돌아본 나나미의 얼굴이 기분 좋아 보였다.

그러고 보니……. 생각이 났다. 오늘 나나미에게 뭔가 좋은 일이 있었다. 낮에 나나미가 전화를 걸어 "오늘 조금 기쁜 일이 있었어. 보고할 테니 오늘밤 우리 집으로 올래? 직접 만든 요리도 대접할 겸." 하고 들뜬 목소리로 말했다.

"응, 뭔데?"

나는 잔을 손에 든 채 대답했다.

"사실은 오늘, 현장에서 촬영할 때, 스승님한테 엄청 칭찬받았어."

"호오. 잘됐다."

"그런데 그다음이 굉장해……." 나나미는 일단 맥주를 꿀꺽꿀꺽 마시고 다시 한번 '카아' 하고 행복한 숨을 내뱉은 후 무릎을 꿇고 단정히 앉았다.

"스승님이 나한테, 이제 안 와도 된다고."

"어?"

"그러니까 슬슬 독립하라는 거지."

"어……."

에헤헤 하고 쑥스러운 듯 웃고 나서 "굉장하지?"라며 맥주를 손에 든 나나미의 볼에 보조개가 쏙 들어갔다.

"괴, 굉장한 건가……아무튼, 드디어 해냈구나."

충격과 기쁨, 축하하는 마음이 내 안에서 뒤섞이는 바람에 적당한 말이 나와주지 않았다. 분위기에 맞춰 잔만 높이 들어 올렸다.

"일단 건배하자."

"응, 고마워."

건배! 잔을 부딪치고 둘 다 단숨에 들이켰다.

"그랬구나……, 그런 일이 있었구나. 그래서 내가 오늘 이 폭풍우에도 불구하고 초대받았구나."

"그, 랬, 답, 니, 다."

나나미는 ㅁㅎㅎ 하고 행복한 듯 웃었다.

처음 나나미와 만난 날을 떠올려보았다. 스승에게 야단맞고 울던 토이스타 스태프실. 거기서 본 가녀리고 불안한 뒷모습. 풍선 사과에 흘린 눈물. 울다가 웃는 얼굴.

지금 내 눈앞에서 미소 짓는 나나미는 더 이상 그때의 나나미가 아니었다. 양쪽 어깨 위로 프로로서의 자신감을 뿜어내고 있었다.

"독립한다고 해도 할 일이 없으면 아무 소용 없는 거잖아."

"응."

"그런데 스승님이 말이야, 정기적인 일거리를 몇 가지 나눠 주시겠대. 이제 슬슬 쉬고 싶으니 나보고 좀 맡으라는 거야."

"오호, 좋은 분이시네."

"그렇지? 클라이언트한텐 스승님이 직접 이야기해주시겠 대. 우선 두세 가지 일을 받아서 해보고, 혼자서도 생활할 수 있 을 만한 수입이 확보되면 완전히 독립할 생각이야. 스승님도 그렇게 하라고 하셨어. 그런데 나한텐 스튜디오도 스튜디오용 기재도 없잖아. 그래서 실내 정물촬영을 할 때는 스승님 스튜 디오를 당분간 빌리기로 했어. 야외 촬영은 여태까지 했던 것 처럼 하고."

마치 둑이 터진 것처럼 이야기를 쉴 새 없이 쏟아놓는 나나 미의 표정은 왠지 딴 사람처럼 생기 넘쳤다. 존재 그 자체가 한 층 크게 느껴졌고, 나나미 주변의 공기만이 조금 빛나는 듯 보 였다. 익숙했던 미소가, 보조개가, 평소보다 반짝반짝하고, 그 모습이 너무나 매력적이어서, 왜 그런지……

왜 그런지, 내 여자친구가 아닌 것 같았다.

"요짱, 듣고 있어?"

"어, 응, 물론."

나나미는 "그래서 있잖아"라고 계속 이야기한다.

나는 눈부신 나나미의 스마일에 어울릴 만한 미소를 지으려고 뺨 근육을 의도적으로 당겼다. 웃는 데에 노력이 필요하다는 걸 깨닫고 조금 우울해지려 했다.

내 안에 질투라는 감정이 솟아나고 있었다.

이 감정만은 감춰야 해……. 나는 필사적으로 생각했다. 평소처럼 피에로가 되어 웃는 얼굴을 만들고, 눈앞에 있는 사람을 기쁘게 하고, 그 사람이 좋아할 만한 행동을 하고…… 피에로 안에 있는 진짜 나 자신을 새하얀 화장으로 감추고.

나는……, 나는 언제까지 피에로일까?

"요짱?"

"응?"

"아, 미안. 내 이야기만 했네."

"아아, 아냐. 경사스러운 일이잖아."

그렇게 말해보았지만 경사스러운 공기는 조금도 흐르지 않았다. 오히려 엉덩이가 근질거리는 듯 불쾌한 침묵을 감돌게 하고 말았다.

이때 오랜 시간 내 안을 기어다니던 벌레가 말이 되어 입 밖으로 튀어나왔다.

"나, 골든위크 때 히로사키에 갈까 해."

나나미는 '어······' 하고 한순간 쓸쓸한 얼굴을 했다. 하지만 곧 자그마한 미소를 입가에 담고 밝은 목소리로 "그렇구나"라고 말했다. 아니, 말해주었다. 캔에 남은 맥주를 내 잔에 마저 따르고 나나미가 일어난다.

"피자 다 먹었으니 이제 찌개 만들게. 더 이상 찌개 생각 안 날 만큼 질리도록 먹고 싶다 그랬지?"

빈 피자 접시를 들고 주방으로 걸어간다. 그런 나나미의 등을 눈으로 좇았다. 여느 때의 가녀리고 불안한 뒷모습이었다. 하루가 지나 시들기 시작한 풍선의 모습을 나는 생각했다.

나 자신에게 심각한 혐오감을 느끼고 나나미에게 뭐든 말을 걸어보려 했지만 목소리가 목 안에서 썩어버렸는지 불쾌한 한숨의 형태로 나오고 말았다.

사잔 올 스타즈 CD가 아홉 번째 곡을 토해내기 시작했다. 우리가 좋아하는 구와타 게스케(桑田佳祐)가 애절한 목소리로 '너만 눈앞에 있으면 돼'라고 노래한다.

그랬는데. 나나미만 있어준다면 나는 그걸로 충분했는데.

하지만 현실은 그렇지 않았다. 나나미는 꿈을 향해 한 걸음씩 전진하는데 나는 여전히 피에로이고, 전진은커녕 걸어 나가려고도 하지 않았고······. 그런 나 자신이 참을 수 없을 만큼 싫었다.

질투. 그 감정도 틀림없이 있었다. 그러나 내 안에 둥지를 튼 감정은 아마 열등감에 더 가까웠을 것이다. 나나미는 틀림없이 훌륭한 사진작가가 된다. 문외한인 내가 봐도 재능을 느낄 정도이니……. 언제까지고 똑같은 지점에서 제자리걸음만 하는 나는 곧 나나미에게 버림받을 것이다.

테이블 위에 나나미가 휴대용 가스레인지를 놓았다. 냄비를 올리고 불을 켠다.

"같이 맛보면서 끓이려고 국물만 만들어뒀어."

내 앞에 두반장과 김치 양념과 시골 된장이 놓였다.

"간장은 조금만 넣는 게 좋겠지?"

나나미는 냄비 속으로 재빨리 원을 그리듯 간장을 부었다.

나는 나나미를 보았다. "간장, 이 정도면 되겠어?" 변함없이 화장기 없는 얼굴로 이쪽을 보는 나나미의 뺨에 보조개가 생겼다. 기대했던 골든위크 여행을 방금 처참하게 내팽개친 나인데도.

"요짱, 된장 좀 풀어줄래? 자, 여기. 부탁할게."

나는 나나미가 내미는 국자와 긴 젓가락을 잡았다.

수렁 속으로

- 쓰쓰이 나나미

요짱은 국자와 젓가락을 능숙하게 사용하여 된장을 풀면서 내 얼굴을 보지 않고 이야기하기 시작했다.

"우리 여행 말인데……. 괜찮다면 나나미도 같이 히로사키에 가는 건 어떨까 생각해봤어. 어디로 여행을 갈지 아직 행선지도 안 정했고. 지금은 괜찮은 숙소도 잡기 힘들 것 같아서."

결국 이 날이 와버렸구나……나는 생각했다. 요짱의 마음이 고향 집으로 기울게 될 날이.

내가 독립하면 요짱은 분명 자기 입장을 나쁘게 생각할 거라고 예전부터 예상은 했다. 요짱에게 피에로는 '임시직'일 뿐이다. 그 '임시직' 끝에 오모리 식당이 있다. 나는 그걸 알면서도 내 이야기만 하고 말았다. 아니, 일부러 말해본 측면도 있다.

나의 독립이 결정되면 요짱이 어떻게 나올지 그걸 알고 싶은 욕구가 분명히 있었다. 두려웠지만, 조금은 그랬다.

진심을 말하자면, 역시 아무 조건 없이 기뻐해주길 바랐다. 지금 내겐 요짱이 기쁨을 나눌 수 있는 유일한 사람이니.

독립을 가족이 기뻐해줄지 어떨지는 잘 모르겠다. 요즘은 내게 맞선까지 권할 정도라…….

"나는 좋아. 오랜만에 벚꽃 축제도 구경하고 싶고."

되도록 밝은 목소리를 냈다고 생각했다. 그런데 요짱이 "미안"이라고 중얼거렸다. 미안, 이라니, 무슨 뜻? 나는 그 말에 어떻게 대답하면 좋을지 몰라서 순간적으로 눈에 띈 두반장 병을 잡고 요짱에게 건넸다.

"자, 이것도 부탁해. 오늘은 조금 맵게 먹을까?"

어색한 공기를 무마하기 위해 마음에도 없는 제안을 했다.

"아, 응. 그럴까?"

요짱이 숟가락으로 두반장을 넣었다. 국물을 휘젓고 맛을 보고 조금씩 더해간다.

"나나미의 스승님은……." 요짱이 갑작스레 이야기를 되돌려서 덜컥 놀랐다. "나나미에게 일을 나눠주고 본인은 어쩔 생각일까?"

요짱은 냄비 속으로 시선을 떨어뜨린 채였다.

"모르겠어. 요즘 왠지 눈에 띄게 여위셨어. 몸이 별로 안 좋으신 것 같아. 반년 동안 10킬로 빠지셨대."

"혹시 은퇴하실 계획일까?"

"설마. 은퇴할 나이는 아니야. 아직 50대 중반인데. 부인도 있고."

"그렇구나."

"응."

"왠지 걱정이 되네."

요쨩이 살짝 얼굴을 들었다. 나를 흘끗 보고 이번엔 김치 양념을 넣기 시작했다.

"응. 식욕이 없으신 것 같아서, 그게 걱정."

"그렇구나."

"응⋯⋯."

냄비가 부글부글 끓는 소리를 냈다.

어느새 사잔 올 스타즈 CD가 끝나 있었다.

아까부터 심장이 두근두근 뛰었다. 내 안에 불안의 씨가 싹트고, 그것이 자꾸자꾸 커져가는 걸 느낀다.

혹시 히로사키에서 이별을 고하는 건 아닐까?

반은 장난으로 상상했는데 제멋대로 현실감이 깊어지더니 급기야 초조감에 안절부절못하는 상태가 되고 말았다.

얼마 전에 요쨩이 누나 전화를 받은 후부터 내게 조금 냉담해진 것 같다. 역시 그때부터 고향 집과 나를 두고 저울질해왔는지도 모른다. 어쩔 수 없지만, 그래도 슬프다.

부우웅.

문득 테이블 위에 둔 휴대전화가 진동했다. 나도 요짱도 조금 놀란 얼굴로 흰색 전화기를 응시했다. 진동할 때마다 테이블 위를 마치 생물처럼 주르르 기어다닌다.

"문자……."

나는 그렇게 중얼거리며 휴대전화를 손에 들고 메시지 내용을 확인했다.

엄마였다. 예전부터 말했던 맞선 상대의 사진까지 첨부되어 있었다.

"나나짱한텐 아까울 정도로 멋진 사람이지?"라고 윙크하는 이모티콘까지 붙인 메시지였다. 사진을 보니 이목구비가 또렷하여 할리우드 스타 못지않게 잘생겼지만, 내 이상형은 아니었다. 아니, 외모가 멋지냐 아니냐보다 사람이 좋은지 아닌지가 중요한 거 아냐? 엄마한테 말해주고 싶다. 맞선은 지금 당장 취소하라고.

메시지는 계속 이어졌다. '요즘 아버지 요통이 심해져서 과수원 일이 힘든가봐. 조금 무기력해지셨어. 가끔 격려 전화라도 드려라.'

이 문장에도 맞선에 대한 무언의 강제력이 포함된 듯하여 나는 조금 짜증이 났다. 아픈 허리에 채찍질을 가하며 매일 아침 과수원에 나가 잡초를 뽑는 아버지를 생각하면 안쓰럽기도 하지만.

도쿄에 좋아하는 사람이 있고, 그 사람은 히로사키 사람이고, 하지만 식당의 장남이고, 그 사람은 식당을 물려받고 싶어하고…….

아버지는 외동딸인 나를 과잉보호하는 경향이 있었다. 아버지는 늘 자상했고, 나는 아버지의 웃는 얼굴만 보며 자랐다. 그런 아버지를 생각할 때마다 요짱의 존재를 밝히기가 왠지 꺼려지는 것이었다.

어릴 적엔 비오는 날이면 아침부터 밤까지 아버지를 독점할 수 있었다. 날씨가 맑으면 과수원 일에만 전념하기 때문이다. 그런 이유로 나는 오늘처럼 비오는 날이 몹시 기다려졌다. 비가 오면 아버지와 백화점에 가서 그곳 레스토랑에서 식사를 하곤 했다. 사파리 공원에도 비오는 날 갔고, 드라이브도 거의 비오는 날 즐겼다.

맑은 날 오후 5시에 아버지가 과수원 일을 끝내고 나면 자주 목말을 태워주었다. 그러면 나무 위의 잘 익은 사과 열매를 따서 옷으로 쓱쓱 닦아 한입 크게 베어 물곤 했다. 아버지는 늘 남색 농협 모자를 썼다. 나는 목말을 탈 때마다 아버지 모자를 벗겨서 내가 썼다. "맛있어?" 아버지는 어깨 위에 앉아 사과를 씹는 나에게 묻곤 했다. 나는 "응." 하고 웃으며 대답했다. 우리 과수원 사과는 당도가 높기로 유명하여 옛날부터 평판이 좋았다. "사과는 수고를 들인 만큼 맛있어진단다"라는 아버지의 입버릇처럼, 아버지는 비오는 날 외엔 줄곧 사과에게 정성을 쏟았다.

열여덟 살이 되어 내가 도쿄로 떠나던 날 아침……. 어머니는 소탈하게 웃으며 손을 흔들어줬지만, 아버지 눈에는 눈물이 글썽했다. 마지막까지 눈물방울을 쏟지 않은 것은 아버지로서의 자존심 때문이었는지도 모른다. 그 얼굴을 봤을 때 나는 생각했다. 내가 결혼할 때도 아버지는 이런 얼굴을 하겠지……라고.

"방금 문자, 어디서 왔어?"

정신을 차리고 보니 요짱이 나를 물끄러미 바라보고 있었다.

메시지 내용을 감추면 오히려 좋지 않을 것 같았고 요즘 들어 조금 쌀쌀맞아진 요짱의 속을 떠보고 싶은 마음도 있었기에, 나는 화면에 할리우드 스타 같은 얼굴을 띄우고 요짱에게 건넸다.

"부모님이 만나보라고 권하는 맞선 상대 사진이야. 정말, 내 상황은 고려해주지도 않고 말야, 너무해."

요짱이 사진을 보면서 살짝 한숨을 흘렸다. 귀찮은 얼굴로 이렇게 말하기도 했다.

"잘생겼네. 영화배우 같네."

그러곤 전화기를 팽개치듯 나에게 건넸다.

"그러게. 그래도 이런 얼굴, 내 취향은 아니야."

나는 가슴을 졸이며 최대한 농담처럼 말했지만 요짱의 얼굴은 더 굳어졌다.

"취향이면 만날 거야?"

"응?"

이런 말투로 이야기한 적은 여태까지 단 한 번도 없었다. 나는 적잖이 당황했다.

"그 사람, 뭐 하는 사람이야?"

요짱은 냄비에 재료를 넣으며 이쪽을 보지 않고 물었다.

"어, 으음, 금융계 회사에 다닌다던가? 그래도……."

요짱은 내 말을 끝까지 듣지도 않고 자기 말을 토해냈다.

"나나미한테 드디어 순풍이 불기 시작했구나."

요짱이 평소처럼 다정한 눈길로 이런 말을 하니 나는 정말 무서워졌다.

"나, 나는 선볼 생각 전혀 없는데."

"흐음." 아무래도 좋다는 듯한 반응.

"잠깐만……. 내가 선봐도, 요짱은 괜찮아?"

말하면서 나는 무의식적으로 테이블 위로 몸을 쑥 내밀었다.

요짱은 질문에 대답하지 않고 냄비 속에 채소랑 고기만 계속 넣었다.

부글부글 끓어오르는 소리가 들리면서 된장과 고추 냄새가 감돌기 시작했다.

"요짱, 이상해……."

무엇이 어떻게 이상한지, 말한 나도 알 수 없었다. 입이 제멋대로 그렇게 말했을 뿐이다.

"이상하다니, 뭐가?"

"잘 모르지만, 전부."

"전부?"

커플은 이렇게 싸우고, 또 헤어지는 걸까? 어른스럽지 못하고, 유치하다.

그렇게 생각하는 냉정한 나 자신을 느끼면서도, 우리는 수렁 속으로 첨벙첨벙 빠져 들어갔다.

이날 저녁 우리는 처음으로 싸움다운 싸움을 경험했다.

제3장

따뜻한 고향 냄새

- 오모리 요이치

밤 10시에 우에노에서 출발하는 심야버스를 타고 히로사키 역 버스터미널에 도착한 것은 아침 7시가 지나서였다. 버스비 는 편도 5천 엔. 열차보다 훨씬 싸다.

지난 밤 버스에서 우연히 옆자리에 앉은 초로의 남성은 아 침까지 쉬지 않고 야수처럼 코를 골아댔지만, 잠이 들 때까지 는 더할 나위 없는 신사였다. 혼자만 술 마시는 게 미안했는지 "이것 좀 드세요"라며 나에게 캔 맥주와 사케도 나눠주었다. 대 화는 거의 나누지 않았다. 그런데 이 사람 많이 피곤했는지 마 시기 시작한 지 15분도 채 지나지 않아 잠들고 말았다.

히로사키에 도착하자 남자는 야수에서 인간으로 돌아왔다. "그럼, 벚꽃 축제 때 우연히 만나면 아는 척합시다"라며 상냥하게 미소 띤 얼굴로 살짝 손을 흔들더니 하품을 참으며 역 안으로 사라졌다. 나는 '오모리 식당에 오시면 만날 수 있어요'라고 그의 등을 향해 말하려 했지만 목소리가 그만 목에 걸리고 말았다. 나는 지금 피에로가 아니다. 소심한 벌레에게 점령당한 오모리 요이치다.

오랜만에 들이마신 히로사키 공기는 반가움을 넘어 감동적이기까지 했다. 도쿄와 비교하면 너무나 맑고 서늘하여 자꾸만 심호흡하게 된다.

날씨도 좋았다. 우주가 비칠 것처럼 투명한 푸른 하늘에 뜬 구름 몇 조각이 둥실둥실 기분 좋게 흘러간다.

나는 집으로 가기 전에 우선 성묘부터 해야겠다고 생각했다. 어깨에 멘 커다란 가방이 무거웠지만 그리웠던 풍경을 느끼고 싶어서 묘까지 느긋하게 걸어보기로 했다.

히로사키 역에서 고난(弘南) 철도 오와니(大鰐) 선 출발역인 쥬오히로사키(中央弘前) 역 쪽으로 걸었다. 아침 출근시간이라 오가는 사람이 많았다. 도쿄와 비교하면 혼잡한 축에 속하지도 않지만.

거리를 걸을수록 내 심장도 경쾌하게 뛰기 시작했다. 과거의 기억이 샘처럼 솟아나 입술이 나도 모르게 스마일 모양이 된다. 지나는 사람들이 나를 보고 이상한 사람이라 생각할지도 모르지만, 아무래도 좋다.

쥬오히로사키 역 근처를 흐르는 쓰치부치(土渊) 강은 옛날 모습 그대로였다. 여전히 적은 양의 물만 졸졸 흐른다. 그 자그마한 시냇물에 걸쳐 있는 다소가래교(黃昏橋)를 천천히 건넜다. 그러고 보니 고교 시절 이 다리 위에서 육상부 친구들과 장난을 치다가 쓰고 있던 모자를 강에 빠뜨린 적이 있었다. 큰비 후에 잔뜩 불어난 강물이 순식간에 모자를 삼켰다. 산 지 얼마 되지도 않은 하얀색 나이키 모자였다.

다소가래교를 건넌 후 히로사키 대학 의학부 건물 옆길로 빠져나갔다. 히로사키 성으로 이어지는 큰 거리를 건너서 왼쪽으로 꺾고 바로 오른쪽으로 돌면 젠린(禅林) 거리가 나온다. 똑바로 뻗은 길 좌우로 선종 사찰이 서른 채 정도 죽 늘어서 있는데, 일본 전체로 봐도 여긴 무척 독특한 거리에 속한다. 절과 묘지로 채워진 길이 양쪽으로 7백 미터나 이어지니, 거리에 서면 묘하게 감도는 고요한 정기를 온몸으로 느낄 수 있다.

우리 집의 가족묘는 오른편 다섯 번째의 호게쓰지(宝月寺) 경내에 있다. 낡은 사찰인데, 문 앞에 우뚝 선 커다란 은행나무를 보면 알 수 있다.

호게쓰지 앞에 이르러 아직 잎이 나지 않은 거목을 만져보았다. 나무껍질은 거칠어도 신기하리만치 따스했다.

이 은행나무, 암그루일까 수그루일까…… 생각하니 나나미의 얼굴이 떠올랐다. 잎 모양으로는 암수를 판단할 수 없다고 말했던 그날 밤을 생각한다.

나는 쓸쓸한 한숨을 내쉬며 경내로 발걸음을 옮겼다. 정성들여 비질한 자갈길을 걸어 오른쪽에 묘지가 모여 있는 곳으로 향했다.

'오모리 가(大森家)'라고 새겨진 평범한 묘비 앞에 그리 오래된 것 같지 않은 제법 깨끗한 꽃이 꽂혀 있었다. 나는 향도 갖고 있지 않았기에 꽃이 담긴 물 정도는 갈아주고 싶었다.

깨끗한 물로 갈아줬더니 꽃도 아주 조금 기쁜 듯 보였다.

묘비를 향해 양손을 모은다.

나나미와 화해할 수 있도록. 아버지와의 관계가 어색하지 않도록. 이런 구체적인 소원은 조금 진지하게 빌었다. 그리고 이어서, 으음……인생은 뜻대로 흘러가주지 않으니, 앞으로 어떻게 살면 좋을지 모르겠습니다. 아무쪼록 좋은 방향으로 이끌어주세요, 라고 여러 소원을 뭉뚱그려서 앞의 기도에 덧붙였다.

성묘를 마치고 젠린 거리 끝에 있는 죠쇼지(長勝寺)를 방문했다. 이곳은 쓰가루 영주의 위패를 모셔둔 절인데 멋들어진 정문은 중요문화재로도 지정되었다. 나는 정문 앞에서 오른쪽으로 꺾어 풀이 무성히 자란 높다란 광장으로 걸음을 옮겼다. 봄철의 어린 풀을 폭신폭신 밟으며 광장 안쪽으로 더 들어간다.

이윽고 허리 높이의 철책에 가로막혀 더 나아갈 수 없게 되었다. 나는 거기 선 채 무심코 소리 지를 뻔했다. 드디어, 정말로, 히로사키에 왔다! 그런 실감이 한꺼번에 치밀어올랐던 것이다.

철책 너머는 그야말로 절경이었다. 눈 아래에 히로사키 거리가 펼쳐져 있고, 거리 끝에는 이 마을의 상징이라고도 할 수 있는 이와키 산이 푸른 자태를 뽐내며 우뚝 솟아 있다.

이와키 산을 본 순간, 내 안에 뿔뿔이 흩어져 있던 '고향'이라는 퍼즐 조각이 한순간에 연결되면서 기분이 팡 하고 터질 듯 흥분되었다.

뒤를 돌아본다. 아무도 없다.

정말로 소리 질러버릴까……. 숨을 훅 하고 들이마셔보았다. 빨아들인 공기가 목에 걸려 말로 만들어지지는 못했다. 외치기에 적당한 대사도 찾지 못했고.

지금 만약 나나미와 함께 있었다면? 분명 '와아~'라든지 '야호~'라든지 어떤 소리라도 좋으니 질러보았을 것이다. 나는 그런 생각을 하면서 한참동안 우두커니 선 채 이와키 산에서 불어오는 푸르른 바람을 맛보았다.

쥬오히로사키 역으로 돌아와서 고난 철도 오와니 선에 올랐다.

은색의 2량짜리 낡은 열차는 꽤 오래전에 도쿄의 급행전철로 이용되던 것으로, '시부야 도큐(東急) 백화점' 로고가 지금도 손잡이에 남아 있다. 고교시절의 나는 매일 이 전철을 타고 학교에 다녔다. 그래서인지 차창 너머 펼쳐지는 풍경이 반가워서 견딜 수가 없었다. 역 앞이랑 주택가는 이미 예전 모습을 잃었지만, 논밭이나 마을 전체가 자아내는 차분한 분위기는 그 무렵과 크게 다르지 않았다.

내가 탄 차량엔 모교 교복을 입은 후배들 모습이 많았다. 이 중에 어쩌면 육상부 후배가 있을지도 모른다. 지금도 그 땀내 나는 동아리실을 이용할까? 그런 생각을 하니 발랄한 이 아이들이 문득 부러워졌다.

고교시절이란 참 신비로운 시기다. 터무니없는 모순으로 가득했기에 그만큼 자유로운 시절이기도 했다. 미래에 대해 막연한 불안감을 안고 있지만 그와 동시에 눈부신 희망도 분명히 느꼈다. 품어왔던 꿈을 포기하기에도 필사적으로 좇기에도 딱 좋은 미묘한 계절이었다. 앞으로 무엇이든 할 수 있고 원하는 대로 살아갈 수 있을 것 같았지만 하룻밤 자고 일어나면 또 언제 그랬냐는 듯 자신감이 상실되어 있었다. 삶의 의미를 알 수 없어서 암흑에 갇힌 것 같다가도 그 중심엔 뭔가 소리 치고 싶은 열정과 흥분이 도사리고 있었다.

모든 것을 얻을 가능성을 가진, 텅 빈 손.

아무것도 쥐고 있지 않기에 불안하다.

고교시절이란, 그런 우주 같은 수수께끼로 가득한 시절이지 않았던가?

그 무렵과 비교하면 지금의 내겐 수수께끼가 거의 사라지고 없다. 내 분수에 맞는 것을 손에 쥐었지만, 그 대신 우주 같은 무한함을 잃었다. 나를 틀 안에 가둔 건 바로 나 자신이라는 걸 알면서도 지금도 여전히 나만의 틀을 만들고 있다. 그 틀을 걷어치우고 싶은 마음은 간절하지만, 무한한 우주 한가운데로 내몰리는 건 역시 무섭다. 그게 바로 지금의 내 모습이다.

슌에이 고등학교 앞에 도착하자 후배들이 줄줄이 하차했다. 나는 왠지 홀로 남겨진 듯한 기분으로 빈자리에 앉았다. 문이 닫히고 다시 전철이 움직이기 시작한다. 역 플랫폼을 걷는 교복 차림의 무리가 차창 너머로 천천히 흘러간다. 그들을 보고 생각했다.

애들아, 중요한 순간에 배턴 떨어뜨리지 않도록 조심해.

다음 역인 마쓰오(松尾) 교차로에서 내렸다. 쥬오히로사키에서 세 번째 역인데, 슌에이 고등학교 앞과 니시히로사키(西弘前) 사이의 어중간한 지점에 설치된 무인역이다. 우리 식당이 처음 세워졌을 때엔 마차 정차장이 있어서 무척 번성했던 모양이다.

개찰구를 지나 역 앞 거리를 걷는다.

거리 모습은 거의 옛날 그대로였다.

자판기도 원래 있던 장소에 정확히 있었고, 쇼와 시대의 원통형 우체통도 아직 남아 있었다. 태풍으로 굵은 가지가 떨어져서 소동이 벌어졌던 소나무도 건장했고, 열매가 익으면 훔쳐 먹곤 했던 담배 가게 감나무도 그대로 있었다. 왼편 길모퉁이에는 논이 있고, 그 맞은편에는 밭이 펼쳐져 있다. 거리 앞쪽으로는 저 멀리 이와키 산이 절반쯤 보였다. 못 보던 신축 주택이 두 채 정도 등장했지만, 그래도 역시 이곳은 나의 고향.

누나의 학교 때 친구 집 앞을 지나는데 애교스러운 얼굴의 잡종견이 검은색 철문 너머로 거리를 바라보고 있었다. 이 개의 이름은 분명 대시였다.

"어이, 대시, 잘 있었어?"

내 목소리에 움찔한 대시는 고개를 갸우뚱하며 '너 누구더라?'라는 표정을 지었다.

뭐, 5년이나 지났으니 개한테 잊히는 건 당연하지…….

대시에게 '그럼, 잘 있어'라고 마음속으로 인사한 후 다시 걷기 시작했다. 눈에 들어오는 온갖 것들이 반갑다. 이때의 나에게 무엇이 가장 반갑냐고 물으면, 지체 없이 '냄새'라고 대답할 것이다. 구체적으로 무슨 냄새라고 말할 수 있는 건 아니고 마을 전체가 자아내는 '고향 냄새'라고밖에 표현할 수 없지만……. 그 냄새가 내 가슴을 꽉 조르는 듯했다. 달콤하지만 약간은 숨 막히게.

주택이 늘어선 거리를 걷다가 좁은 둑에 유채꽃을 활짝 피운 쓰치부치 강을 건넜다. 첫 교차로 바로 앞에 내가 태어나 자란 집이 보인다. 1950년대의 유산. 그곳만 타임슬립한 것 같은 목조 건물. 오모리 식당이다.

색이 반쯤 바랜 남색 포렴이 미풍에 흔들렸다.

아버지가 다쳐도 영업은 계속하는 모양이다.

나는 가게 조금 앞에서 발을 멈췄다. 숨을 들이마시고, 천천히 내뱉는다.

내가 온다는 말은 아무에게도 안 했다. 누나에게도 연락하지 않았다. 일부러 전화를 하자니 쑥스럽기도 하고, 묘하게 긴장되기도 하고……. 아무튼 나는 즉흥적으로 훌쩍 떠나고 싶어진 마음을 핑계 삼아, 가방 하나 둘러메고 도쿄를 뛰쳐나왔을 뿐이다. 나나미에게도 아무 말 안 하고…….

집에 들어가는 것까진 좋은데 부모님을 어떤 얼굴로 대해야 할지 잘 모르겠다는 것이 이때의 내 속마음이었다. 물론 여기올 때까지 여러 가지 생각을 거듭했지만 적당한 결론이 나오지 않았다. 결국 연습 없이 되는 대로 부딪쳐보기로 했다. 그런데 막상 문을 열고 들어가려니 발에서 뿌리가 자랐는지 걸음을 뗄 수가 없는 것이다.

이상하네, 우리 집인데…….

거리 맞은편에서 새된 목소리가 들렸다. 초등학교 2학년 정도 되어 보이는 남자 아이 둘이 자전거를 타고 다가오는 참이었다. 뒤에서 달리는 아이의 자전거 상태가 왠지 이상하다 싶었는데, 자세히 보니 뒷바퀴에 펑크가 났다. 납작하게 찌부러진 채로 덜커덕덜커덕 큰소리를 내며 억지로 달려온 모양이다.

저러면 림이 망가질 텐데.

아이들이 내 앞을 지나간다. 둘 다 싱글벙글 즐거워 보인다.

펑크, 아이들의 웃는 얼굴……. 생각났다.

그래. 피에로가 된 기분으로 들어가면 되지 않을까? 그러면 어떤 시선도, 어떤 말도 견딜 수 있다.

나는 나 자신을 타일렀다. 여기까지 왔다. 어차피 들어가야 한다. 그렇다면 피에로가 되어, 감정을 숨기고, 냉큼 들어가자.

좋아.

마음을 굳게 먹고 '나는 이제 피에로다'라는 생각으로 포렴에 오른손을 대려던 순간.

"어머낫!"

뒤에서 갑자기 등을 두드리는 바람에 나는 깜짝 놀라 '헉' 하고 짧은 비명을 질렀다.

"누군가 했더니, 요쨩이었네!"

"치, 치즈코(千鶴子) 아줌마."

돌아보니 반가운 얼굴이 있었다. 우리 식당에서 비스듬히 맞은편에 있는 후지카와 약국의 약사 아저씨 부인, 즉 나와 같은 반 친구이자 육상부 매니저이기도 했던 후지카와 미즈키(藤川美月)의 어머니였다.

풍채가 좋은 치즈코 아줌마는 '어머어머어머' 하고 무척 흥분한 모습으로 내 팔을 꽉 안더니 그대로 죽죽 당겼다.

"어, 자, 잠깐만요……." 내 말은 들은 척 만 척, 아줌마는 유리문을 열고 포렴을 걷으며 "이것 봐요, 오모리 씨, 요짱이 왔어요!" 하고 큰소리를 냈다.

갑작스러운 침입자에 가게 손님들이 놀란 건 물론이고, 입에 손을 대고 우두커니 서버린 어머니와 계산대를 조작하던 손을 멈추고 이쪽을 뚫어져라 쳐다보는 아버지는 더욱 놀란 모습이었다.

하지만 그 순간 가장 놀란 건 다른 누구도 아닌 나였다.

아니…….

"아, 아버지……. 어떻게 서 계세요?"

계산대 뒤의 불투명 유리문을 열고 다다미가 깔린 거실에 도쿄에서 가지고 온 짐을 내려놓았다. 마침 흙 묻은 무와 파를 손에 든 할머니가 거실로 나와 나를 보고는 깜짝 놀란다. "다녀왔습니다"라고 웃으며 살짝 손을 흔들어드렸다.

"오마나……, 누군가 했더니 요짱 아니냐."

할머니는 치즈코 아줌마와 같은 말을 하시더니 얼굴에 주름을 잔뜩 잡으며 웃었다.

나는 가게의 가장 안쪽 자리에 앉아 오랜만에 부모님이 만든 쓰가루 메밀국수를 먹었다. 구워 말린 정어리를 넣고 담백하게 우린 국물과, 콩가루를 섞어 만든 면의 미묘한 단 맛이 반가워서 살짝 울컥했다. 도쿄에서 먹는 국수와는 완전히 다르다. 역시 맛있다. 먹는 순간 마음 깊은 곳이 따스해지는 걸 느꼈다.

눈 깜짝할 사이에 그릇을 비우고, 차분한 마음으로 물을 마시며 가게 안을 둘러보았다.

돈을 넣고 코카콜라 병을 꺼내는 타입의 오래된 자판기가 아직도 있었다. 천장에 설치된 선풍기도, 도오(東奧)신용금고 성냥갑도, 추가 흔들리는 벽시계도, 굴뚝이 연결된 장작 스토브도, 모두 옛날 그대로다.

내 자리 바로 옆의 기둥에 후지카와 약국 이름이 찍힌 온도계가 걸려 있었다. 기온이 오르면 빨간 선이 위로 올라가는 구식 온도계다. 아버지가 매일 아침 배례하는 신주장에는 이즈모 타이샤(出雲大社, 일본 시마네 현 이즈모 시에 있는 신사-옮긴이) 위패가 모셔져 있고, 그 선반에는 잡신을 쫓는다는 화살이나 젯술 외에도 무슨 이유에서인지 다이코쿠사마(大黑様)와 에비스사마(恵比寿様)를 그린 수묵화까지 붙어 있다(예부터 농어민 사이에 전해진 '칠복신'이라는 민간신앙이 있는데, 다이코쿠와 에비스는 그 일곱 신 중 하나이다-옮긴이). 멋스러운 마네키네코(한쪽 앞발로 사람을 부르는 듯한 포즈를 취하고 있는 고양이 인형. 손님이나 재물을 불러들인다고 하여 일본에서 '행운의 인형'으로 통한다-옮긴이)도 그 자리에 어울리지 않게 다소곳이 놓여 있었다. 이런 엉성함 또한 옛날 그대로다.

주방 역시 조금도 바뀌지 않았다. 깨끗이 청소된 토방에 낡은 타일을 붙인 커다란 아궁이가 세 개 나란히 있다. 왼쪽부터 국물 우리는 용도, 물을 끓이는 용도, 면을 삶는 용도일 것이다. 내가 태어난 시절에는 아궁이에 숯을 넣어 사용했다고 하는데, 지금은 역시 프로판가스다.

집 구조가 조금도 바뀌지 않았다는 사실은 나 자신도 예상치 못했을 만큼 나를 깊이 안심시켰다.

다 먹고 난 그릇을 주방으로 옮긴다. 아궁이 옆에 있던 아버지가 그런 나를 돌아보며 겸연쩍은 듯 살짝 웃었다. 아버지의 그런 표정에 이끌렸는지, "잘 먹었습니다"라고 말한 내 얼굴에도 쑥스러운 미소가 떠올랐다. 어릴 때부터 주위 사람들이 "아빠랑 아들이 꼭 닮았네"라고 말한 부분은 바로 이 쑥스러운 웃음이었다.

밤이 되어 가게 문을 닫을 시간이 되자 '요짱의 귀성을 축하하기 위해서'라며 후지카와 약국의 세 가족이 사케를 들고 나타났다. 제일 먼저 들어온 사람은 역시 치즈코 아줌마였고, 그 다음으로 차분하고 세련된 차림의 고타로(光太郞) 아저씨, 그리고 약사가 된 미즈키였다.

내가 고향에 와서 가장 많이 바뀌어 놀란 건 풍경이나 건물이 아니라 바로 미즈키다. 짧았던 머리카락이 길어졌고, 화장기 있는 하얀 피부와 부드러운 눈빛이 요염하게 반짝였다. 여성스러움과는 전혀 거리가 멀다고 생각했던 까무잡잡한 매니저 시절을 생각하면 완전히 딴사람이 되었다.

그 딴사람이 싱긋 웃으며 매니저 시절과 똑같은 목소리로 "안녕." 하고 나를 향해 손을 들었을 때 나는 무심코 침을 꿀꺽 삼켜버렸고, 그 모습을 재빨리 포착한 치즈코 아줌마가 "우리 미즈키 예뻐졌지? 아줌마랑 꼭 닮았어"라고 웃지 못할 농담을 했다. 가게 안의 모두가 쓴웃음을 지었을 때 포렴 너머에서 옛날부터 많이 들어본 명랑한 웃음소리가 들렸다. 허풍쟁이 누나가 씩씩하게 포렴을 걷고 등장한 것이다.

"치즈코 아줌마는 너무 재미있어." 누나는 웃으면서 나를 보더니 역시 "안녕." 하고 인사했다.

이 나쁜 누나 같으니.

아버지가 입은 골절상이란 거, 고작 새끼발가락을 두고 한 말인가!

나는 누나를 쏘아보았지만 본인은 모른 척 "자, 자, 모두 앉아서, 맥주 마셔요, 맥주"라며 자리를 정돈하기 시작했다.

인근 역 앞 초밥 집에서 막 배달된 초밥이 테이블 위에 잔뜩 차려졌다. 초밥 사이사이로 우리 가게 냉장고에서 꺼내온 조림이랑 튀김 따위도 빽빽이 놓였다. 이걸 다 어떻게 먹는다고.

"우리 집 장남이 오랜만에 고향을 찾은 기념으로 모였으니, 그동안 걱정해주신 여러분께 한마디 인사 말씀 올리도록 하겠습니다."

누나가 나를 끌어들였다.

"어, 뭐야, 왜 그래."

"무슨 말이든 좋으니 얼른 해."

미즈키를 보았다. 킥킥 웃고 있다. 나는 일어섰다.

"흠흠. 고향은 역시 그리운 곳입니다. 도착하자마자 성묘도 했고. 또, 으음. 솔직히, 가끔 내려올 걸 그랬다는 생각도 들고. 으음…… 이, 이제, 맥주가 미지근해질 것 같으니, 이상입니다."

내용 없이 장황하기만 한 내 인사말에 이어 누나가 "그럼~." 하며 맥주잔을 손에 들었다. "여전히 말을 잘 못하는 장남이라 죄송합니다. 그러나 역시 맥주가 미지근해지면 곤란하므로 모두 잔을 손에 들어주시고. 준비되셨습니까? 그럼, 건배!"

모두의 잔이 동시에 오르고, 쨍, 쨍 하는 소리가 몇 차례 났다. 오모리 가족 다섯 명과 후지카와 가족 세 명이 마치 대가족처럼 친밀하게 활기찬 술잔치를 벌였다.

술이 들어가자 모두 나의 도쿄 생활에 흥미를 보이기 시작했다. 나는 적당히 얼버무려 넘길 수밖에 없었다. 누나 외엔 모두 내가 지금도 광고 제작 회사에 근무하는 '전문가'인 줄 안다. 사실은 피에로 아르바이트생이라는 말을 어떻게 할 수 있을까?

술을 쭉쭉 들이켜 내 입이 조금 가벼워졌을 때 나는 누나가 한 거짓말을 도마에 올렸다.

"아버지가 돌아가신 줄 알고 얼마나 놀랐는지"라며 누나를 쏘아보는데, 당사자인 아버지만 난처한 웃음을 흘리고 다른 사람은 모두 폭소를 터뜨린다. 그 중 가장 크게 웃은 사람은 바로 누나였다. 정말 성격이 왜 저래?

이윽고 대화가 아버지의 골절상에서 벚꽃 축제로 옮겨갔다. 치즈코 아줌마는 "이번 축제 기간에는 미즈키가 좀 도와드릴 거야"라며 넘치는 의욕을 표출했다.

애주가만 모인 두 가족이지만, 쓰가루의 자랑 '호하이(豊盃)'와 '히나카메(鄙亀)'의 준마이긴죠(純米吟醸) 10홉들이 사케가 둘 다 빌 즈음에는 밤이 제법 이슥해졌다. 방긋방긋 웃는 얼굴로 모두의 이야기를 듣고 있던 할머니가 제일 먼저 자리를 떴고, 잠시 후 후지카와 부부, 그다음에 우리 부모님 순으로 잠자리에 들었다.

이제 술자리에 남은 건 누나와 미즈키, 그리고 나.

씩씩한 여자 둘에, 소심한 남자 하나.

이렇게 되면 술자리의 취지가 바뀐다.

적의 수는 두 배이고 게다가 강적이라 나는 손쉽게 표적이 되었다. 누나와 미즈키는 다부지고 두뇌 회전이 빠르다는 공통점이 있어서 옛날부터 친자매처럼 사이가 좋았고, 늘 '최강'의 태그팀을 결성하여 약체인 나를 공격했다.

그 관계성이 오랜만에 발현되었으니 어쩔 도리가 없는 것이다. 유도신문과 공갈과 협박에 못 이긴 나는 있는 대로 모조리 불고 말았다.

"그러니까 요짱은 그 나나미라는 여친이랑 싸우고 2주일이나 연락도 안 하고 아무 말도 없이 혼자 여기로 와버렸단 말이야?"

미즈키가 흥미진진 빛나는 눈으로 말했다.

"뭐, 그렇지……."

"너 말이야, 남자가 왜 그렇게 쩨쩨해?"라는 누나.

"응, 언니 말이 맞아. 치사해"라는 미즈키.

이 두 사람, 상당히 많이 마셨는데도 나보다 훨씬 멀쩡한 뇌를 갖고 있다.

"그럼, 내가 어떻게 하면 돼?"

"120퍼센트 네가 잘못했으니, 내일 당장 사과해."

"말도 안 돼……. 미즈키도 그렇게 생각해?"

"물론 나도 그렇게 생각해."

"진심이야?"라고 되물으면서도 솔직히 말하면 나도 그렇게 생각하고 있었다. 나는 정말로 한심한 짓을 저질렀다. 당연히 사과하는 게 좋으리라. 그런데 전화로 이야기하다 보면 왠지 또 실수할 것만 같아서…….

"너는 말을 잘 못하니 메시지를 보내."

또 마음을 읽혔다. 누나는 술 취해도 초능력을 쓸 수 있는 모양이다.

"알았어. 내가 사과할게. 그럼 됐지?"

"당연히 그래야지."

두 여자는 만족스러운 듯 고개를 끄덕이며 컵에 든 술을 들이켰다.

"그건 그렇고, 요짱의 여친을 볼 수 있다니 기대되는걸?"

미즈키가 장난스러운 눈빛으로 놀리듯 말했다.

"아직 용서해줄지 안 해줄지도 모르는데 뭐." 신랄한 한마디를 유쾌하게 내뱉는 누나. "용서받으면 소개해."

"골든위크에 오면 소개할게."

두 여자는 서로 얼굴을 마주보고 "므흐흐흐, 5일 뒤네?" "므흐흐흐, 5일 뒤네요"라며 의미심장하게 웃더니 또 컵에 든 술을 들이켰다.

"아, 맞다, 요이치. 너 미즈키한테 그 곡예 좀 보여줘."

누나가 말하는 '곡예'란 풍선 아트를 가리키는 말이다.

"가방에서 꺼내야 돼, 귀찮아."

"어, 뭐야. 나한테 보여주기 싫어? 어릴 때는 같이 목욕도 한 사이인데!"

술 취한 미즈키의 대사에 누나가 손뼉을 치며 웃는다.

"그랬다, 정말……. 미즈키한테 공기 넣기 전인 쪼그만 고추는 보여줬으면서 공기 넣은 풍선은 못 보여주겠다는 거야?"

"맞아, 맞아. 보여줘."

어떻게 해도 이길 수 없으리라고 판단한 나는 일부러 크게 한숨을 내쉰 후 "예, 예." 하며 풍선을 가지러 갔다. 그리고 두 사람 앞에서 강아지를 척척 만들어 보였다. 미즈키는 "멋지다!"라며 눈을 반짝였고, 누나는 내 어깨에 팔을 꽉 두르더니 "제법인데? 내 동생." 하고 내 가슴팍을 주먹으로 꾹꾹 눌렀다. 왠지 학대당하는 기분이었다.

"뭐야, 요짱, 그런 숨은 재주가 있었어?"

"숨은 재주가 아니라니까. 대학 때 3개월 정도 사귄 선배가 있었는데, 그 누나한테 잠시 배우고 그다음엔 책을 보고 독학했지. 한가했어, 대학 다닐 땐."

별 생각 없이 말하고 '앗, 어쩌지!' 하고 느꼈을 땐 이미 늦었다. 연합군은 얼굴을 마주보고 싱긋 웃더니 3개월 만에 나를 차버린 그녀를 세워놓고 다시 신문을 시작했다.

"뭐야, 뭐야, 그 여자랑은 어떻게 만났어?" "왜 차인 거야?"
"둘이 어디까지 갔어?" "그 여자한테 잘 보이려고 독학까지 한
거야?" "너, 도쿄에선 제법 인기 많나봐." "고등학교 때는 후배
들한테 인기가 많은 편이었어요." "잘하는 건 달리기밖에 없
는데?" "그러게요." "게다가 소심하고." "맞아, 옛날부터 소심
했어."

여자들은 자기 하고 싶은 말만 하다가 궁금한 게 있으면 당
장 실토하게 만든다. 그러는 동안 미즈키에게도 들키고 말았
다. 내가 도쿄에서 피에로 일을 한다는 사실을. 하지만 미즈키
는 오히려 피에로 일에 긍정적이었다.

"사람들을 기쁘게 하는 일로 돈을 벌다니, 최고잖아."

그래도 취한 미즈키에게 중요한 것은 내 일보다 옛날 애인
에 관한 정보였다.

여자들은 왜 이렇게 남의 연애에 관심이 많을까? 나나미도
그럴까? 도쿄에 두고 온 좌우 비대칭의 보조개가 떠오른 순간,
나는 가슴에 따끔한 통증을 느꼈다.

내일 미안하다고 사과하는 메시지를 보내자.

밤 2시가 지났다. 길 맞은편에 사는 미즈키는 걸어서, 누나
는 택시를 타고 각각 돌아갔다.

나는 가방을 어깨에 메고 옛날에 내가 썼던 2층 방으로 올라

갔다. 천장에 달린 형광등을 켠 순간, 시간이 단숨에 거꾸로 도는 듯했다. 방은 내가 이 집을 나갔을 때와 똑같은 모습으로 존재했다. 책상 위를 쓰다듬어봐도 먼지 하나 묻지 않았다. 어머니가 부지런히 청소를 해준 덕이다.

도쿄에서 가지고 온 회색 트레이닝복으로 갈아입었다. 형광등을 끄고 전구의 노란 불만 남기고 침대로 기어든다.

등에 닿는 스프링의 감촉. 이불과 다다미 냄새. 천장의 무늬. 아래층에서 '째깍째깍째깍째깍' 하고 들려오는 벽시계의 리듬.

과거의 나는 이 방의 이 풍경 속에서 고민하고 기뻐하고 울고 절망하고 화내고 웃었다. 책꽂이에 나란히 꽂힌 문고본과 만화들, 벽에 세워둔 포크기타, 책상 위의 저금통, 14인치 브라운관 TV, 전기 히터, 벽에 걸린 숄더백과 색 바랜 모자……. 그 모든 것에 잔향으로 남아 있던 당시의 내 감정이 서서히 스며 나오는 듯했다. 그 냄새가 현재의 나를 포근하게 품어준다.

이 집에 등을 돌리고 5년이나 도망쳐 있던 나를 아버지도 어머니도 있는 그대로 받아주었다. 내가 집에 온 후로는 오히려 줄곧 웃음 띤 얼굴이었다. 혼자서 하찮은 고민을 하며 가족과 거리를 둔 나 자신이 터무니없는 바보처럼 느껴졌다.

도쿄의 아파트를 생각한다. 조급한 생활 리듬과, 고독한 냄새와, 나나미와 보낸 따스한 시간이 그곳에 있다. 나는 잠에 빠지기 전에 다시 한번 결심했다.

내일 나나미에게 사과하고, 화해해야지.

메시지로.

다음 날 아침, 먼 데서 들려온 소리가 나를 잠의 밑바닥에서 질질 끌어냈다. 더 자고 싶은 마음을 누르고 실눈을 살짝 뜨니 낯선 천장이 보였다. 일순 당황했지만 곧 깨달았다. 여기는 고향 집. 아래층에서 부모님이 일하는 소리가 들린 것이다. 가게를 열 준비를 하는 모양이다. 무지 커튼을 통해 들어온 벌꿀 색 아침 햇살이 방을 가득 채워놓았다.

이불 속에서 하품을 했다. 지난밤의 술기운이 아직 남아 있는 듯 머리가 조금 무겁다. 등이 아직 이부자리 온기에 녹은 상태여서 눈을 감으면 곧 달콤한 두 번째 잠의 세계로 빠져들 것만 같다. 하지만 나는 실눈을 뜬 채 아래층 소리에 귀 기울였다.

그리웠던 소리다. 토방을 오가는 발소리, 부글부글 물 끓는 소리, 그릇이 서로 부딪치는 소리, 칼이 도마를 두드리는 소리……, 이 모든 것의 축이 되는 리듬은 벽시계 소리다.

창밖에서 참새의 지저귐이 들린다. 오늘도 날씨가 좋을 것 같다.

이불에서 오른손만 꺼내어 머리맡을 더듬었다. 예상했던 위치에 휴대전화가 있었다. 시각을 확인한다. 오전 7시가 조금 넘었다. 지난밤 이불 속으로 들어온 것이 새벽 3시경이었으니 많아도 4시간 반밖에 자지 않은 셈이 된다. 그 정도 잔 것치고는 그다지 졸음이 느껴지지 않았다.

멍하니 휴대전화 배경화면을 바라본다.

네잎클로버 사진. 나나미의 집 근처에 있는 신사를 둘이서 산책할 때 발견한 네잎클로버. 이 잎을 내가 찾았을 때 나나미는 아이처럼 신이 나서 휴대전화로 사진을 찍고 나에게 전송해주었다. 사진만 찍었을 뿐 뜯지는 않았다. 나나미에게 선물하려 했는데 싫다고 했다.

"아, 안 돼, 안 돼, 뜯으면 안 돼. 불쌍하잖아. 살아 있는 생물인데."

"그래도."

"우리가 뜯어버리면 모처럼의 행운이 혼자만의 것이 돼버려. 여기에 그냥 두면 다른 사람에게도 행운이 갈 텐데 말이야."

그녀의 이런 감성이 내 마음을 살짝 흔들어놓았다.

나나미의 휴대전화 배경화면도 아직 똑같을까…….

생각하니 왠지 초조해져서 나는 이불 속에서 메시지를 입력하기 시작했다. 어른스럽지 못했던 다툼에 대해 깍듯이 사과하고, 혼자 히로사키에 온 것에 대해서도 진심을 다해 사죄하고, 꼭 화해하고 싶은 마음을 전하고, 또 골든위크에 함께 벚꽃 축제를 즐기고 싶다는 소망을 표현했다.

세 번 읽으면서 뉘앙스와 이모티콘을 조금 수정한 다음, 전송 버튼은 아직 누르지 않고 일단 저장했다. 이 시간이라면 나나미는 아직 자고 있을지도 모른다. 알람소리로 깨우고 싶지 않았다.

메시지를 쓰는 동안 잠이 완전히 달아나버렸다. 등이 이불과 떨어지려 하지 않았지만 강제로 떼어냈다. 커튼과 창문을 열고 신선한 공기를 깊이 빨아들였다. 거리 맞은편 집, 즉 미즈키의 집 정원에 있는 늙은 벚나무는 벌써 8부 정도 피었다.

이 벚나무를 보니 옛날 생각이 났다…….

어릴 때부터 봐왔던 벚나무다. 보통 벚나무보다 꽃이 많이 달리는 듯하여 마음에 들었다. 이 나무가 가장 아름다운 때는 달빛과 가로등의 옅은 빛을 받아 암흑 속에서 환상적으로 빛나는 밤이었다는 사실을 떠올렸다.

벚꽃 축제까지 이제 나흘 남았다.

나는 옛날처럼 할머니가 만들어준 소박하고 맛있는 아침밥을 먹은 후 샌들을 신고 가게 주방으로 나갔다.

아버지는 면을 뽑고 있었다. 어머니는 국물 준비를 하고 있었다.

쓰가루 메밀국수는 도쿄의 그것과 만드는 법이 완전히 다르다. 우선 메밀가루에 뜨거운 물을 붓고 반죽을 한다. 그걸 주먹 크기로 둥글게 빚어 하룻밤에서 이틀 밤 정도 우물물에 담가둔

다. 물에서 꺼낸 반죽에 콩즙과 콩가루를 섞어서 얇게 펴고 자른다. 그 면을 삶아 국물에 넣고 바로 먹으면 된다.

또 다른 방법도 있다. 삶아서 바로 먹지 않고 일단 식힌 다음, 면을 1인분씩 사리로 만들어 다시 하룻밤에서 이틀 밤 정도 놔뒀다가, 먹을 때 재빨리 데쳐서 국물에 말아 먹는 방법이다. 후자가 바로 전통 쓰가루 메밀국수다.

또 한 가지, 다른 지역의 메밀국수와 큰 차이점이 있다. 국물을 낼 때 사용하는 재료가 다르다.

일반적으로는 삶아서 말린 정어리를 사용한다. 하지만 정어리를 삶을 때 맛이 다 빠져나와버리고, 국물을 낼 때도 잡맛이 섞인다는 단점이 있다.

쓰가루 메밀국수는 구워 말린 정어리를 사용한다. 신선한 정어리만 골라서 머리와 내장을 하나하나 손으로 제거한 후 물로 정성껏 씻어서 꼬챙이에 끼우고 숯불에 천천히 구워 바람에 말리는 작업부터 시작된다. 거의 수작업이니 대량 생산이 불가능하다. 그런 만큼, 가격은 이쪽이 훨씬 비싸다. 그 대신, 삶지 않으니 맛도 응축된 상태로 남아 있고, 머리와 내장을 제거했기에 국물에 잡맛이 없다.

사람들에게 잘 알려져 있지 않지만, 다른 지역의 메밀국수와는 비교가 되지 않을 정도로 만드는 데에 품이 많이 든다.

우리 가게에는 삶아서 바로 먹는 것과 먹기 전에 살짝 데쳐 먹는 것 두 가지 메뉴가 있다. 동네 사람들은 대체로 후자를 주문한다. 두 번이나 삶는 셈이니 면이 덜 쫄깃쫄깃하지만, 그 대신 식감이 부드럽고 깊은 맛이 난다.

주방은 구수한 국물 냄새로 가득했다.

"저……내가 뭐 도와드릴 거 있어요?"

나는 아버지와 어머니 중 누구에게랄 것도 없이 말해보았다.

두 분 다 일하던 손을 멈추고 이쪽을 보았지만, 먼저 입을 연 쪽은 뜻밖에도 아버지였다.

"마당에서 파를 뽑아 와서 동그랗게 통통 썰어봐. 어묵도 잘라주려나? 칼은 이걸 쓰고."

아버지는 오랜 세월 소중하게 사용해온 아오모리 노송나무 도마 위에 시퍼렇게 잘 갈린 칼을 조심스레 올렸다.

그런 아버지를 본 어머니의 얼굴에 만족스러운 웃음꽃이 피었다.

"네, 알겠어요."

가게에서 나와 뒤뜰로 돌아간다. 자그마한 채소밭의 반을 차지하고 있는 파를 하나씩 뽑으면서, 나는 신비로운 안도감을 느꼈다. 마음 깊은 곳에서 안도의 한숨이 나왔는데도 나는 왠지 울고 싶은 기분이었다.

아버지가 처음으로 시킨 식당 일은 무사히 소화해냈다. 도쿄에서 자취를 하니 칼은 잘 다루는 편이다.

오픈 시간이 다가오자 어머니는 필요한 물건을 사러 나갔고 나는 청소를 맡았다. 토방을 재빨리 쓸고, 테이블 위에 올려둔 의자를 내리고, 행주로 테이블을 닦았다.

모든 테이블을 구석구석 깨끗이 닦고 행주를 물에 빨고 나자 더 이상 내가 할 수 있는 일은 없었다.

메밀국수 면을 자르는 아버지의 등에 어쩌다 눈길이 갔다. 그 등이 나를 애잔한 기분으로 몰고 갔다. 작아졌다. 지난 5년 간, 생각했던 것보다 훨씬. 탄탄했던 어깨도 좁아졌다. 짧게 자른 머리카락의 반 이상이 흰머리인 데다, 목덜미 부분엔 노인처럼 깊은 주름이 일자로 새겨져 있었다.

아버지 연세를 생각했다. 올해, 64세던가…….

나는 쏟아질 것 같은 한숨을 삼키고, 그 대신 작아진 등을 향해 말을 걸었다.

"이 식당, 나중에 내가 해볼까나?"

새가슴인 나는 슬쩍 농담인 척 말해보았다.

아버지는 돌아보지 않았다. 아무 말도 들리지 않은 것처럼 그저 묵묵히 면만 계속 잘랐다.

오전 10시에 가게 문을 연 후로 들어오는 손님의 발길이 끊이지 않았다. 11시가 되니 20석의 반 정도가 찼고, 점심시간에는 만원을 이뤘다.

나는 익숙하지 않은 계산대 일과 서빙을 도우면서 눈이 팽팽 돌 만큼 바쁜 시간을 보냈다. 점심시간이 지나 가게가 조금씩 정리되자 아버지가 말을 걸어왔다.

"요이치, 배고프지? 밥 먹고 와."

아버지가 턱으로 거실 쪽을 가리켰다.

"네. 아버지는요?"

"나는 아직 괜찮아."

거실로 올라가니 밥상에 큼지막한 주먹밥이랑 된장국이랑 어젯밤 파티 때 먹고 남은 음식이 차려져 있었다. 할머니가 준비해준 것이다.

랩을 벗기고 닭튀김 냄새를 맡으니 위장이 통증을 느낄 만큼 움찔 하고 반응했다. 차분하게 맛볼 여유도 없이 입으로 덥석덥석 집어넣고 위로 흘려보낸다.

배가 불러오자 나는 조금 편안해진 기분으로 차를 마시며 휴대전화를 손에 들었다. 아침에 입력해둔 문장을 다시 한번 확인하고 이번엔 정확히 전송 버튼을 눌렀다.

제발. 나나미, 용서해줘.

휴대전화를 이마에 대고 간절히 비는데 가게 쪽에서 험상궂은 목소리가 들렸다.

뭐지……? 나는 휴대전화를 상 위에 놓고 불투명 유리문을 열어 가게 분위기를 살폈다.

"무슨 맛이 이래? 도쿄에서는 이런 거 메밀국수라고 안 해!"

얼굴을 내민 순간, 품위 없는 탁한 목소리가 식당을 울렸다. 계산대 근처에 앉은 중년 아저씨가 어머니에게 불평을 늘어놓고 있었다. 죄송합니다, 죄송합니다, 하고 몇 번이나 고개를 숙이는 어머니 옆에 주방에서 나온 아버지가 나란히 선다.

"죄송하지만 손님, 쓰가루의 전통 메밀국수는 원래 이렇습니다. 도쿄와는 다른 음식이라고 생각해주시면 안 될까요?"

아버지의 말에 손님이 일어섰다. 양복 차림에 넥타이는 매지 않고, 조금 옅어진 머리를 헤어크림으로 단정하게 빗어 넘긴 사람이다. 조폭까지는 아닌 것 같았다. 신경질적인 얼굴은 흙빛을 띠었는데, 흥분한 상태여서 그런지 병적으로 느껴질 만큼 거무칙칙했다.

"메뉴에 도쿄랑 다른 음식이라고 안 적혀 있잖아. 응? 이 메뉴에 말이야."

남자는 바로 옆쪽 벽에 붙은 '메뉴판'을 집게손가락으로 툭툭 건드렸다. 깔보듯 눈을 내리깔고 아버지를 노려본다. 나는 날뛰는 심장을 온힘을 다해 누르며 샌들을 신고 식당으로 걸어나가려 했다.

그때였다. 가게 안쪽 구석에서 목소리가 터져나온 건.

"거 참 시끄럽네. 그게 큰소리 낼 일이야? 이 아저씨, 진짜 더

럽게 매너 없네."

깜짝 놀란 나는 반사적으로 목소리가 난 쪽을 보았다. 남색
바탕에 하얀 줄무늬 양복을 입은 남자의 등이 시선 끝에 있었
다. 그 남자와 마주보고 앉은 초등학교 3학년 정도 되어 보이
는 소년이 사발 위에 젓가락을 놓더니 별안간 의자 위에 올라
섰다.

"아저씨, 남자가 왜 그렇게 매너가 없어요!"

소년은 그 남자를 손가락으로 척 가리키며 소리쳤다.

가게 안에 있던 열 명 정도의 손님이 한순간 입을 딱 벌리고
쳐다보다가 곧 소년의 손가락을 따라 남자에게로 시선을 모았
다. 물론 모두 비난을 퍼붓듯 강한 눈빛이었다.

가게 안이 물을 끼얹은 듯 조용해졌다.

그때 후루루욱~ 하고 국물 마시는 소리가 들리는가 싶더니,
사발을 테이블에 탁 놓는 소리까지 났다.

"후우~, 맛있다. 역시 이 식당 메밀국수를 먹으면 마음이 편
안해진단 말이야."

흰색 줄무늬 양복을 입은 남자였다. 남자가 일어나서 계산
대 쪽을 돌아보았다. 선글라스를 끼고 콧수염을 기르고 파마머
리를 공들여 올백으로 넘겼다. 누가 어떻게 보아도 그쪽 계통
사람이 분명했다.

"어라라? 촌놈이 아직도 있었네."

남자는 양손을 바지 주머니에 찔러 넣고 노려보았다.

"나는 원래 마음이 넓은 편이라 지금부터 15초는 기다려줄 수 있어. 15까지 셀 동안, 돈 내고 냉큼 꺼져. 자, 하나아, 두울, 세엣."

남자는 5초까지 그 자리에 굳어 있었다. 그러다 역시 야쿠자 랑 붙어봐야 좋을 일 없으리라고 판단했는지, 지갑에서 천 엔 짜리를 꺼내어 테이블에 내동댕이치듯 한 다음, 싼티 나는 가 방을 손에 들고 성큼성큼 문 쪽으로 걸어갔다. 가게를 나서자 마자 유리문을 쾅 하고 난폭하게 닫았다.

"감사합니다."

그런 손님에게까지 아버지가 허리 굽혀 인사하다니 조금 놀 랐다.

휴우 하고 가슴을 쓸어내린 어머니와 손님들이 이번엔 가게 안쪽에 있는 '그쪽 계통'의 부자로 일제히 시선을 모았다.

"아빠, 멋지다!"

소년의 말에 가게가 작은 웃음소리로 가득해졌다.

"정말 감사합니다."

아버지가 말하고 어머니도 함께 머리를 숙였다.

그러자 남자가 양손을 앞으로 내밀고 휘휘 흔들었다.

"아, 아뇨 아뇨, 아버님, 어머님, 고개 드세요."

아버님, 어머님?

"아, 요이치가 왔다는 소식을 들었거든요. 혹시 만날 수 있을까 싶어 와봤습니다."

요이치?

아버지도 어머니도 어리둥절한 표정으로 왼편 안쪽 거실에서 얼굴만 내민 나를 보았다. 나 역시 부모님처럼 눈을 둥그렇게 뜨고 있었으리라.

부모님의 시선을 따라 야쿠자가 내 쪽을 돌아본다.

그 남자가 대담하게 싱긋 웃는다.

내 온몸의 근육이 공포로 굳어졌다. 침을 꿀꺽 삼키는 소리가 귀 안쪽에서 크게 울렸다.

야쿠자가 고개를 살짝 숙이며 선글라스 위로 나를 칩떠보았다. 그 미간에 깊은 주름이 잡혔다.

선글라스를 벗은 야쿠자의 미소가 점점 커진다.

"뭐야, 너. 요이치, 집에 있었잖아!"

야쿠자가 내 쪽으로 걸어온다.

이 얼굴은……나는 무심코 숨을 크게 들이마셨다. 다음 순간엔 나도 모르게 탄성을 질렀다.

"너, 마사무네 아냐?!"

야쿠자라고 믿어 의심치 않았던 남자가 상냥한 얼굴로 "안녕?" 하며 웃는다.

미야자와 마사무네(宮沢政宗)는 고등학교 시절 육상부 친구

211

다. 학교에서 달리기로 1, 2등을 다툰 사이인데, 마지막 대회 릴레이에서 떨어뜨린 배턴은 이 녀석의 손에서 건네받은 것이었다. 배턴을 떨어뜨려 꼴찌가 되었을 때, 나는 배턴을 제대로 받지 못한 탓이라며 울고, 이 녀석은 제대로 건네주지 못했다고 울었다.

그 당시의 마사무네는 걸핏하면 싸우려 드는 경향은 있었어도 외모가 말쑥한 데다 멋쟁이여서 여자들에게 제법 인기가 있었다. 그랬던 녀석이 어느새 이렇듯 야쿠자처럼 변했을까? 그리고 저 개구쟁이 같은 소년은 누구지?

묻고 싶은 건 산더미 같았지만 일단 우리는 오랜만에 만난 기쁨을 나누며 서로의 어깨를 두드렸다.

"내 아들, 겐(健)이야."

겐이라 불린 소년이 싱긋 웃으며 나를 보았다. 그러고 보니 고교시절 마사무네의 모습을 닮은 것 같기도 했다.

"너, 결혼했어?"

"응. 이혼도 했지."

눈썹을 팔자로 내리고 쓴웃음을 짓는 표정은 옛날 그대로다.

"요이치, 오늘 저녁에 바빠?"

나는 부모님을 보았다. 둘 다 추억의 앨범이라도 보는 듯한 얼굴로 미소 짓고 있다. 아버지가 살짝 고개를 끄덕여주었다.

"응. 괜찮아."

"그럼, 우리 집에 와. 한잔하자."

"좋지."

"우리 집은 미즈키가 알고 있으니 같이 와."

"어?"

마사무네가 다시 선글라스를 꼈다. 눈은 가려졌지만 입가가 살짝 올라간 게 보였다. 왠지 쑥스러운 표정인데……?

마사무네의 집은 자전거로 20분 정도 걸리는 곳에 있었다. 거리로 치면 전철역 한 정거장쯤이다. 검소한 느낌의 2층짜리 목조 건물. 1층엔 심장이 좋지 않은 어머니가 자고 계셨다. 아버지는 3년 전에 돌아가셨다고 한다.

우리는 조용히 2층으로 올라가 TV가 있는 거실에서 술을 마셨다. 창호지 문 너머 저편 침실에선 겐이 새근새근 숨소리를 내며 자고 있다.

"겐 저 녀석, 요이치한테 푹 빠졌어."

마사무네가 반쯤 열린 문을 보면서 아버지다운 얼굴을 했다.

"그 풍선 공연, 아이들이 좋아할 만해."

오늘밤에도 가장 많이 마신 미즈키가 또 컵에 든 사케를 들이켜며 말했다.

겐이 잠자리에 들기 전……. 나는 맥주를 마시면서 요술풍선으로 여러 가지 작품을 만들어주었다. 앵무새, 돼지, 곰, 토끼, 꽃, 도라에몽에 호빵맨.

"아빠, 이 아저씨 최고로 매력 있어!"

나를 아저씨라고 부른 겐은 두 팔로 다 감싸지 못할 만큼 많은 풍선을 안고 눈을 반짝반짝 빛냈다. 내가 풍선을 만드는 동안 눈이 가장 커진 사람은 우습게도 야쿠자 얼굴의 마사무네였지만.

그토록 말쑥했던 마사무네가 다코야키 포장마차를 운영한다는 소식엔 내가 놀랐고, 이 녀석 역시 내가 피에로 일을 한다는 사실을 알고 무척 놀랐다.

마사무네의 포장마차도 벚꽃 축제에 참여한다고 했다. 당일 가게 위치가 그려진 배치도를 보니 마침 오모리 식당의 비스듬히 맞은편에 마사무네의 포장마차가 있었다.

"재미있겠는데?"

마사무네가 됫병의 마지막 한 방울을 컵에 떨어뜨리며 말했다. 미즈키가 그 모습을 보고 훌쩍 일어나, 작은 냉장고에서 새 청주를 꺼내고 TV 옆에 있는 서랍에서 꽁치 통조림을 꺼냈다. 마사무네가 "일어난 김에 앨범 좀 가져와줘"라고 부탁하자, 아무 거리낌 없이 계단 옆 선반으로 가서 졸업앨범과 다른 몇 가지 앨범을 꺼내왔다. 이 방의 구석구석까지 다 파악한 듯한 미즈키를 보고 나는 한 가지 결론을 내렸다.

"너네, 언제부터, 그……."

내가 머뭇거리자, 마사무네와 미즈키는 쑥스러운 듯 얼굴을 마주보았다.

"벌써 2년쯤 됐나?" 마사무네가 묻는다.

"그런가……?" 고개를 갸우뚱하는 미즈키.

시선을 서로 교환하는 모습이 두 사람의 친밀한 관계를 잘 드러내주었다. 별안간 엉덩이가 불편해진 나는 자세를 고쳐 앉아보기도 하고 미즈키가 가지고 온 술을 마시기도 했다.

"요이치는 어때? 사귀는 사람 있어?"

"있어." 대답한 건 미즈키였다. "지금 냉전 중이지만." 하고 쓸데없는 소리까지 덧붙인다.

"너, 여자랑 싸워? 정말 촌스럽네."

마사무네가 장난스럽게 웃기에 나는 "시끄러." 하며 상 밑으로 발을 뻗어 녀석의 다리를 찼다.

"아얏." 하고 마사무네가 호들갑을 떨며 웃는다.

너는 싸우는 걸로 모자라 이혼까지 했잖아, 라고 말하려다 가까스로 멈췄다. 미즈키 앞에서 이런 말을 하는 건 규칙 위반이다.

미즈키가 우리를 보고 킥킥 웃는다.

"너네 둘이 그렇게 장난치는 거, 정말 오랜만에 보네. 그 시절이 그립다."

"그러게……." 하며 먼 곳을 바라보는 마사무네.

나도 고개를 끄덕이며 먼 곳으로 생각을 보냈다. 이때 내 눈에 보인 것은 과거의 어느 장면이 아니라 도쿄에 두고 온 나나미였다. 낮에 메시지를 보냈는데 아직 답이 없다. 용서할 마음이 있다면 벌써 답을 주지 않았을까? 시간의 흐름에 따라 그런 부정적 감정만 자꾸 부풀어올라, 자칫하면 절망 속으로 풍덩 빠져들 것 같았다. 나는 일부러 나 자신을 밝게 꾸미고 의식을 고교시절로 보내려 애썼다.

"앨범 보자."

"그립다고 울면 안 돼."

"눈물 많은 건 너잖아."

"아냐, 너지."

"너네 둘 다거든."

미즈키는 늘 바른말만 한다.

우리는 반짝반짝 빛나는 추억의 샘에 풍덩 빠졌다. 처음에는 물 너머를 보는 듯 흔들리던 그 당시의 장면이 서서히 상을 이뤄 선명하게 되살아났다. 한 장의 사진에서 피어오르는 몇몇 에피소드.

그토록 인기가 많았던 마사무네가 여자 선배에게 고백하여 딱지맞은 이야기라든가, 연습 중에 야구부가 친 공이 내 머리를 때리는 바람에 뇌진탕을 일으킨 사건이라든가, 미즈키가 축구부 주장을 쳐다보느라 시간 재는 걸 깜빡 잊은 일이라든가, 선배한테 받은 기합이 혹독했다든가, 지도교사의 운동복과 안경이 촌스러웠다든가……. 일단 이야기가 나오면 추억이 둑을 터뜨린 듯 터져나와 멈출 줄 몰랐다.

"그거 기억나? 여름 합숙 훈련 때, 밤에 말야. 우리 1학년들 선배 방에 불려가서 설교 잔뜩 들었을 때."

마사무네는 거기까지 말하고 더 이상 참을 수 없다는 듯 혼자 낄낄대고 웃기 시작했다. 미즈키도 그 말을 받아 "맞아 맞아 맞아!"라고 손뼉을 치더니 "요쨍이 갑자기 크게 방귀 뀐 적 있잖아"라며 뿜었다.

있었다. 분명, 그런 적이.

"맞아. 그 일로 나토리(名取) 선배한테 따귀 맞고 코피 흘렸어……. 고작 방귀 뀐 것 갖고 때리다니."

셋이 배를 잡고 웃는다. 나는 약간 복잡한 웃음이었다.

미즈키가 지칠 때까지 웃다가 눈에 눈물을 담은 채 중얼거린다.

"아~아, 왠지 신비로워, 추억이란 거. 즐거웠던 일도, 안타까웠던 일도, 죽을 만큼 슬펐던 일도, 결국은 모두 웃을 수 있는 이야깃거리가 되네."

분명 그랬다. 그땐 그때대로 있는 힘을 다해 살았다. 설마 10년 후에 이처럼 웃을 수 있게 되리라고는 생각지도 못했다.

"그러게 말이야……."

미즈키가 한 말을 마사무네도 조용히 음미하는 듯했다.

이때 우리 사이로 세피아 색 공기가 흐르기 시작하면서 조금 전까지 선명한 칼라였던 추억이 차츰 멀리 떠나가고 있었다. 달콤한 과거에서 현실 세계로 두둥실 돌아온 듯한 신비로운 쓸쓸함을 느꼈다.

분위기가 쓰윽 가라앉았을 때 마사무네가 문득 나를 보았다.

"요이치, 너, 식당을 물려받을 생각으로 온 건가?"

미즈키도 나를 가만히 응시한다.

"아직 모르겠다, 고 해야 하나……."

낮에 아무 대답도 해주지 않았던 아버지의 등이 떠올랐다.

"그렇구나……." 마사무네는 청주를 홀짝 마시더니 "나는 네가 부러웠어"라고 말을 이었다.

"부럽다니?"

"너, 고등학교 졸업문집에 말이야, 일본 제일의 쓰가루 메밀국수를 만들어서 일본 제일의 식당으로 키우겠다, 라고 썼잖아."

"……."

그러고 보니 그런 내용을 쓴 것도 같은데…….

"뭐랄까, 장래의 꿈을 품고 있는 사람은 빛나 보인다고 할까. 아무튼 왜 그런지는 몰라도 부러웠어, 그냥."

마사무네는 마지막 말을 대충 내뱉듯 하고 컵에 남은 술을 벌컥 들이켰다.

"요짱, 가게 물려받으면 좋을 텐데. 그치?"

미즈키는 마지막의 '그치?'만 마사무네를 보고 말했다.

애매하게 웃을 수밖에 없었던 나는 "뭐, 나한테도 여러 가지 사정이 있어서"라고 애매하게 말해버렸다.

마사무네와 미즈키는 더 이상 추궁하지 않았다. 이 두 사람에게도 여러 가지 사정이 있었을 테니……. 이제 모두 점잖은 어른이 되었다. 잘 되라고 생각해서 던지는 말이라도 자체 검열을 한 번 더 거치게 되는 나이가 되었다.

신비로워, 추억이란 거.

미즈키가 한 말이 뇌리에 되살아났다. 지금 우리 세 사람이 각자 안고 있는 고민이나 불안도 10년 후엔 모조리 웃어넘길 수 있는 이야깃거리가 될까? 10년 후 과거를 생각하며 웃는 나 자신을 상상해보려 했지만 잘 되지 않았다. 10년 후의 미래라니, 역시 아무것도 보이지 않는다.

미즈키와 나는 집으로 돌아가는 길에 자전거를 밀면서 걸었다.

걸으면 40분이나 걸리지만 그래도 좋았다. 쓰가루의 맑고 시원한 밤공기 속을 산책하고 싶은 마음도 있었고, 미즈키도 나도 다리가 휘청거릴 정도로 마셔서 자전거를 타는 건 위험할 것 같기도 했다.

가로등이 적은 길이라 별이 가득한 하늘이 무척 예뻤다. 북쪽 하늘을 보니 카시오페이아와 북두칠성이 반짝반짝 빛나고 있었다. 도쿄까지 이어질 밤하늘은 서늘하게 맑았고, 그 장대하면서도 순수한 아름다움이 도쿄의 하늘에 익숙한 나에게서 현실미를 앗아갔다.

"왠지, 오늘 정말 즐겁더라."

미즈키가 앞쪽을 보며 명랑한 목소리를 냈다. 어두워서 얼굴은 보이지 않지만 분명 작은 미소를 짓고 있을 것이다.

"응." 하고 나도 밤하늘을 올려다본 채 대답했다.

자전거를 미는 달칵달칵달칵 하는 경쾌한 소리가 쓰가루의 차가운 밤공기 속으로 울려퍼진다.

"설마 미즈키가 마사무네랑 사귈 줄은 상상도 못했어. 깜짝 놀랐네."

한숨처럼 말을 토해내자 미즈키가 후후후 웃었다.

"인생 어떻게 될지 아무도 몰라. 그치?"

"그러게. 나도 설마 내가 피에로가 될 줄은 몰랐으니까."

농담처럼 말했는데도 미즈키는 잠시 말이 없었다.

전방의 가로등 아래에 어린 벚나무가 보였다. 아직 반쯤 피었을 뿐인데도 밤 벚꽃의 함초롬한 아름다움을 이미 갖추고 있었다. 말간 어둠 속에서 흐릿하게 떠오른 모습이 그야말로 환상적이었다.

그 벚나무 아래를 지나는 순간, 미즈키가 조금 요염한 목소리를 냈다.

"있잖아, 요짱."

"응?"

"너 좀 두근거리게 해줄까?"

나는 술 취한 뇌로 그 말의 의미를 헤아리려 애썼다.

"나 말야, 고등학교 때, 요짱 조금 좋아했었어."

심장이 콩콩 뛰었다. 무의식중에 멈출 뻔했던 다리에 힘을 주고 태연을 가장하며 계속 걸었다.

"눈치 못 챘어?"

미즈키의 물음에 '응'도 아니고 '으으응'도 아닌 한심한 대답을 했다.

"둔해, 역시." 미즈키는 또 후후후 웃더니 "그러니까 나나미 씨랑 싸우지"라고 아픈 소리를 했다.

"시끄러. 바보."

나는 쑥스러움을 감추려고 뻔한 대사를 내뱉고 말았다.

"말해두지만, 지금은 전혀 아니야."

"알아, 말 안 해도."

고등학교 때 미즈키에게 그런 눈치가 보였는지 잘 생각해보았지만 아무것도 떠오르지 않았다.

"있잖아, 요짱."

"뭐, 뭔데 또……."

"방금 두근거렸지?"

너무 두근거려 그걸 감추느라 나도 모르게 "바~보"라고 대답했더니, 미즈키도 "바~보"라고 내 흉내를 내며 킥킥 웃었다. 그리고 "농담이었어"라고 묘한 말투로 시원스럽게 말했다.

농담이라니, 뭐가? 어디까지가?

여자의 마음속은 평생 모를 것 같은 느낌이 들어서 나는 아주 조금 절망했다. 약간 겸연쩍었을 뿐, 그리 나쁘지 않은 종류의 절망이었지만.

2층 내 방으로 올라왔을 때는 새벽 3시가 지난 시각이었다.

이틀 연속으로 술을 마셔서 몸이 괴로웠지만, 그래도 나는 침대로 기어들어가기 전에 벽장 안에 있을 뭔가를 찾기 시작했다. 15분을 샅샅이 뒤진 끝에, 마침내 먼지를 뒤집어쓴 책자 하나를 발견했다.

조급함을 억누르고 일단 책자를 베갯머리에 살짝 둔 후에 허둥지둥 트레이닝복으로 갈아입었다. 방 형광등을 끄고 이불 속으로 들어가 침대에 달린 독서등을 켰다.

이거구나…….

조금 색 바랜 졸업문집 표지에 '10년 후의 나에게 보내는 편지'라는 제목이 적혀 있었다. 3학년 3반 페이지를 펼친다. 아이

우에오 순이니 '오모리'인 나는 비교적 뒤에 있을 것이다.

페이지를 넘기다가 곧 발견했다. 고교시절의 나는 예상 외로 반듯한 글자로 글자 수 한도를 꽉 채워서 문장을 만들어놓았다. 내용은 마사무네가 말한 대로였다.

다 읽고 나자 텅 빈 한숨이 흘러내렸다.

내 꿈이었다. 정말로.

이 식당을 이어받는 것이⋯⋯.

성급한 직감

- 쓰쓰이 나나미

이번 봄에 출시된 신상품 립스틱을 투명 아크릴판에 붙였다. 배경은 하늘색 시트. 카메라 조리개는 개방하고 립스틱 끝에서 반 정도까지 초점이 맞도록 했다. 일부러 뒤에서 역광을 비추어 윤곽을 또렷하게 만들었다.

"이런 느낌은 어떨까요?"라고 묻는 나.

스승이 파인더를 들여다보고 "오케이"라고 말하며 셔터를 눌렀다. 곧 옆에 있는 모니터에 방금 찍은 사진이 비쳤다. 내가 의도했던 대로 립스틱이 마치 공중에 두둥실 떠 있는 듯한 이미지로 만들어졌다.

"응, 느낌이 좋군. 상품은 샤프해 보이지만, 전체적인 분위기는 봄처럼 부드럽고." 스승은 모니터 화면을 확인한 후 명치 부위를 왼손으로 문지르며 "좋아, 쓰쓰이, 점심 먹고 와. 나머지는 오후 촬영으로 돌리자"라고 말했다.

"네. 선생님은요……?"

"나는……식욕이 없어서. 혼자 갔다 와."

요즘 들어 식욕이 더 떨어지셨다. 수염이 듬성듬성한 볼 살이 칼로 싹둑 도려낸 것처럼 보일 정도로 여위었다. 안색도 좋지 않다. 걱정이 되어 하루에 몇 번이나 "괜찮으세요?"를 반복하다 보면 결국 벼락이 떨어진다. 자신한테 신경 쓰지 말고 촬영에 집중하라는 것이다. 그래서 나는 "네." 하며 고개를 끄덕이고 혼자 밖으로 나왔다.

이 스튜디오는 도에신주쿠(都營新宿) 선 아케보노바시(曙橋) 역에서 도보로 5분 걸리는 벽돌색 빌딩 지하에 있다. 2년 전에 스승이 직접 물색한 곳이다. 주택가와 빌딩숲이 서로 경쟁하듯 늘어선 동네이지만 큰거리에서 조금 떨어져 있어 비교적 조용한 편이다. 나는 혼자 계단을 올라 지상으로 나와서 가까운 편의점으로 향했다.

바로 옆에는 여자 혼자라도 편하게 들어갈 수 있는 맛있는 라멘집이 있고, 상냥한 노부부가 운영하는 작은 레스토랑의 런치세트도 있다. 둘 다 좋아하는 곳이다. 하지만 왠지 오늘은 편의점 도시락을 사서 스튜디오로 곧장 돌아가고 싶었다. 이유는 특별히 없다. 그냥 그래야 할 것 같았다.

걸으면서 휴대전화를 손에 쥐었다. 지하 스튜디오는 전파가
약해서 다운로드해야 볼 수 있다. 수신된 메시지는 두 건. 그 중
하나는 도쿄의 맛집 정보를 정기적으로 보내주는 메일 매거진.
다른 하나는……

요짱…….

첫 문장은 '진심으로 미안해'였다.

나는 무의식적으로 깊이 숨을 들이마셨다.

드, 드디어 왔다…….

본문 내용에 관한 호기심과 마침내 메시지를 받은 안도감으
로 내 걸음이 저절로 느릿해졌다.

본문을 띄우고 한 글자 한 글자 꼼꼼히 읽는다.

문자 메시지치고는 매우 긴 문장으로 나를 향한 마음을 성
실하게 표현해주었다. 다만 한 가지 걸리는 것은 혼자 아오모
리로 가버렸다는 점이다.

이러면 화해해도 빨리 만날 수 없잖아…….

한마디 따지고 싶기도 했지만 지금은 이 메시지를 받은 것
만으로 큰 진전이라고 생각했다.

솔직히 말하면 나는 이미 오래전에 화해할 마음의 준비가
다 되어 있었다. 오히려 어떻게 먼저 사과를 하여 화해할 계기
를 만들면 좋을지 밤마다 생각했을 정도다. 골든위크 때 가겠
다고 고향에 있는 가족에게도 벌써 말해두었다.

본문을 두 번 읽었을 때 편의점에 도착했다.

기분이 밝아지니 편의점 안의 공기까지 평소보다 맑게 느껴진다는 게 스스로도 신기했다.

샐러드 우동과 페트병에 든 홍차 두 개를 바구니에 넣었다. 하나는 스승님을 위해서 샀다. 아침부터 아무것도 마시지 않았으니 분명 목이 마를 것이다.

계산대에서 돈을 지불하며 나는 생각했다. 밥을 먹고 나면 나도 요쨩에 지지 않을 만큼 성실한 답변을 보내자. 뭐라고 쓰면 좋을까? 일단 골든위크에 내려갈 것이고, 또 일정은 비워두었다는 사실만큼은 잊지 말고 전해야지…….

스튜디오로 돌아오는 도중에 인도 위로 가지와 잎을 쭉 뻗은 벚나무를 보았다. 도쿄의 벚나무엔 벌써 어린잎이 싹트고 있다. 신록의 산뜻한 색은 바라보기만 해도 기분 좋지만, 이 시기엔 송충이가 있을 것 같아 나는 벚나무 아래를 피해서 지나갔다.

벽돌색 빌딩으로 돌아와 스튜디오로 이어지는 계단을 내려간다.

지하 1층 입구에 단차가 있는데 거기서 평소처럼 신발을 벗고 개인 슬리퍼로 갈아 신었다. 정면으로 이어지는 복도에 간이소파와 테이블이 놓여 있다. 그 왼편이 촬영 공간이다.

나는 복도 테이블에 샐러드 우동을 내려놓았다.

홍차를 하나 들고 스튜디오로 들어간다.

"선생님, 홍차 사왔……."

나는 숨을 헉 삼켰다. 눈앞의 광경에 다리가 얼어버려 움직일 수 없었다. 정신을 차릴 때까지 대체 몇 초가 흘렀을까?

"서, 서, 선생님!"

짧게 외치고 촬영 세트 쪽으로 달려갔다. 바닥에 구르듯이 웅크린 스승의 등에 손을 댔다.

"선생님, 괜찮으세요?!"

스승의 얼굴은 고통으로 일그러져 있었다. 이를 악물고 있다. 이마와 관자놀이에 진땀이 방울방울 솟아난다. 양손으로 명치 부위를 누르고 공벌레처럼 몸을 둥글게 말고 있다.

"구, 구급차 부를게요!"

내 목소리에 스승은 눈을 감은 채 작게 몇 번이나 고개를 끄덕였다.

휴대전화를 꺼냈다. 신호가 잡히지 않았다. 여기는 지하. 방금 내려온 계단을 슬리퍼 신은 발로 급히 뛰어올랐다.

현관까지 나가자 전파가 닿았다.

떨리는 손가락으로 119를 누른다. 호출음이 울린다. 빨리 받아!

"예, 119입니다."

나왔다. 나는 애써 냉정한 목소리로 상황을 설명하고 주소를 말했다.

"지금 배차 중이니 잠시만 기다려주세요."

아파도 다쳐도 한계까지 참고 절대 표현하지 않는 스승이 목소리조차 내지 못하고 있다. 보통 일이 아니다.

"죄송하지만 빨리 좀 부탁합니다!"

"네네네, 저희도 서두르고 있습니다."

느긋하고 태평한 목소리에 초조해졌다. 하지만 화를 내도 소용없으리라.

1분 이상 기다렸다. 대체 뭐하는 거야!

"준비되었습니다. 지금 출발할 테니 건물 입구에 서 계셔주세요. 몇 분 안 걸릴 겁니다."

알겠다고 하고 초조했던 통화를 끝냈다.

어차피 바로 도착하진 않을 것이다. 나는 급히 계단을 뛰어내려가 스승 곁으로 갔다. 아까보다 땀 양이 많아졌다.

"괜찮으세요? 구급차 곧 올 거예요."

스승은 고개를 작게 두 번 끄덕였다. 목구멍에서 짜내는 듯한 목소리로 무슨 말을 한다.

"네? 뭐라고 하셨어요?"

"자네한테, 맡겼어. 부탁해……."

"네?"

"촬영. 해야 돼."

이런 상황에서도 일 생각을 하다니……. 나는 아무 대답도 하지 않고 스승의 등을 문질렀다.

아프지 마세요, 아프지 마세요, 온 마음을 다해 빌면서.

"대답……해"라고 말한 직후, 스승은 '우우욱' 하고 고통스러운 목소리를 냈다. 나는 차마 "예"라고 할 수 없었다. 그래서 못 들은 척 "선생님, 구급차가 바로 찾을 수 있도록 저는 건물 입구로 나갈게요. 곧 돌아올 테니 조금만 기다려주세요"라는 말을 남기고 다시 계단을 뛰어올랐다.

슬리퍼를 신은 채 주택가 거리로 나왔다.

근처 초등학생들이 봄 햇살 아래에서 가방을 등에 메고 통통 튀는 발걸음으로 내 앞을 지나갔다. 그 뒤로 작은 강아지를 데리고 산책 중인 듯한 중년 여성이 지나갔다. 맞은편에선 대학생으로 보이는 커플이 한 자전거에 둘이 같이 타고 역 쪽으로 달려간다.

건물 앞에 선 내 다리는 떨리고 있었다.

지금 이 건물 지하에 스승이 쓰러져 있다. 그 현실감을 자칫 놓쳐버릴 정도로 내 눈앞에 온화한 일상적 풍경이 펼쳐졌다. 별안간 그 풍경이 흔들흔들 흔들린다. 아마도 눈에서 눈물이 넘쳐흐른 모양이다.

멀리서 사이렌이 들렸다. 그 소리가 점점 다가온다. 나는 재킷 소매로 눈물을 닦았다. 마스카라를 안 바르길 잘했다, 라는 이상한 생각을 하면서.

이윽고 내 앞에 구급차가 서고 들것을 가진 사람들이 나왔다. 그들을 안내하여 지하로 내려간다.

스튜디오에 들어서자 구급대원 한 명이 무척 느긋한 말투로 "이 사람이에요?"라며 스승을 가리켰다. 내가 고개를 끄덕이니 이번엔 쓰러져 있는 스승을 향해 너무나 하찮은 질문을 하기 시작했다.

"자, 괜찮으세요? 어디가 안 좋습니까? 배가 아파요?"

그런 우문에도 스승은 필사적으로 고개를 끄덕이며 대답해 주었다.

"아아, 그래요? 많이 아프시군요. 스스로 구급차까지 걸을 수 있겠어요? 아니면 들것에 누울래요?"

나의 초조감이 폐 속에서 팽창하여 목 밖으로 튀어나올 것 같았다.

스승은 혼자 힘으로 일어서려 했다. 그러나 더 이상은 힘든 듯 무릎을 꿇은 채 이마를 바닥에 대고 움직이지 않았다.

"많이 고통스러운가요? 그럼 들것에 실을 테니 누워볼래요?"

일으켰다가 다시 눕혀? 나의 인내심이 한계에 달했다.

"서서 걸을 정도라면 구급차를 왜 부르겠어요! 빨리 좀 해주세요!"

내 목소리가 멀리서 들렸다. 너무 날카로워서 왠지 낯선 타인의 목소리 같았다.

구급대원은 태연한 얼굴로 내 말 따위 무시하고 스승을 들것에 눕혔다. 여태까지 본 적 없는 힘찬 동작으로 들것을 들어올리더니 계단을 오른다. 나도 신발을 갈아 신고 뒤를 따랐다.

들것이 현관을 빠져나가려는 순간, 스승이 나를 불렀다.

"쓰쓰이…… 너, 촬영. 부탁해……."

그 목소리를 덮으려는 듯 구급대원이 "보호자로 동행하실 거죠?"라고 나를 보며 물었다.

그때였다. 들것에서 스승의 팔이 빠져나와 구급대원의 백의를 쭉 잡아당겼다.

"왜 그러세요……?"라고 놀라는 구급대원.

"이 아이는……오늘 할 일이 있어요. 보호자는 필요 없어."

스승이 나를 강한 눈빛으로 보았다.

내 눈에서 눈물이 제멋대로 주르르 흘러내렸다.

구급차가 보이지 않게 되어도 한동안 건물 앞에 우두커니 서 있었다. 헬리콥터 한 대가 낮은 상공을 가로지른다. 그 굉음이 나를 현실로 되돌렸다. 주머니에서 휴대전화를 꺼낸다. 구급대원이 시킨 대로 사모님에게 전화를 하여 병원 이름을 알렸다.

"역시…… 언젠가는 그렇게 되지 않을까 생각했어요." 부인은 내 이야기를 듣고 그렇게 말했다. "쓰쓰이 씨, 걱정 끼쳐서 미안해요. 그럼 나는 빨리 병원에 가봐야겠어요."

"네……. 죄송합니다. 제가 같이 가드리지 못해서……."

수화기 너머로 작은 한숨이 떨어지는 기척을 느꼈다.

"분명 그이가 쓰쓰이 씨는 사진을 찍으라고 했겠죠?"

나는 그 질문엔 대답하지 못하고 작은 소리로 "죄송합니다"라고만 말했다.

부인은 "고마워요"라고 조용히 말하고 전화를 끊었다.

스튜디오로 돌아와서 산더미처럼 쌓인 상품을 하나씩 촬영해갔다. 여태까지 스승에게 배운 모든 지혜를 총동원하여 스승에게 폐가 되지 않을 만한 수준의 사진을 찍기 위해 필사적이었다.

홀로 셔터를 누르고 있으니 친근했던 스튜디오가 왠지 평소보다 넓고 낯설게 느껴졌다. 걷는 소리도 코를 훌쩍이는 소리도 공간에 메아리쳐 크게 울렸다.

세팅하고 차례차례 셔터를 누르고 모니터로 확인한다. 원했던 그림이 좀처럼 나오지 않았다. 조명과 상품의 각도에 변화를 주고 몇 번이나 조리개 값을 바꿔가며 피사계심도를 조정했다. 결과물이 마음에 들지 않을 때마다 자꾸 무기력해지면서 눈시울이 뜨거워지려 했지만, 그래도 심호흡을 하고 부정적인 감정을 하나하나 토해냄으로써 눈물방울이 떨어지는 것만큼은 어떻게든 막아냈다.

모든 촬영을 끝냈을 때 시각은 새벽 3시에 가까워지고 있었다. 병문안 갈 수 있는 시각은 아니었다.

문단속을 끝낸 후 카메라 가방을 어깨에 메고 택시를 탔다. 초로의 운전사에게 집 위치를 알렸다.

차를 타고 가며 내일 일정을 생각했다.

오늘 찍은 사진 데이터를 클라이언트에게 전한다. 스승이 입원한 병원에 병문안을 간다. 마음이 조금 안정되면 요짱에게 메시지를 보내야지…….

창밖의 풍경을 멍하니 바라보았다.

아무리 가도 빌딩은 좁은 듯 갑갑하게 서 있고, 아무리 가도 거리는 밝았다.

도쿄에는 '밤'이 없다.

요짱의 온화한 목소리가 애타게 그리웠다.

다음 날 비가 왔다.

오전 11시, 수면 부족인 나른한 몸을 질질 끌듯 일으켜 신토미쵸(新富町)에 있는 클라이언트에게 사진을 가지고 갔다. 홍보담당자가 나를 보고 싱긋 웃더니 "어때요? 선생님께서 이번에도 멋지게 찍어주셨겠죠?"라고 물었다. 나는 터질 것 같은 심장을 들키지 않도록 표정을 부드럽게 만들고 "네, 그럴 거예요"

라고 대답했다. 반 이상은 내가 찍었다고 말할 수 없었다. 클라이언트가 원하는 것은 '선생님'의 솜씨다.

그 길로 지하철을 타고 병원으로 향했다.

고쿄(皇居, 일본 천황의 주거지-옮긴이) 둘레의 연못 근처에 우뚝 선 종합병원의 하얀 벽이 주변으로 독특한 위압감을 발했지만, 접수처의 여성은 친절하고 정중한 태도로 병실을 안내해주었다.

널찍한 엘리베이터를 타고 707호실 앞에 섰다. 행운의 번호가 걸린 병실을 입구에서 살짝 들여다본다. 스승은 여섯 개의 침대 중 가장 안쪽 오른편에 반듯이 누운 자세로 잠들어 있었다. 코와 팔엔 애처롭게도 튜브가 삽입되어 있다. 자유롭게 움직일 수 있는 상태는 아닌 것 같았다.

스승의 침대 바로 앞에 놓인 동그란 의자에 부인이 앉아 있었다. 천천히 다가가 부인의 등을 살짝 건드렸다. 잠든 스승을 깨우고 싶지 않았다.

"아, 쓰쓰이 씨."

부인이 작은 소리로 말하고 일어났다. 눈을 감은 스승을 힐끗 보더니 나를 병실 밖으로 데리고 나갔다. 그대로 병원 1층까지 내려가서 접수처 안쪽에 있는 찻집으로 들어갔다.

아담한 테이블을 사이에 두고 마주앉았다. 늘 말쑥한 차림이었던 부인이 오늘은 아무래도 화장도 뜨고 머리카락도 퍼석퍼

석해 보였다. 어쩌면 어제부터 쭉 병원에 있었는지도 모른다.

점원에게 커피를 두 잔 주문한 부인은 '휴우' 하고 기분을 전환하려는 듯 한숨을 쉬었다. 애써 담담하려 노력하는 듯한 말투로 병세에 대해 이야기하기 시작했다.

"그이, 꽤 오래전부터 췌장이 안 좋았어요. 알고 있었나요?"

"췌장⋯⋯. 아뇨, 몰랐어요."

"그래요. 역시 말을 안 했군요."

"⋯⋯."

"췌장은요, 술이나 기름을 분해하는 데에 필요한 췌장액이라는 소화효소를 분비하는 장기예요. 그런데 그 췌장액이 자기 췌장을 녹여버릴 수도 있어요. 그게 췌장염이라는 병이죠. 그 병이 지금 만성화되어서."

그러고 보니 스승은 지난 1년간 술을 전혀 마시지 않았다. 옛날에는 꽤 애주가였는데.

"그럼, 어제는⋯⋯."

"갑자기 췌장이 염증을 일으켰어요. 급성췌장염이죠. 췌장 주위에 신경이 밀집되어 있어서 굉장히 아프대요. 사람에 따라서는 쇼크사하는 경우도 있다고 의사선생님한테 들었어요."

기절할 정도로 괴로워하는 선생님 모습이 뇌리에 생생하게 떠올랐다.

"선생님은 참을성이 강한 분이라."

"네. 그 점이 오히려 좋지 않아요. 췌장염에 걸렸는데도 제대로 관리를 안 해서 합병증으로 당뇨병까지 앓고 있어요."

"당뇨병……."

그래서 스승님이 요즘 갑자기 여윈 것이다. 나른해한 적이 많았던 것도 그 때문이었다.

췌장염은 치료가 가능한 병인가요? 라고 물으려는데 조금 전의 점원이 커피를 가지고 왔다.

부인은 블랙커피가 담긴 고상한 꽃무늬 컵에 입술을 댔다. 나는 설탕과 크림을 조금 넣었다. 병원 안에 있는 찻집인데도 커피가 의외로 맛있었다.

다시 한번, 치료가 가능한가요? 라고 물으려는데, 이번엔 부인 쪽이 먼저 입을 열었다.

"췌장의 일부가 이미 녹아버렸어요. 게다가 당뇨병까지 있어서 완치는 불가능한가봐요. 우선은 최소한 한 달 정도 단식을 하면서 췌장 염증을 완전히 가라앉혀야 해요. 그런 다음엔 식사요법을 조금씩 실천하면서 병과 함께 살아갈 수밖에 없다고 하네요."

나는 할 말을 찾지 못하고 묵묵히 커피의 갈색 수면을 응시했다.

"인생은 이제부턴데……."

깊은 한숨 같은 목소리로 부인이 중얼거렸다.

"사진은 찍으실 수 있겠지요?"

나는 조심스럽게 물었다.

하지만 부인은 천천히 고개를 저었다.

"확실히 말해서 여태까지처럼 일하는 건 좀 무리라고 생각해요. 당뇨병은 여러 가지로 신경이 쓰이는 병이잖아요. 당뇨병 망막증까지 일으킬 수 있다고 해요."

"당뇨병 망막증……?"

"내버려두면 실명하는……."

실명……. 그 두 글자의 울림으로 인해 양팔에 소름이 돋았다.

"그이의 경우, 아직 그만큼 진행되진 않아서 자주 안과 검진을 받으면 갑자기 나빠지거나 하진 않는대요. 그래도 부지런히 다니지 않으면, 아웃."

아웃이라니…….

"부지런히 다니시면……, 무리만 하지 않는다면 찍으실 수 있겠지요?"

"글쎄. 일단 췌장 상태가 좋아져야."

그런가. 나는 조금 답답해서 한숨을 쉬고 싶었지만 부인의 지친 얼굴을 보고 있으니 그조차 미안한 마음이 들어 커피와 함께 삼켜버렸다.

"그이, 자기 상태가 많이 안 좋다는 걸 알고 있었어요. 그래서 앞으로는 쓰쓰이 씨에게 일을 조금씩 맡길 거라고 자주 말하곤 했죠."

"……"

"집에서는 쓰쓰이 씨를 늘 칭찬했어요. 순수하고 재능이 있는 아이라고. 그러니 내 기술과 경험을 모두 가르쳐줄 거라고. 아이처럼 꿈꾸는 듯한 얼굴로 열정적으로 이야기했죠. 자식이 없어서 그런지 당신이 너무 귀엽나봐요."

눈시울이 왈칵 뜨거워졌다. 위험해, 라는 생각에 고개를 숙이자마자 곧 테이블 위에 물방울이 뚝뚝 떨어졌다. 나는 냅킨으로 눈을 잠시 누른 후 부인을 보았다. 부인은 부드러운 솜 같은 미소를 짓고 있었다. 스승과 나, 두 사람의 어머니 같은 다정한 표정이었다. 여성은 이럴 때 강해지는지도 모른다……나는 멍하니 그런 생각을 했다.

"그래도 뭐, 곧 죽는 병은 아니니까 그걸로 위안을 삼아야죠."

자신이 내뱉은 말에서 힘을 얻으려는 부인에게 나도 나름대로 힘을 실어 "네"라고 대답했다.

병실로 돌아왔을 때 스승은 눈을 뜨고 있었다.

내가 왔다는 걸 알아차리고 싱긋 웃어 보였지만 애쓰고 있다는 걸 한눈에도 알 수 있었다.

"미안하네, 이렇게 돼버려서."

스승의 목소리는 완전히 쉬어버려 내 귀에 연약하고 불안하게만 들렸다.

"카탈로그 사진, 납품했어?"

"예."

"그랬구나."

만족스러운 마음을 스승은 살짝 웃음으로써 표현했다.

"쓰쓰이……."

"네."

스승은 이 순간 '후우' 하고 아주 작은 한숨을 흘렸다. 천장을 응시한 채로 이야기하기 시작했다.

"지난 1년간 좀……. 힘들게 해서 미안하구나."

"……."

"사실은 나한테 조금 성가신 병이 있어서. 어쩌면……사진을 찍을 수 없게 될지도 몰라."

"……."

"그래서 자네한테 빨리 가르쳐주고 싶었어."

"예……."

"나의……전부를."

"네……."

스승은 여전히 천장을 보고 있었다.

나는 또 눈물이 나와서 손수건으로 두 눈을 꾹 눌렀다. 콧물을 훌쩍거리자 스승의 시선이 천장에서 나에게로 옮겨졌다.

"그토록 호되게 대했는데도 용케 그만둔다는 소리를 안 하더라."

"네……."

"어떻게 계속할 수 있었어?"

당연한 걸 물으세요. 스승님을 존경하기 때문이죠…….

말로는 할 수 없었다. 그래서 묵묵히 아래만 쳐다보았다.

"혹시 자네, 마조히스트인가?"

코에 튜브를 끼운 채 스승은 옛날처럼 장난스럽게 웃었다.

"네, 아마도……."

나는 눈에 눈물을 담은 채 에헤헤 하고 웃었다.

"정말, 제자한테 별소리를 다 하네."

내 뒤에서 들린 사모님의 목소리가 곧 후후 하는 웃음소리로 바뀌었다.

병원을 나섰을 땐 비가 그쳐 있었다.

서쪽 하늘이 밝아졌으니 어쩌면 무지개가 보일지도 모른다는 기대 때문에 나는 한 정거장만 걸어보기로 했다. 신록이 우거진 공원을 가로지르는 길을 선택하여 천천히 걷기 시작했다.

공원에 들어서자마자 가방에서 휴대전화를 꺼냈다.

요짱에게 받은 메시지를 한 번 더 읽어본다. 답변을 입력하려고 창을 열었다. 음, 뭐라고 쓰지…….

한참을 걸었지만 스승 일 때문인지 마음도 생각도 정리가 되지 않았다. 이럴 때 더욱 요짱의 목소리가 듣고 싶어진다.

메시지 창을 닫았다. 연락처에서 요짱 번호를 불러내어 통화 버튼을 누른다.

느닷없이 전화부터 하면 깜짝 놀라겠지……?

호출음이 울렸다. 심장의 고동이 살짝 빨라진다.

다섯 번째 신호에, 받았다.

"여보세요, 오랜만이야."

나는 애써 명랑한 목소리를 냈다.

하지만 전화기에서 제일 먼저 들린 건 바삭바삭 하는 귀에 거슬리는 소리였다. 그 직후에 요짱의 목소리가 들렸다.

"나나미……. 오랜만이네."

침착하지 못한 목소리였다. 뭔가 숨기고 있다. 그게 무엇인지 알 것 같았다. 직감적으로 알아버렸다. 감정이 순식간에 좋지 않은 방향으로 치닫는 바람에, 내 입에서 가시 돋친 말이 툭 튀어나오고 말았다.

"옆에 있는 여자한테 안부 전해줘."

전화를 일방적으로 끊어버렸다.

그 후에 몇 번이나 요짱에게 전화가 걸려왔지만 나는 받지 않았다. 눈에서 눈물만 흐를 뿐 기대했던 무지개도 끝까지 나오지 않았다.

단순한 오해

- 오모리 요이치

청바지 뒷주머니에 찔러뒀던 휴대전화가 떨렸다.

누굴까……. 전화기를 손에 들어보니 나나미였다.

"와, 왔다!"

나는 기쁨과 당황스러움을 오가며 두근거리는 마음을 안고 통화 버튼을 눌렀다.

"여보세요, 오랜만이야."

그리웠던 나나미의 목소리. 옆에서 미즈키가 무슨 말을 하려는 것 같아서 나는 마이크 부분을 엄지손가락으로 누르고 미즈키에게 작은 소리로 속삭였다.

"여친이야. 좀 조용히 해줘."

미즈키는 어깨를 움츠리며 입술 앞에서 집게손가락을 세운 채 입술 모양을 '쉿' 하고 만들었다.

"나나미……. 오랜만이네."

정말로 오랜만이었고 용서해줄지 어떨지 마음이 쓰여서 목소리가 조금 떨리고 말았다. 그런데 다음 순간 어쩐 일인지 믿을 수 없을 만큼 날카로운 목소리가 수화기에서 쏟아져나오는 게 아닌가!

"옆에 있는 여자한테 안부 전해줘."

딸깍.

통화가 일방적으로 끊겨졌다. 순간, 도산의 그 전화 담당자가 떠올랐다.

나는 멍한 상태로 '옆에 있는 여자'의 얼굴을 보았다.

"무, 무슨 일이야……?"

미즈키가 의아스러운 표정을 짓는다.

"여, 옆에 있는 여자한테 안부 전해줘, 라고 하더니 갑자기 끊어버렸어……."

설마 이 말을 하려고 전화를 건 건 아니겠지…….

"어……여자라니, 나?"

어떻게 지금 내 옆에 '여자=미즈키'가 있다는 걸 알았을까? 왠지 무서워져서 고개를 휘휘 돌리며 주위를 확인했다. 그러나 시야에 들어온 것은 90퍼센트 가까이 꽃을 피운 벚나무들과 축제 관계자들뿐이었다. 혹시 나나미도 누나와 같은 능력을 갖

244

고 있을까? 아냐, 설마…….

"어떻게 내 옆에 여자가 있다는 걸 알았을까……."

미즈키는 내 말을 듣더니, 짊어졌던 가느다란 철골을 땅에 내려놓고 덜떨어진 학생을 대하는 교사의 눈으로 나를 보았다.

"요짱, 모르겠어?"

"어……."

"그 정도는 나도 알아."

거짓말! 누나도 나나미도 미즈키도 다 아는 거야?

"어, 어떻게?"

미즈키는 한숨을 내쉬더니 "뭐해? 빨리 전화해서 오해를 풀어야지"라며 어이없다는 듯 팔짱을 꼈다.

지당한 의견이다. 나는 몇 번이나 몇 번이나 통화 버튼을 눌렀다. 하지만 나나미는 받아주지 않았다.

"어라, 게으름 피우고 있네? 너네 가게 텐트 만드는 걸 일부러 도와주러 왔는데 본인이 놀다니 도대체 뭐냐?"

굵은 철골을 어깨에 짊어진 마사무네가 다가와서 장난기 어린 투정을 퍼부었다.

"여친이 전화로 화를 내서 요짱 지금 패닉 상태야."

미즈키의 대사에 마사무네가 풋 하고 뿜었다.

"정말 너는 남자로서의 매력 꽝이네."

그런 문제가 아니라니까.

모레부터 시작될 벚꽃축제를 위하여, 우리는 지금 오모리 식당의 커다란 텐트 뼈대를 만들러 왔다. 우리 동창생 팀 세 명과 부모님, 그리고 지역 주민회 소속의 두 젊은이가 도와주러 왔다. 새끼발가락이 부러진 아버지는 현장감독을 맡았다. 뼈대는 완성되었고 이제 좌석을 조립하려던 참이었다.

왠지 오늘 운이 나쁘네…….

기분과는 반대로 2600그루의 멋진 벚나무로 꽉 채워진 공원 안에 더없이 상쾌한 바람이 불고 있었다. 이럴 때 나나미가 전화를 하다니, 더할 나위 없이 멋진 순간이었는데…….

온몸에서 힘이 다 빠져버렸다.

"미즈키. 여자는 그걸 어떻게 알지?"

"비, 밀. 후후후."

"뭐야, 나도 좀 가르쳐줘."

"나나미 씨랑 화해하고 물어봐. 지극히 단순한 이유니까."

나는 쳇 하고 혀를 한번 찬 후에 마사무네를 붙들고 여자끼리만 공유하는 신비한 현상에 대해 이야기해보았다. 그러자 녀석은 무슨 생각을 했는지 "난 괜찮아. 바람 같은 거 안 피우니까"라고 엉뚱한 소리를 하며 가슴을 쭉 펴는 것이다.

그런 문제가 아니라니까.

애달픈 처지

- 쓰쓰이 나나미

오후 2시 40분.

고난 철도 오와니 선의 쓰가루카쓰타(津軽勝田) 역에서 하차한 사람은 나 혼자였다. 광대하게 펼쳐진 논밭 한가운데에 아무렇게나 놓인 기다란 콘크리트 덩어리 같은 무인역. 앞을 봐도 뒤를 봐도 플랫폼만 덩그러니 있을 뿐 역사조차 없다.

열차에서 내리자마자 시야가 확 트이면서 하얀색 경트럭이 곧 눈에 들어왔다. 내가 도착할 시각에 맞춰 아버지가 마중을 나온 것이다.

내 어깨에 커다란 가방이 있었지만 늘 들고 다니는 카메라 가방에 비하면 가벼운 편이다. 종종걸음으로 경트럭까지 달려간다.

열어젖힌 운전석 창문 너머 농협 모자를 쓴 아버지가 싱글
벙글 웃는 얼굴로 이쪽을 보고 있었다. 나는 그 그리웠던 미소
에 살짝 손을 들어 답했다.

"저 왔어요, 아빠. 허리 아직도 많이 안 좋으세요?"

나는 조수석 문을 열고 차에 올랐다. 짐은 무릎 위에 둔다.
아버지는 "심하지 않아"라고 말하고 즉각 시동을 걸었다. 핸들
을 잡은 아버지의 손톱이 새까맸다.

"오늘 나나미한테 깜짝 놀랄 일이 있지."

역 앞에서 이와키 산 기슭까지 이어지는 통칭 '애플 로드'를
달리며 아버지가 말했다. 좌우로 펼쳐진 사과밭이 전체적으로
뿌옇게 보였다. 머지않아 하얀 사과 꽃이 일제히 피기 시작할
것이다. 활짝 피면 드넓은 비탈면이 순백으로 물들어 마치 새하
얀 융단처럼 보인다. 화려한 벚꽃 계절이 지나면 사과밭의 성대
한 개화 쇼가 펼쳐진다. 나는 이 계절을 옛날부터 좋아했다.

"깜짝 놀랄 일이라뇨?"

운전하는 아버지를 보았다. 아버지는 만족스러운 듯 눈꼬리
에 깊은 주름만 잡을 뿐 아무 말도 하지 않고 앞만 보고 달렸다.

언제부턴가 아버지는 나랑 둘이 있으면 묘하게 쑥스러워하
신다. 어릴 때처럼 천연덕스럽게 장난치는 일도 없어졌고, 대
화량도 급격히 줄었다. 우리 부녀 사이에 적당한 거리감이 존
재하게 된 것이다. 내가 그 거리를 좁히려 하면 아버지는 한 걸

음 물러나 다시 일정한 거리를 유지하려 한다.

이 거리감이 싫지는 않았다. 대화가 줄어도 거북하지 않고, 아버지가 무리하게 거리를 좁히지 않으리라는 걸 알기에 안도감을 느끼기도 했다.

"사과 꽃이 곧 피겠는데요?"

"으응. 올해는 좀 빨리 필 것 같네."

"지금 바쁘겠어요."

아버지는 또 웃기만 할 뿐 대답은 없었다. 대답하지 않아도 나는 아버지의 마음을 알고 있고, 아버지 역시 내가 알아준다는 걸 안다. 부녀 관계는 어떤 의미에선 이심전심이다.

이 시기의 과수원은 바쁘기 이를 데 없다. 나무 한 그루에 열리는 열매 수를 대폭 줄이기 위해 꽃이나 봉오리를 하나하나 손가락으로 잡고 똑똑 따야 한다. 이 작업을 적뢰(摘蕾)라고 하는데, 규모가 큰 과수원에서는 이웃 아주머니나 할머니들을 파트타임으로 고용하기도 한다. 사다리에 올라 꽃이나 봉오리를 솎아낼 때 사과나무의 잿물이 손톱에 들어가니 아버지의 손톱은 늘 새까맣다.

사과나무는 가지 하나에 수십 송이 꽃을 피우는데 그걸 그대로 두면 나중에 큰일이 난다. 사과 열매가 주렁주렁 지나치게 많이 달리면 하나하나가 탁구공처럼 작아져버린다. 그러면 상품 가치가 떨어지므로 크기를 키우기 위해 수를 줄이는 것이다.

적뢰 시기가 지나면 꽃가루 교배 작업에 쫓기고, 교배가 끝나면 적과(摘果)라는 작업이 또 기다리고 있다. 아직 체리 정도 사이즈의 어린 사과를 따서 열매 수를 더욱 줄여가는 과정이다. 이렇게 하면 남은 열매 하나하나에 양분이 집중되어 당도가 높아지면서 맛있는 꿀사과로 자라게 된다.

5분 정도 달려서 집에 도착했다.

아버지는 정원수를 적당히 배치한 넓은 부지 구석의 헛간 앞에 경트럭을 세웠다. 옆에 처음 보는 차가 주차되어 있었다. 남색 BMW다.

"뭐예요, 이 차?"

내 질문에 아버지는 "일단 들어와. 엄마가 기다리셔"라고만 말하고 현관으로 들어갔다. 나도 그 뒤를 따랐다.

나는 현관에서 신발을 벗기 전에 집 안쪽으로 얼굴을 들이밀며 "다녀왔습니다!"라고 큰소리로 인사했다. 여기는 우리 집인데 왜 그런지 '지금부터 이 집에 들어갑니다'라고 선언해야 할 것 같은 묘한 조심스러움을 느꼈다. 결혼하면 이런 기분이 더 강해질까? 그런 생각을 하면서 신발을 벗었다.

현관에서 오른편 안쪽에 있는 방이 우리 가족이 늘 모이는 거실이다. 나는 그곳으로 직행했다. 문턱을 넘으니, 그곳에 어머니와 할아버지, 할머니의 활짝 웃는 얼굴이 있었다.

"다녀왔습니, 다……."

그런데 한 사람이 더 있다. 되도록이면 만나고 싶지 않았던 손님이…….

오랜만에 귀성한 나를 위해 깜짝 놀랄 일을 마련한 가족은 싱글벙글 웃기만 하고 아무 말이 없었다. 오히려 손님이 가족을 대표하듯 이렇게 말했다.

"어서 오세요. 처음 뵙겠습니다, 아오키(靑木)입니다."

아오키 씨는 시원시원하게 인사하고는 연습에 연습을 거듭하여 완성한 듯한 너무나 완벽한 미소를 얼굴에 담았다. 그 할리우드 스타 같은 이목구비가 또렷한 얼굴에.

당했다…….

가족을 노려보고 싶었지만 나도 어른이라 속마음을 적당히 감추고 억지웃음을 지으며 "아, 처음 뵙겠습니다"라는 틀에 박힌 인사로 대답했다.

이런 놀라움 속에서 심적으로 무척 무거운 오후가 시작되었다.

거실에서 한참을 똑바른 자세로 앉아 차를 마시며 맞선 자리에 꼭 어울릴 만큼 지루한 대화를 나눴다. 이윽고 어머니가 시골의 오지랖 넓은 아줌마다운 대사를 입에 담았다.

그럼, 이제 두 사람만의 시간을…….

그리하여 나는 아오키 씨의 BMW 조수석에 태워진 채 벚꽃 축제를 이틀 앞둔 히로사키 성터 공원으로 향했다.

정문에 차를 세우고 걸어서 공원 안으로 들어갔다. 평일이라 그런지 관광객이 드문드문 보였다. 화창했던 하늘이 곧 귤색으로 물들 것 같았다.

벚꽃은 이미 90퍼센트 정도 피었고, 웅장하고 화려하다는 수식어가 딱 어울릴 만큼 아름다웠다. 어릴 때 몇 번이나 본 풍경인데도 무심코 '멋지다'를 연발하게 된다.

아오키 씨는 단둘이 있을 때에도, 해도 그만 안 해도 그만인 이야기를 계속했다. 나도 그에 맞춰 소탈한 대답으로 일관했다. 이 사람, 좋은 사람인 것 같고 잘생겼고 성실하지만, 재미있는 사람은 아니다. 그래서 역시, 내 취향은 아니다.

……취향이면 만날 거야?

요짱이 한 말이 불쑥 떠올랐다.

성 중심부에 우뚝 솟은 망루를 향해 가고 있을 때, 반대편에서 젊은 커플이 팔짱을 끼고 행복하게 걸어오는 모습이 보였다. 그 두 사람을 보고 나는 한숨을 쏟았다. 옆에 있는 아오키 씨가 눈치 채지 않게끔 주의하면서.

그런 내 마음과는 반대로 벚꽃은 너무나 아름다웠다. 마치 벚꽃 폭포 속에 있는 것 같았다. 이 감동을 요짱과 함께 나눌 수 없는 내 처지를 생각하자, 꺼림칙함과 애달픔이 동시에 밀려왔다.

전화했을 때 요짱 옆에 있었던 여자는 누구일까? 벌써 사귀기 시작한 사이일까?

그런 생각을 하는데 키가 큰 아오키 씨가 고개 숙여 나를 들여다보며 걱정스러운 얼굴을 했다.

"음……. 역시 피곤하신가봐요."

나는 "괜찮아요"라며 웃는 얼굴을 만들었지만, 솔직히 귀성하는 날에 집에 와서 기다리다니 너무 무신경한 거 아닌가 싶고, 규칙 위반이라는 생각마저 들었다. 하는 짓이 교활하다. 그런데 알고 보니 현실은 조금 다른 듯했다. 아오키 씨가 이런 말을 꺼냈다.

"사실은 오늘, 나나미 씨랑 만날 생각이 아니었어요. 나나미 씨 가족이 가입하신 저희 회사 생명보험 일로 방문했는데, 우연히……."

그랬구나. 이제 알았다. "엄마가 오늘 딸이 올 테니 만나고 가라고 하셨나봐요?" "예." 아오키 씨가 미안한 얼굴을 했다. "귀성한 첫날은 천천히 쉬고 싶으실 것 같아서 저도 처음엔 사양했는데. 어쩌다 보니 눌러앉게 되어서."

그 마음 이해하지만 그래도 끝까지 사양했어야 했다. 원망해야 할 첫 번째 대상은 어머니인 걸 알면서도, 나는 그만 가시돋친 질문으로 아오키 씨에게 분풀이를 하고 말았다.

"아오키 씨는 맞선 같은 거 보지 않아도 충분히 좋은 사람이랑 결혼할 수 있지 않을까요? 이국적인 미남이시고…… 인기 많으실 듯해요."

할리우드 스타의 얼굴에 심약한 그늘이 스윽 드리워졌다. 그가 침울한 미소를 짓는다.

"인기 없어요. 오히려 외국인 같은 이 얼굴 때문에 어릴 땐 친구들한테 자주 놀림받았죠. 그 때문인지 성격이 지나치게 내성적이어서 여성이랑 만나도 잘 안 되더라고요."

이런 말을 나나미 씨한테 털어놓다니, 저 참 바보네요……, 라며 자조 섞인 웃음을 흘리기도 했다.

'그렇지……' 않아요, 라고 말하기도 전에, 아오키 씨 입에서 '아~아' 하는 한숨 비슷한 목소리가 새어나왔다.

"저는 어떤 여성과도 깊이 사귀어본 적이 없어서 여자의 심리를 잘 몰라요. 그래서인지 여자한테 차이거나 무시당한 경험은 다른 사람보다 결코 적지 않죠. 아, 많은 편이라고 해야 하나?"

"……."

"그래도 지금 나나미 씨의 마음은 대충 알 것 같아요."

나는 잠시 할 말을 찾았지만 결국 떠오른 단어는 하나였다.

"미안, 해요……."

아오키 씨는 나의 이 말을 듣고 오히려 안심한 얼굴로 "저야말로 뻔뻔스러워서 죄송했습니다"라고 과거형으로 말하며 웃어주었다. 얄궂게도 이때의 웃는 얼굴이 가장 멋졌다.

왠지 마음이 편해진 우리는 '벚꽃 터널'이라 불리는 길을 서쪽 연못을 따라 걸었다. 양가에서 뻗어 나온 벚나무 가지가 옅은 분홍빛 터널을 만들어놓은 곳이다. 수면에 저녁하늘을 비춘 연못에서는 보트를 탈 수도 있는데, 지금 몇 쌍의 커플이 물 위에 뜬 채 벚꽃을 바라보고 있다.

"아, 맞다." 아오키 씨가 별안간 손뼉을 쳤다. "보트를 탄 남녀가 손을 겹쳐서 위에서 떨어지는 벚꽃 잎을 둘이 같이 잡으면 두 사람의 사랑이 영원히 이어진다는 말. 들은 적 있어요?"

"아아, 그거, 고등학교 때 유행했었어요."

"저도 고등학교 때 들은 것 같아요."

둘이서 추억 이야기를 시작했을 때 내 휴대전화가 울렸다. 화면에 스승의 이름이 떴다. "잠깐만요. 일 때문에 온 전화예요"라고 아오키 씨에게 양해를 구하고 통화 버튼을 눌렀다.

"여보세요."

"어이, 히로사키에 잘 도착했어?"

스승의 목소리가 지난날보다 훨씬 건강하게 들렸다.

"예. 지금 히로사키 성에 벚꽃 보러 왔어요."

"그렇구나, 멋지겠다, 벚꽃……." 스승은 순간적으로 목소리를 머나먼 곳으로 보냈지만 곧 현실로 돌아왔다. "아 참, 네 사진, 클라이언트가 최고라고 칭찬하더라. 방금 전화가 왔어."

"아, 예……. 감사합니다."

스승은 큭 하고 웃으며 "뭐야, 좀 더 기뻐해봐"라고 농담을 했다. "그 말 전해주려고 전화했어. 오랜만의 장기 휴가이니 실컷 즐기고 와."

"네. 선생님은 부디 몸조리 잘……."

"알고 있어. 응. 그럼 끊는다."

내가 "예." 하고 말한 직후에 통화는 끊겼다.

"왠지 굉장히 기쁜 표정이신데, 무슨 좋은 소식이라도?"

아오키 씨가 이쪽을 보며 물었다.

"네, 무척." 너무, 너무, 너무 기뻤다. 내 사진이 처음 프로의 작품으로서 인정받은 것이다. 나도 모르게 자꾸 히죽거리게 된다. 나는 이때 한 가지 결의를 했다.

나도 고향의 아름다운 벚꽃을 매년 거르지 말고 찍자. 정성을 다해 찍어서 응모하자. 스승님이 고향인 나라(奈良)의 벚꽃을 찍어서 수상했던 그 큰 대회에.

"뭔지는 몰라도, 아무튼 잘됐네요."

"네, 아무튼 잘됐어요."

아오키 씨와 나는 큭큭 웃으며 벚꽃 터널을 천천히 걸었다.

터널 끝에 다다르자 서쪽 연못에 걸쳐진 슌요교(春陽橋)가 보였다. 그 다리 위를 세 사람이 커다란 짐을 안고 걸어오고 있었다. 석양이 그들 뒤에서 비추고 있어 실루엣만 어렴풋이 보였다.

그 세 사람이 다리 끝에 이르렀을 때, 나는 보이지 않는 뭔가에 부딪힌 듯 발을 딱 멈췄다.

다리를 건너온 세 사람 중 한 명이 깜짝 놀란 표정으로 나를 본다.

요짱…….

무심코 옆에 있는 아오키 씨를 보았다. 아오키 씨도 "응?" 하고 고개를 갸우뚱하며 나를 보고 있었다.

아, 아냐, 정말 아냐, 오해야!

"요, 요짱, 이건 말이야……."

화해

- 오모리 요이치

내 몸이 거의 반사적으로 움직였다.

도망쳤다. 그 자리에서. 빠른 걸음으로…….

"요, 요짱, 이건 말이야…….''

나나미의 목소리를 등으로 차단하고 벚꽃 터널과 반대쪽인 레크리에이션 광장을 향해 성큼성큼 걸었다. 발의 속도가 자동적으로 오르더니 끝내 뛰고 있었다. 양어깨에 멘 커다란 짐이 짤가닥짤가닥 소리를 냈다.

나나미와 웃으며 나란히 걸어오던 남자의 얼굴은 본 적이 있다. 영화배우처럼 잘생긴 맞선 상대가 아닌가?

레크리에이션 광장으로 들어와 오모리 식당의 커다란 텐트 앞에 짐을 털썩 내려놓았다. 자갈 바닥에 양발을 아무렇게나

던지고 앉아 거칠게 호흡하며 귤색으로 바뀌어가는 하늘을 올려다본다.

앉자마자 척추에서 힘이 쑥 빠졌다. 땅에 닿은 엉덩이도 무게를 잃은 듯 왠지 불안정했다. 크게 고동치는 심장……그 외의 내장은 모두 텅 비었다. 그 대신 거무칙칙한 안개로 가득 채워진 듯 공허하고 불안하고 초조했다.

멍하니 바라보던 하늘에서 비행기구름을 발견했다. 비행기가 저녁 해를 반사시키며 소리 없이 어딘가 먼 곳으로 날아간다. 나는 마음을 어떻게든 도피시키기 위해 저 멀리 도쿄의 내 방을 생각했다. 하지만 그곳은 나나미와의 추억으로 가득 채워진 공간이었다.

아아, 어떻게 이런, 진짜 미치겠다…….

감정을 목소리로 내려던 순간, 마사무네와 미즈키가 다가왔다. 땅바닥에 앉은 내 왼쪽에 서서 나를 내려다본다.

"나중에 연락해봐. 네 여친, 뭔가 하고 싶은 말이 있는 것 같았어."

모든 걸 꿰뚫어본 듯한 미즈키가 동정하면서도 조금은 화난 것 같은 어중간한 목소리를 냈다.

"정말 너는 참 매력 없어."

마사무네 역시 어이없어하면서도 다정하게 위로하는 듯한 어중간한 목소리로 그렇게 말했다. 마침 텐트 안에서 나온 겐

259

이 내 편을 들어준다.

"무슨 말 하는 거야, 아빠. 이 아저씨, 최고로 매력 있다고. 풍선으로 울트라맨도 만들 수 있어."

우주닌자 발탄성인이 갑자기 나타나서 지구를 파멸시킨다 해도 지금의 나라면 불평 한마디 않고 받아들일 것 같았다.

위통을 느낄 만큼 우울한데도 모레부터 열릴 축제를 위한 준비는 착착 진행해야 했다. 나는 마사무네와 함께 빨강과 하양으로 칠해진 현수막을 텐트 주위로 빙 둘러쳤다. 지붕과 벽을 가르는 쇠기둥에는 손으로 쓴 메뉴를 한 장 한 장 매달았다. 앉을 자리에는 밝은 오렌지색 카펫을 깔았다.

부모님과 미즈키는 주방을 세팅했다. 겐은 내 주변을 어른거리거나 이따금 밖으로 나가 다른 가게 일에 한마디씩 간섭을 하고 바나나를 얻어오곤 했다.

마지막으로 테이블과 의자를 배치한 다음, 천장 쇠기둥에 매단 형광등 스위치를 켜고 불이 들어오는 것까지 확인한 후에야 아버지가 "좋았어"라고 손뼉을 쳤다.

"이것으로 일단 마무리. 모두 수고했어요."

고생해서 옮긴 냉장고에서 고생해서 옮긴 맥주를 꺼내어 모두 한 잔씩만 건배했다.

내일 자질구레한 도구들만 옮기면 축제 준비는 이제 완벽하다.

완성된 텐트를 나섰을 땐 이미 보름달이 맑게 비치는 봄밤
이었다. 밤 벚꽃의 환상적인 자태 때문인지 어두운 수조 속에
있는 듯 눈앞이 아련하게 느껴졌다.

아버지와 어머니는 레크리에이션 광장 옆의 북문으로 나가
서 차를 타고 집으로 돌아갔다. 우리는 전철로 마사무네 집에
가서 한잔하기로 했다. 일단 정문을 향해 걷는다. 도중에 벚꽃
터널을 지나기 싫어서 내가 먼저 망루에서 가까운 히가시우치
(東內)문 쪽으로 걸었다. 첫 번째 연못에 걸쳐진 다리를 건너면
우시토라야구라(丑寅櫓, 북동쪽을 지키는 망루)가 나오는데, 그 옆
에 있는 그네에 고개를 푹 숙인 사람의 그림자가 보였다. 나는
무심코 발을 멈췄다.

수은등에 떠오른 그림자……나나미였다.

잘생긴 남자는 보이지 않았다.

나나미의 모습을 알아챈 미즈키는 내 등을 톡톡 두 번 두드
리며 "이야기 잘하고 와"라고 작은 소리로 말했다.

"우리는 먼저 가서 마시고 있겠지만, 요이치는 꼭 안 와도
돼. 알았지?"

야쿠자 얼굴의 마사무네가 어설픈 윙크를 하기에 나는 풋
하고 웃음을 터뜨렸다.

"뭐야, 그 못생긴 윙크."

"시끄러. 얼른 가."

마사무네가 등을 쑥 밀어서 꼬꾸라질 뻔한 나는 앞으로 두두 두 발을 내딛었다가 천천히 다가갔다. 인기척을 느꼈는지 나나미가 얼굴을 들고 이쪽을 본다.

눈이 마주쳤다. 나나미는 난처한 듯하면서도 애달픈 얼굴로 나를 힘없이 바라보았다.

나도 멈춰 서서 잠시 나나미를 바라보았다. 내 안에서 미칠 듯한 애절함이 치밀어오르더니 순식간에 다음과 같은 말이 입 밖으로 튀어나왔다.

"추운데 여기서 뭐해?"

스스로도 놀랐을 만큼 냉담한 말투였다.

나나미는 눈물을 참는 듯 입술을 깨물었다. 아무 말 없이 고개를 숙인 채 아주 조금 그네를 흔들었다.

내가 적당한 말을 찾고 있는데 멀리서 큰소리로 외치는 아이 소리가 들렸다.

"매력 넘치는 아찌~, 다음에 또 울트라맨 만들어줘요! 바이바~이!"

겐이었다. 마사무네에게 오른손을 잡힌 채로도 멀리서 이쪽을 보고 열심히 왼손을 흔든다. 나도 손을 흔들어주었다. 세 사람의 모습이 곧 요염한 밤 벚꽃 너머로 사라졌다.

흔들리던 그네는 멈췄고, 나나미는 보조개가 쏙 들어간 얼굴로 겐이 있는 쪽을 바라보았다. 나도 그 모습에 이끌려 수줍은 미소를 지었다. 나나미가 이쪽으로 얼굴을 돌린다.

"아찌래. 저 아이, 천진난만하고 귀엽다."

"고등학교 때 친구 아들이야. 이름은 겐이라고 해."

긴장되어 무거웠던 우리 주위 공기가 살짝 가벼워졌다. 겐 덕분이다.

나도 나나미 옆의 그네에 걸터앉았다. "우와, 차가워." 발판이 밤이슬에 젖어 있었다. 나나미가 킥킥 웃는다.

또 눈이 마주쳤다. 쑥스러워서 그네를 조금 굴려보았다. 내가 탄 그네만 삐걱삐걱 희미한 소리를 냈다.

"그런데 나나미, 이런 데서 정말 뭐하고 있었어?"

이번엔 비교적 다정하게 물었다.

"요짱 기다렸지. 당연한 거 아냐?"

"왜?"

여기서 나나미는 잠시 틈을 두었다. 단어를 골랐는지도 모르고, 심호흡을 했는지도 모른다.

"오해를 풀고 싶어서."

나는 앞을 향한 채 "들을게"라고 말했다. 나나미는 오늘 있었던 일을 처음부터 끝까지 절절히 들려주었다.

"그렇게 된 거야. 그러니까 나, 맞선 본 거 아니라고."

모든 이야기를 다 들었을 때 내 기분은 이미 머리 위의 보름
달처럼 훈훈했다.

"요짱, 믿어줄 거지?"

그런데 궁금한 점이 있다. 딱 한 가지.

"한 가지 질문에 대답해주면 믿을게."

나나미를 보니 눈에 빛이 깃들어 있었다.

"응, 뭐든 대답할게."

"나나미가 전화 걸었을 때, '옆에 있는 여자한테 안부 전해
줘'라고 말했잖아. 그걸 어떻게 알았어?"

나나미의 눈빛이 검은 빛으로 바뀌었다.

"역시 여자가 있었구나……."

"응. 있었어. 아까 같이 걸어온 미즈키라는 여자. 어릴 때부
터 친구였어."

"……."

"정말이야. 아무 관계 아니라고. 거짓말 같으면 소개할 테니
본인한테 물어봐."

"알겠어, 믿을게." 나나미의 눈가로 미소가 번졌다. "그런데
질문이란 게 고작 그거야?"

"응. 나나미가 전화를 일방적으로 끊었을 때, 옆에 있던 미즈
키도 이유를 알겠다잖아. 누나도 나나미도 미즈키도 아는데 나
만 모르다니……."

나나미가 장난스럽게 웃다가, 곧 덜떨어진 학생을 가르치는 선생님 같은 말투로 이야기하기 시작했다.

"소리 때문에 알았어. 내가 '오랜만이야'라고 말한 직후에 요쨩이 전화 마이크 부분을 가리고 옆 사람이랑 이야기했잖아. 그때 마이크 누르는 소리가 바삭바삭 하고 들렸어. 전에 누나한테 전화 왔을 때도 그랬잖아. 누나한테 들리지 않도록 마이크 부분을 가리고 나한테 살짝 이야기했던 거 기억나?"

기억났다. 분명 그랬다.

"그럼, 누나한테 초능력이 있는 게 아니었어?"

"당연하잖아"라며 나나미가 풋 하고 웃음을 터뜨리며 그네에서 내려왔다. "같이 밤 벚꽃 구경하지 않을래? 걸으면서 지난 보름간의 공백을 메워보자고. 그동안 엄청나게 많은 일이 있었거든. 나, 하고 싶은 이야기가 너무 많아."

나도 그네에서 내려왔다.

"좋지. 2천6백 그루를 전부 보는 거야."

걸음을 옮기기 시작하자 나나미가 나에게 와락 달려들어 팔짱을 꼈다. 그리고 "하아, 다행이다. 화해해서……"라고 울먹이는 목소리로 중얼거렸다.

나는 더 이상 참을 수 없어서 나나미를 세게 끌어안고 키스했다. 벚꽃 구경은 잠시 미뤄도 좋으리라. 꽃은 달아나지 않지만, 나나미는…….

나나미와는 이제 영원히 헤어지고 싶지 않다.

제4장

아버지의 진심

- 오모리 요이치

히로사키 성 망루 주변의 공원은 때맞춰 활짝 핀 벚꽃과 전국에서 모인 관광객으로 빽빽하게 메워졌다. 여기저기에 설치된 스피커에서는 설날에나 어울릴 법한 거문고 소리가 흘러나왔다. 벚나무 아래엔 꽃구경 나온 손님들이 빨갛게 달아오른 얼굴로 잔치를 즐기고 있고, 한 장에 4백 엔 받고 돗자리를 대여해주는 장사꾼도 있었다. 리어카에서 파는 소프트아이스크림도 아이들에겐 인기였다. 의외로 잘 알려져 있지 않지만 아오모리 현이 일본 제일의 바나나 소비지인 만큼 바나나를 파는 포장마차도 많이 있었다.

레크리에이션 광장에 텐트를 설치한 오모리 식당에도 끊임없이 손님이 들어왔고, 떠들썩한 목소리와 열기가 내내 식을 줄 몰랐다. 늘어선 가게 중에는 서커스, 도깨비 집, 오토바이 묘기처럼 규모가 큰 행사장도 있었는데, 첫날이라 그런지 어딜 가나 성황이었다.

오모리 식당에서 길을 사이에 두고 비스듬히 맞은편에 있는 포장마차에서는 마사무네가 동생 아키라 군과 함께 부지런히 다코야키를 굽고 있다. 이 두 사람, 겉모습은 꽤 험악해도 일단 가게에 서면 늘 싱글벙글 편안한 분위기를 자아낸다.

벚꽃 축제 첫날인 오늘, 오모리 식당 팀은 아침 7시부터 준비에 돌입했다. 쓰가루 메밀국수는 부모님이 준비하고, 그 외의 덮밥류나 안주류는 아버지의 감독 하에 유급휴가를 내고 온 누나와 미즈키, 내가 맡았다.

10시가 되자 젊은 아르바이트생들이 우르르 몰려와 활기차게 움직이기 시작했다. 마침 그때 나나미도 도착하여 식당을 조심스럽게 들여다본다. 조금 긴장된 얼굴이다. 내가 그 모습을 먼저 발견하고 손짓을 하니 나나미가 안심한 듯 미소 지으며 안으로 들어왔다.

나는 약속대로 누나와 미즈키에게 나나미를 소개했다.

"어머나…… 정말로 나나미 씨예요? 뭔가 잘못된 거 아냐? 바보 같은 내 동생한텐 너무나 과분한 아가씬데?" 누나는 일부러 과장스럽게 놀라는 척하더니 "이 녀석, 옛날부터 우유부단한 데다 좀 바보스러운 구석이 있지만, 잘 좀 봐주세요"라며 내 귀를 잡아당겼다. "아야야야……왜 이렇게 동생을 못살게 굴어?"라며 장난치는 우리 남매의 모습을 나나미는 목에 건 오래된 수동카메라로 재빨리 촬영했다.

"베스트 샷이 찍혔어요."

파인더에서 얼굴을 든 나나미의 얼굴에 보조개가 생겼다.

미즈키는 그런 나나미를 눈부신 듯 바라보면서 "여성 사진작가라니, 멋지다……"라고 감격스러운 목소리로 말하더니 "나나미 씨, 도쿄에 멋진 남자도 많을 텐데 하필이면 왜 이 녀석이에요?"라며 나를 엄지손가락으로 가리켰다.

나나미는 눈썹을 팔자로 내리며 풋 하고 웃었다. 누나가 틈을 두지 않고 "어머 미즈키, 도쿄 남자 형편없어. 내가 몸소 증명했잖아. 그래도 우리 동생이 조금 더 낫거든." 하고 내 편을 들어주었지만 왠지 기분은 복잡했다.

입에서 태어난 게 아닐까 싶을 정도로 뛰어난 이 두 사람의 커뮤니케이션 능력은 어떤 의미에선 무척 훌륭하여, 덕분에 3분이 채 지나기도 전에 나나미는 누나와 미즈키에게 완전히 동화되었다. 모두 같이 안쪽 주방으로 가서 부모님께도 나나미를 소개했다.

"엄마, 아빠, 여기 좀 봐요, 우리 동생 여자친구가 왔어요."

누나가 멋대로 소개해버렸다. 내가 소개하는 것보다 훨씬 자연스럽게 흘러가서 오히려 좋았지만. 나나미는 부모님을 향해 머리를 꾸벅 숙이고 인사의 모범으로 꼽힐 만한 대사를 말했다. 아버지는 눈꼬리에 깊은 주름을 만들며 응, 응 하고 고개를 끄덕였다. 어머니는 "우리 요이치한텐 과분한 아가씨네"라고 아까 누나가 했던 말과 똑같은 대사를 입에 담으며 소매 달린 앞치마 자락에 젖은 손을 닦았다. 그리고 "모처럼 놀러왔으니 축제 구경이라도 하고 와요. 요이치, 여긴 됐으니 같이 다녀와"라고 말해주었다.

나는 나나미를 보았다. 나나미는 보조개가 쏙 들어간 얼굴로 고개를 살짝 흔들더니 어머니를 향해 말했다.

"저도 히로사키 사람이라 벚꽃 축제는 많이 구경했어요. 혹시 괜찮으시다면 저도 도와드리고 싶어요."

"꺄아, 고마워!"라고 즉각 대답한 건 물론 누나였다. "좋아요오"라고 말을 이은 건 미즈키. 이 두 사람, 역시 자매 같다.

"그럼, 부탁할까?"

어머니는 무척 기쁜 듯 환히 웃었다.

그리고 나나미에게 구워 말린 정어리를 이용하여 국물 내는 법을 정성껏 가르쳤다. 아버지와 어머니의 딱딱 맞는 호흡 사이로 나나미의 보조개가 끼어들었다. 그런 광경을 바라보다가 미래의 행복한 장면이 연상되어버린 나는 그만 혼자 쑥스러워지고 말았다.

"너, 뭘 그렇게 싱글벙글하고 있어?"라고 묻는 누나.

"아, 진짜다. 침도 흘렸어"라는 미즈키.

나는 엇, 하고 당황하여 얼른 입을 훔쳤지만 역시 거짓말이었다.

미즈키와 누나의 공격으로부터 도망치기 위해 나는 가게 앞으로 나가 주스 파는 일을 했다. 길을 사이에 두고 비스듬히 맞은편에서 마사무네와 겐과 아키라가 이쪽을 보고 손을 흔든다.

내가 겐을 불러 주스 세 잔을 주니, 곧 다코야키가 되어 돌아왔다.

점심시간이 되어 가게가 한층 더 바빠졌기에 주스 판매는 아르바이트생에게 맡기고 나는 음식을 날랐다. 누나도 만원을 이룰 만큼 바쁠 땐 내 일에 간섭할 틈이 없을 것이다. 그렇게 생각하고 안심했는데 다른 곳에서 웃지 못할 간섭을 받고 말았다. 상대는 몇 번 본 기억이 있는 중년의 단골손님이었다. 아마 지역 주민회에서 아버지와 알고 지내는 사람일 것이다.

"오옷! 너 요이치 아니냐? 식당은 내팽개치고 도쿄 같은 데 가서 불효나 저지르고 말이야. 응?"

그 손님은 자리에 앉은 채 안쪽 주방을 향해 큰소리를 냈다. 반은 농담, 그래도 반은 진심인 것 같았다. 나는 어떻게 대답하면 좋을지 몰라서 애매하게 "에에……." 하고 대답했다. 그러자 손님은 한술 더 떠서 "너 이 녀석, 도쿄에서 뭐하고 다녀?"라고 기세를 높였다.

"저⋯⋯." 그냥 일해요, 라고 대답하려는데, 내 바로 뒤에서 온화한 목소리가 들렸다.

"이 녀석도 도쿄에서 나름대로 열심히 일하고 있습니다."

돌아보지 않아도 안다. 아버지였다.

"아무리 그래도 이건 아니지. 요이치는 지금 불효를 저지르는 거야."

손님은 인정할 수 없다는 듯 계속 말을 이었다.

"아뇨, 나름대로 열심히만 살아준다면 그걸로 충분합니다. 밖에서 다양한 경험을 쌓으라고 여기서 쫓아낸 건 저예요."

아버지는 거기까지 말하고 나에게 귀엣말로 "밖에 나가서 주스 팔아"라며 어깨를 밀었다. 아직도 납득할 수 없다는 듯한 표정의 손님에게 살짝 머리를 숙이고 나는 가게 밖으로 나왔다. 아르바이트생에게 "미안해요"라고 사과하고 다시 배턴터치를 했다.

한숨을 한 차례 흘린 후 봄 햇살이 쏟아지는 푸른 하늘을 올려다보았다. '불효'라는 말이 까슬까슬한 이물이 되어 귀 안쪽에 남아 있었다. 아버지는 내가 아직도 광고 제작 회사에 다니는 줄 안다. 그 생각을 하니 가슴 안쪽에서 작은 바늘이 돋아났다.

저녁이 되자 날씨가 수상해졌다. 차가운 바람이 불어와 모처럼 활짝 핀 벚꽃 잎을 팔랑팔랑 떨어뜨리고 지나간다. 이제 주스는 안 팔리겠다는 생각을 하고 있는데 젠이 나에게로 다가온다. 무슨 꿍꿍이가 있는지 제법 개구쟁이 같은 눈을 반짝이며 히쭉히쭉 웃는다. 오른손에 꼭 쥔 파란 통을 보고 나는 역시, 하고 생각했다. 헬륨가스를 갖고 있었다. 하고 싶은 게 뭔지 대충 알겠다.

"아찌, 울트라맨 빨리 만들어줘요!"

젠이 도날드덕과 꼭 빼닮은 목소리로 말했다. 나는 일부러 눈을 둥그렇게 뜨고 놀란 척했다.

"아하하하하, 아저씨, 깜짝 놀랐어요?"

만족스러운 듯 활짝 웃은 젠은 아빠가 사줬다면서 헬륨가스가 든 파란 통을 나에게 내밀며 보여주었다.

"젠, 알아? 끈 매달아서 공중에 둥실둥실 띄우는 풍선 있잖아. 이 가스 넣으면 그렇게 돼."

"와, 그렇구나." 젠은 파란 통을 보고 한참 감탄한 후에 문득 뭔가 멋진 발견을 한 것 같은 얼굴을 했다. "아저씨, 이 가스 넣어서 울트라맨 만들어줘요. 울트라맨은 역시 날아다녀야 제 맛이죠."

젠이 나에게 헬륨가스를 떠맡긴다.

"오케이. 그럼 하늘을 나는 울트라맨 만들어서 내일 갖고 올게. 그런데 아저씨는 얼굴만 만들 수 있어."

"응, 얼굴만이라도 좋아요."

신난다, 라며 주먹을 불끈 쥐고 흔드는 젠을 보니 왠지 기분이 조금 밝아졌다.

젠은 재미있는 아이다. 어딜 가든 귀여움 받을 성격이다. 감정을 있는 그대로 표현하는 천진난만함이 어른들의 마음을 사로잡는 것이리라. 축제에 참가 중인 포장마차들 사이에서도 젠은 인기인이다. 예를 들어 '금붕어 건지기' 앞을 지나가면 "젠, 한번 해주라"라며 바람잡이를 부탁한다. 젠이 익숙한 손놀림으로 금붕어를 쏙쏙 건져낼 때마다 그 모습을 본 손님들이 쏙쏙 모여든다. 또 도깨비 집에 들어가면 엄청난 소리로 절규하니 밖으로 새어나온 젠의 목소리가 손님을 끌어들인다. 젠, 젠, 젠……젠이 축제 안을 누비면 여기저기서 젠을 부르는 소리가 들린다. 그러니 젠은 돈을 거의 쓰지 않고도 축제를 즐길 수 있는 것이다. 이 또한 재능이 아니겠는가? 내겐 한 조각도 없는 부러운 재능이다.

길 맞은편에서 마사무네가 야쿠자처럼 어깨로 바람을 가르며 성큼성큼 걸어왔다.

"젠, 뭐가 그렇게 신나?"

"아저씨가 하늘을 나는 울트라맨 만들어주기로 약속했어."

"오오, 좋겠다."

마사무네가 젠의 머리를 쓰다듬는다. 그러다 나를 보고 "비 올 것 같지 않아?"라며 집게손가락으로 하늘을 가리켰다.

"응, 오늘밤부터 날씨가 궂어진대. 내일이 걱정이네."

"에에에에에에. 내가 데루테루보즈(날씨가 좋기를 기원하며 처마 끝에 매달아두는 종이 인형-옮긴이) 만들면 되지."

겐이 마사무네에게 종이를 달라고 조른다.

"데루테루보즈라······. 옛날 생각 난다. 내가 만들면 늘 비가 내렸어."

어릴 적 내 방 창문에 매달곤 했던 데루테루보즈를 떠올렸다. 수성매직으로 눈코입을 그리면 잉크가 번져서 결국 이상한 얼굴이 되곤 했다.

"맞아 맞아. 요이치는 비를 몰고 다니는 사나이로 유명했어."

마사무네가 웃는다. 분명 친구들이 '비남자'라고 놀리곤 했다. 중요한 일이 있을 때마다 꼭 비가 내려서 낙심했던 기억이 있다.

"아저씨, 데루테루보즈를 만드는 것만으로는 안 돼요. 하늘에 주술을 걸어야 효과가 있죠. 몰랐어요?"

겐이 진지한 얼굴로 말하자마자, 마사무네와 내가 동시에 "주술?" 하고 되물었다.

"응. 데루테루보즈 만들어서 그걸 하늘에 힘껏 던졌다가 떨어질 때 받아야 해요. 그러고 나서 매다는 거예요. 높이 던질수록 날씨는 맑은데, 만약 못 받고 떨어뜨리면 아무 효과 없대요."

또 마사무네와 내가 동시에 '호오' 하고 감탄했다.

"우리 반에 기노시타(木下)라는 여자애가 있는데, 흑마술 같은 걸 많이 알거든요. 데루테루보즈 이야기도 걔한테 들었어요."

마사무네와 나는 얼굴을 마주보고 '이 녀석, 왜 이렇게 귀엽지?'라는 의미의 시선을 교환했다.

"그럼 오늘 밤에 아저씨는 하늘을 나는 울트라맨 만들 테니, 젠은 데루테루보즈 만들어서 하늘에 주술을 걸어줘."

젠은 좋아요, 나한테 맡겨요, 라며 자그마한 엄지손가락을 척 세웠다.

그날 밤의 날씨는 역시 심상치 않았다.

날씨가 나쁜 것에 그치지 않고 아오모리 현 전역이 '폭탄 저기압'의 통로가 되어버렸다. '폭탄 저기압'이란 24시간 이내에 급속히 발달하여 마치 태풍 같은 폭풍우를 동반하는 저기압을 말한다. 기상 캐스터의 말을 그대로 받아 옮겼을 뿐이지만.

그날 밤 누나를 포함한 가족이 모두 자택 거실에 있었다. 꼭꼭 닫아둔 덧문 밖에서 바람이 웅웅 하고 신음하는 소리가 들렸다. 그러다 별안간 쾅 하고 가게 앞 거리에서 뭔가가 쓰러지는 소리도 났다. 모두 얼굴을 마주본다. 정전이라도 될 것 같은 분위기다. 녹차가 든 찻잔을 손에 쥔 채 할머니가 걱정스러운 얼굴로 중얼거렸다.

"텐트는 괜찮겠냐?"

불안하긴 했다. 하지만 우리 텐트는 꽤 큰 데다 양 옆의 텐트와 단단히 연결시켜 설치했기 때문에 그리 쉽게 날아가진 않을 것이다.

"괜찮을 것 같긴 한데……."

할머니를 안심시키려는 의도였는데, 끝에 '같긴 한데'가 붙어버렸다. 덜컹덜컹 흔들리는 유리창이나 멀리서 기잉 하고 울리는 전선의 섬뜩한 소리를 듣고 있자니 역시 차분하게 앉아 있을 수 없었다.

밖에서 또 콰광콰광 하는 파괴적인 소리가 들렸다. 아까 쓰러진 뭔가가 굴러가는 소리인지도 모른다.

아버지가 벌떡 일어났다.

"텐트 상태 좀 보고 오마."

어? 하며 가족 전원이 아버지를 올려다보았다.

"그래도 아빠……."

누나는 걱정스러운 얼굴이었다.

새끼발가락이긴 하지만 골절상을 입은 아버지를 혼자 보낼 수는 없었다.

"저도 같이 갈게요."

내가 일어섰다. 아버지와 마주보고 살짝 고개를 끄덕인 후, 각자 손전등을 챙겨 들고 뒷문으로 나가 차로 뛰어들었다.

운전은 내가 했다. 도쿄에서는 '장롱 면허'이지만, 여기라면 문제없다. 차체에 남색으로 '오모리 식당'이라 적힌 미니밴을 천천히 몰기 시작했다. 비는 그리 많이 오지 않아도 바람이 강했다. 이따금 바람이 옆으로 불면서 핸들을 흔들었고, 내 심장도 따라 두근거렸다.

공원 주차장에 도착했을 때 비가 일시적으로 그쳤다. 이때다 싶었던 아버지와 나는 손전등을 켜고 레크리에이션 광장에 있는 텐트로 바삐 향했다. 아무도 없는 공원은 섬뜩하리만치 무거운 암흑으로 뒤덮여 있었다. 이런 날씨다 보니 역시 벚나무 사이사이에 설치해둔 불도 다 꺼져 있었다.

다친 오른발을 질질 끌면서 걷는 아버지를 몇 번이나 돌아보다가 내 발이 물웅덩이에 두 번이나 처박혔다. 그래도 비가 그친 덕분에 상반신은 젖지 않고 텐트까지 올 수 있었다.

우선 손전등 빛으로 텐트 바깥쪽을 점검했다. 대충 봤는데 특별히 파손된 부분은 없는 듯했다. 아버지가 먼저 텐트 안으로 들어가 형광등을 켰다. 나도 그 뒤를 따랐다. 돌풍이 불 때마다 텐트를 지탱하는 철골이 기잉기잉 불길한 소리를 내며 삐걱거렸다. 방수 재질인 천장과 벽이 펄럭펄럭 격렬히 흔들렸지만 다행히 비는 새지 않았다.

"이 정도면 괜찮을 것 같네."

안쪽 주방을 둘러보던 아버지가 안심한 얼굴로 돌아왔다.

"네, 다행히."

내가 그렇게 대답한 찰나, 비가 맹렬한 기세로 퍼붓기 시작했다. 천장이 두두두두두두두 하고 기관총 소리를 냈다. 당장이라도 구멍이 뚫릴 것 같았다. 아버지도 나도 아무 말 없이 천장을 올려다보았다. 다음 순간, 우웅 하고 바람이 세차게 불더니 텐트 전체가 크게 휘었다. 형광등이 흔들리는 바람에 우리 그림자도 불안하게 흔들렸다.

"오늘밤엔 여기서 잘까……"

형광등에 시선을 준 채 아버지가 혼잣말처럼 중얼거렸다.

"그래야겠네요……"

어차피 집으로 간다 해도 텐트가 걱정이 되어 잠이 올 리가 없다. 차라리 여기 있는 편이 나을 것이다.

아버지가 천천히 테이블에 자리를 잡았다. 나도 그 대각선 자리에 앉았다. 특별히 나눌 말이 없으니 테이블 위로 조금 묵직한 침묵이 내렸다. 지금 아버지와 눈이 마주치면 어쩐지 멋쩍을 것 같아서 내 시선은 자못 불안정하게 주위를 맴돌았다.

그러다 문득 주방 바로 앞의 냉장고 위에 시선이 머물렀다. 그곳에 파란 통, 즉 겐의 헬륨가스가 있었다. 오늘 저녁 비바람 속에서 철수 작업을 하느라 깜빡 잊었던 모양이다.

내일 겐한테 한소리 들을 것 같다. '아저씨, 울트라맨은? 약속도 안 지키고, 매력 꽝이야'라고 하지 않을까?

멍하니 그런 생각을 하는데 아버지가 무슨 말을 했다. 하지만 돌풍으로 텐트가 일그러지는 소리에 반 이상 묻혀버려 알아들을 수가 없었다.

"네? 뭐라고 하셨어요?"라고 되물었다.

아버지는 관자놀이 부위를 긁적긁적 긁으며 약간 어색한 미소를 지었다.

"아냐, 별말 아니었어……. 도쿄에서 하는 일은 어떤가 물었지."

"아……."

되도록 밝게 대답하려 했지만 잘 되지 않았다. 낮에 손님이 던진 '불효'라는 말이 목 안쪽에 철썩 달라붙었기 때문일까?

이 녀석도 도쿄에서 나름대로 열심히 일하고 있습니다…… 아버지의 목소리도 되살아났다.

시선을 떨구니 테이블 위에 놓인 아버지의 거친 오른손이 눈에 들어왔다. 매일 매일 칼을 쥐어온 투박한 손. 그 손은 이미 노인의 손이라는 사실을 깨달았을 때, 내 안에서 '애처로움'이라 표현할 수 있는 감정이 끝내 터지고 말았다. 오랜 시간 마음을 묶어왔던 끈이 갑작스레 풀린 듯한 해방감도 맛보았다.

"아버지, 저……." 말을 꺼내버린 내 마음에 일종의 공포와 고통이 있었지만, 끈이 풀린 탓에 내겐 멈출 방법이 없었다. "저, 사실은, 도쿄에서, 피에로예요……. 으음, 말하자면, 풍선

281

으로 여러 물건을 만드는 풍선 아트라는 일을 하고 있는데요."

아버지는 표정을 조금도 움직이지 않고 살짝 고개를 기울인 채 온화한 눈빛으로 나를 보고 있었다. '그런데?'라고 다음 말을 재촉하는 듯 보이기도 했다.

"전에 말했던 광고 제작 회사는, 이젠……."

결국 마지막까지 말하지 못한 나는 폐에 남아 있던 공기를 열띤 한숨으로 바꾸어 힘없이 내뱉을 뿐이었다.

또 폭풍이 한바탕 몰아쳐, 텐트의 쇠기둥이 기잉 하고 소리를 냈다. 아버지는 그 소리를 신호로 여긴 듯 조용히 입을 열었다.

"그 일은 마지못해 하는 건가?"

대답을 할 수 없었다. 마지못해 하는 건 아니지만 정말 하고 싶은 일도……아니다. 그래서 나는 질문에서 미묘하게 비켜난 대답을 하고 말았다.

"어차피 아르바이트 같은 거니까……."

"그렇구나."

"네……."

그리고 잠시 두 사람의 입은 움직이지 않았다. 빗소리가 큰 탓에 침묵이 묘하게도 생생하게 다가왔다. 기분의 겉 표면이 근질근질하기 시작하더니 더 이상 참을 수 없을 지경에 이르렀다.

"이대로 계속 피에로로 지내는 것도 좀 그러니, 역시 나……." 이 순간 공기를 깊이 들이마실 필요가 있었다. "나……, 역시, 나중에 식당 할까?"

아버지가 나를 본다. 강한 눈빛은 아니었다. 하지만 내 심장은 한 뼘이나 커진 게 아닐까 싶을 정도로 내부에서 가슴을 압박하며 두근두근 과장스럽게 박동했다. 마치 마지막 심판을 기다리는 기분이랄까? 그러나……아버지의 얼굴은 얼음이 녹듯 천천히 다정한 미소로 채워졌다.

"아냐."

"예?"

심장이 꾹 눌리는 듯했다. 말이 나오지 않았다.

아버지는 훗 하고 자조적인 웃음을 흘리더니 "식당을 하면 매일 고개 숙여 아래만 보고 일해야 하니 어깨가 아파"라고 농담처럼 말했다. 그러고는 얼굴에 담았던 미소를 조금 더 크게 만들었다.

"……."

대체 어디까지가 진심이고 어디까지가 농담일까? 나는 좀처럼 알 수 없었다.

"네 인생이야. 아빠는 신경 쓰지 마. 네가 원하는 대로 살아야지."

아버지는 여느 때의 평온한 목소리로 그렇게 말했다.

그 목소리는 너무나 평온하여 오히려 단정적인 울림을 동반했고, 내 가슴 깊은 곳을 한층 더 묵직하게 짓눌렀다.

나는 답답한 마음에 무심코 일어나버렸다.

그리고 천천히 아버지 등뒤로 돌아가 어깨를 주무르기 시작했다.

아버지의 어깨는 심하게 굳어 있었다. 고개를 움직이면 삐걱삐걱 소리가 날 것만 같았다.

"신경 쓰지 말라니까……."

아버지는 그렇게 말하면서도 기분 좋은 듯 고개를 앞으로 숙였다.

어깨뼈를 중심으로 정성껏 시간을 들여 주물렀다. 어릴 때는 아무리 세게 지압해도 간에 기별도 안 갈 만큼 아버지의 어깨는 넓고 근육은 탄탄했다. 하지만 지금은 다르다. 힘을 너무 세게 주면 부서져버릴 것처럼 가녀린 어깨다.

불효……낮에 만났던 그 손님의 말이 또 되살아났다.

"네 할아버지는 말이야." 아버지가 고개를 숙인 채 띄엄띄엄 말을 꺼내놓기 시작했다. "네가 세 살 때 돌아가셨으니 기억은 안 나겠지만, 참 못 말리는 사람이었어. 노름 좋아하지, 술만 마시면 싸움질이나 하지, 밤에도 유흥에나 빠져 지내지, 가족도 가게도 참 힘들었어. 나는 장남이라는 이유로 매일 아침부터 밤까지 가게 일을 도와야 했지."

아버지가 이런 식으로 자신이 자라온 환경에 대해 이야기하는 건 처음이었다. 나는 어깨를 계속 주무르면서 귀를 기울였다.

"여름방학에도 방과 후에도 친구와 놀 틈이 없었어. 늘 친구들 사이에 끼지 못해 외로웠지……. 불성실한 아버지의 아들로 태어난 것도, 오모리 식당의 장남으로 태어난 것도, 솔직히 말해 내겐 고통이었어."

아버지의 목소리는 절절했다.

"아버지는 어떤 일을 하고 싶었어요?"

"아하하. 나는 말이야, 사실은……."

젊었을 적 아버지는 도쿄로 올라가 TV 프로그램 만드는 일을 하고 싶었다고 한다. 그러나 어릴 때부터 '당연히 이 가게를 이어받을 자'로서 자란 데다 살림이 늘 궁핍하여 도쿄로 떠나는 것조차 이룰 수 없었다고 한다.

"그 당시엔 내가 가게에서 일하지 않으면 가족이 굶어야 했으니까."

"그럼 아버지는 마지못해……식당을?"

여기서 아버지는 허허 하고 웃었다.

"그게 말이야, 처음에는 싫었는데 어느새 싫지 않게 되었어."

"왜요?"

"손님이 맛있다고 기뻐하면 나도 단순히 기쁜 거야. 그래서 네가 피에로 일을 한다고 했을 때도 사람들을 기쁘게 하는 일이라면 그것도 좋지 않겠나 생각한 거지. 돈도 잘 못 버는 시골

식당 주인보다 더 멋진 인생은 얼마든지 있지 않겠니?"

그렇지 않아요…….

나는 지금 이 순간 무슨 말을 꼭 해야 할 것만 같아 입을 열려고 했다. 그러나 우르르 밀려온 돌풍이 텐트를 크게 흔드는 바람에 그 타이밍을 놓치고 말았다. 돌풍의 기세에 놀란 아버지와 나는 그네처럼 흔들리는 형광등만 바라보았다.

형광등이 끼익끼익 하고 구슬프게 울었다.

"이건 내가 어릴 때, 이 식당을 처음 만든 할아버지한테 몇 번이나 들은 이야긴데."

"네……."

"모든 일의 끝에는 반드시 감사가 있어야 한다……. 그렇게 배웠단다."

"감사?"

"그렇지. 어떤 일이든 마지막엔 감사하는 마음으로 마무리해야 한다는 것. 그렇게만 한다면 모두가 좋은 기분을 간직할 수 있다고 창립자 할아버지께서 말씀하셨단다."

나는 아무 말 없이 어깨를 주무르며 아버지의 다음 말을 기다렸다.

"그 말을 생각하면 식당 주인도 나쁘지 않은 것 같아. 하루에도 몇 번이나 손님에게 감사합니다, 인사하잖니?"

"네."

"고맙다거나 감사하다는 말은, 뭐랄까, 좀……신비한 힘을 가진 것 같더구나."

"네? 신비……하다뇨?"

아버지는 여기서 '으음' 하고 잠시 고개를 갸우뚱했다가 말을 고르듯 천천히 이야기하기 시작했다.

"불성실했던 2대째 네 할아버지는 너도 알다시피 술 취한 상태로 차에 치여 돌아가셨는데……, 돌아가시기 전에 병원에 계실 때 내가 간호를 했었단다. 그러다 임종 직전에 뜬금없이 말하더군. 고마워, 라고……. 단 한마디, 푹 잠긴 가냘픈 목소리로."

"……."

이 이야기를 하는 아버지의 목소리도 조금 잠겨 있었다.

"정말로 구제불능이라고 생각했던 아버지였는데, 고마워, 라고 말한 후에 내 얼굴을 가만히 보더니……, 눈물까지 주르륵 흘리고."

"네……."

"그때 신기하게도, 이 아버지의 아들이어서 좋았다는 마음이 내 안에 가득해지는 거야……."

2대째 할아버지도 창립자 할아버지 말씀처럼 마지막 순간을 감사의 말로 마무리했다.

감사하는 마음…….

이때 나는 불평하는 손님에게까지 정중히 머리를 숙이던 아버지의 모습을 떠올렸다. 이 순간 나는 난생 처음으로 아버지라는 존재를 한 사람의 인간으로서 의식하고 있었다.

아버지에게도 아버지의 인생이 있다.

창립자 할아버지에게도 2대째 할아버지에게도 저마다의 인생이 있었다. 하지만 분명 같은 마음으로 백년이라는 세월 동안 식당을 이어오지 않았을까?

그렇다면 나도…….

"그건 그렇고, 나나미랬나? 좋은 아가씨 같더라. 어머니도 꽤 진지하게 국물 내는 법을 가르쳐주더군."

절절했던 아버지의 목소리가 문득 가벼워졌다.

"네? 아, 네…….

내가 식당을 물려받을 때 나나미가 안주인이 되면 좋겠다고 생각하신 거겠죠……라고 말하려다 역시 그만두었다. 나나미에겐 나나미만의 사정이 있다.

"걔한텐 사진작가로서 성공한다는 꿈이 있어요."

"그래? 그것 참 매력적인 꿈이구나."

아버지가 마사무네 부자처럼 감탄했다. 얼굴은 분명 웃고 있을 것이다.

어깨뼈 주위는 꽤 풀린 것 같아서 목 근육으로 옮겨가려다가 무심코 나나미 자랑을 하고 말았다.

"나나미에겐 재능이 있는 것 같아요. 찍어놓은 사진을 보면 정말 멋지거든요."

"그렇구나. 그 아가씨라면 분명 좋은 사진을 찍을 것 같네."

"네."

이때 아버지는 조금 깊이 숨을 들이마셨다. 어깨에 손을 대고 있었기에 느낄 수 있었다.

"요이치. 너도 꿈을 좇았으면 좋겠다. 좋아하는 걸 해. 그게 매력적인 인생이겠지?"

아버지는 마지막 문장만 조금 농담처럼 말했다. 그랬기에 오히려 진심으로 느껴졌다.

꿈이라……. 문득 벽장 안에서 찾아낸 졸업문집이 떠올랐다.

내 꿈은…….

"아버지."

"응?"

"제가 중화요리점을 그만뒀을 때 아버지는 아무 말도 하지 않았죠."

아버지는 또 아무 말도 하지 않았다. 이 작아져버린 등이 왠지 다음을 재촉하는 듯하여 나는 천천히 말을 이었다.

"아버지의 기대를 저버려서……." 침을 꿀꺽 삼키고 용기를 짜냈다. 이 한마디를 하기 위해.

"죄송해요……."

말했다. 겨우. 정말로, 가까스로.

"죄송하다는 말, 계속 하고 싶었는데……."

솔직해지니 갑작스레 가슴 안쪽이 뜨겁게 젖어왔다. 그 열을 분산시키기 위해 나는 지압에 마음을 집중시키고 손이 움직이는 속도를 높였다.

"요이치, 나 때문에 주방장이랑 싸웠다며?"

"어……."

"꽤 오래전에 모모코한테 들었다."

이 떠버리 누나. 그렇게 말하지 말라고 신신당부를 했는데. 이러면 그만둔 책임을 아버지한테 돌려버린 셈이 되지 않는가.

"아버지 때문이 아니에요."

"응. 알고 있어."

밖에서 대그락대그락 빈 깡통이 구르는 소리가 났다.

"저, 그때……. 중화요리점을 그만뒀을 때, 내게 식당을 물려받을 마음이 없다고 생각하진 않았을까 염려되어서……."

내 말에 아버지가 훗 하고 짧게 웃었다.

"그 반대야."

"어……."

"그때 진심으로 가게를 물려받을 마음이 있구나, 하고 생각했단다."

"……."

"옛날부터 성격이 온순했던 네가 그런 일로 상사랑 싸웠다는 이야기를 듣고, 요이치는 우리 식당을 무척 소중히 여기는구나, 라고 나는 생각했지."

예상과 정반대의 말을 들으니 어떤 대답도 나오지 않았다.

그리고…….

아버지가 아래로 시선을 떨군 채,

"요이치, 고마워."

라고 중얼거렸을 때, 코 안이 찡하고 뜨거워졌다.

흘러넘친 물방울이 코끝을 따라 내려와 아버지 점퍼에 뚝뚝 떨어졌다. 나는 아버지가 돌아보지 않도록 일정한 리듬으로 지압을 계속했다.

손가락이 아파도 쉬지 않고 계속했다.

잠시 후 아버지가 뭔가를 느낀 듯 얼굴을 들었다.

"바람이 좀 잠잠해진 것 같구나."

"네……."

"폭탄 저기압은 지나갔나?"

"그런 것 같네요……."

"한잔, 할까?"

"네. 그전에, 잠시 화장실……."

눈물을 들키면 남자로서의 매력 꽝이지.

각자의 사정

- 후지카와 미즈키

지난밤의 폭풍우가 꿈이었나 싶을 정도로 오늘은 시원하게 트인 푸른 하늘이 펼쳐졌다. 활짝 핀 벚꽃 잎이 돌풍 때문에 꽤 많이 떨어져서 공원에 하얀 카펫이 깔려 있는 것처럼 보였다. 그래도 벚나무의 화려한 아름다움은 여전했다. 그만큼 꽃의 수가 많다는 뜻이리라.

벚꽃 축제는 오늘도 대성황을 이뤘고 오모리 식당은 오전부터 계속 북적댔다. 나나미 씨는 어제에 이어 오늘도 가게 일을 도우러 와주었다. 센스 있는 아가씨여서 일도 시원시원하게 척척 해치우고 뭐든 빨리 배운다.

만원사례였던 점심시간이 지나자, 아키코 아줌마, 즉 요짱의 어머니가 나나미 씨를 주방으로 불렀다.

"정어리가 모자랄 것 같아요. 미안하지만, 도매상에 가서 사다줄래요? 장소는 미즈키가 알고 있으니 같이 다녀와요."

"아, 네……."

나나미 씨와 아키코 아줌마가 계산대 앞에 있는 나를 보았다.

나는 '네~에' 하고 대답하고 나나미 씨와 나란히 가게를 나섰다.

밖에서 주스를 팔던 요짱이 "어, 어디 가?"라고 말을 걸기에, 나는 "나나미 씨랑 데이트"라고 장난스럽게 말하면서 그녀의 팔을 안았다. 나나미 씨도 귀여운 보조개가 쏙 들어간 얼굴로 요짱에게 장난스러운 미소를 보냈다.

인파를 헤치고 정문을 통해 밖으로 나와 남쪽으로 향했다.

나는 생각했다. 아키코 아줌마는 나에게 무엇을 기대하고 나나미 씨와 함께 심부름을 보냈을까? 원래 요짱이랑 같이 가는 게 맞는데……굳이 나를 선택한 이유가 무엇일까?

구워 말린 정어리를 파는 도매상은 쥬오히로사키 역에서 조금 남서쪽으로 내려간 곳에 있다. 우리는 둘이서 들 수 있을 만큼의 정어리를 산 다음, 돌아오는 길에 잠시 샛길로 빠졌다. 특산품인 우치와모치를 사서 사이쇼인(最勝院, 히로사키 시에 있는 사원-옮긴이)의 오층탑 아래 벤치에 앉아 먹었다. 여기도 벚나무 아래이니 마침 좋은 꽃구경 기회가 되었다.

우치와모치란 검은깨가 듬뿍 든 소스를 바른 네모난 떡에

293

대꼬챙이를 끼워 부채 모양으로 만든 것인데, 고교시절부터 무척 좋아하는 음식이었다. 오후가 되면 다 팔리고 없는 경우가 많아서 학생들은 좀처럼 먹기 힘들다는 게 난점이긴 했다.

"맛있다, 이거"라며 웃는 나나미 씨에게 "고등학생 때 요짱이 알려줘서 처음 먹어봤어요"라고 말했다.

"요짱은 술도 많이 먹으면서 단 음식도 엄청 좋아해요."

"맞아요. 정말 특이해, 걔."

우리는 후훗 하고 함께 웃었다. 주스 팔고 있는 요짱, 지금쯤 귀 간지럽겠다.

"미즈키 씨, 정어리는 늘 그 도매상에서 사나요?"

그렇구나! 이 질문을 들은 순간, 퍼뜩 깨달았다. 아키코 아줌마가 뭘 원하는지 알아냈다.

"네, 그래요."

"흐음. 그렇구나."

나는 넌지시 떠보기로 했다. 우선 변화구부터.

"고교시절에 딱 한번 요짱이랑 데이트한 적이 있어요. 여기서 이렇게 우치와모치를 같이 먹었죠. 그런데 말이에요, 나는 데이트인 줄 알았는데, 걔는 전혀 아무 생각이 없었더라고요."

"……."

"아, 지금은 절대 아니에요. 나는 다코야키 쪽이랑 잘 지내고 있죠."

"정말?" 살짝 칩떠보며 눈치보는 나나미 씨가 귀여웠다.

"응. 정말."

"다행이다."

나나미 씨는 그렇게 말하면서 자그맣게 한숨 쉬더니 "상대가 미즈키 씨라면 난 이길 수 없을 것 같거든요"라고 중얼거렸다.

"절대 그럴 일 없어요. 개는 지금 나나미 씨한테 홀딱 빠져 있으니까."

나나미 씨가 살짝 수줍어한다. 그 표정이 어딘지 모르게 요쨩을 닮은 듯했다. 연인끼리는 닮아간다는 말이 맞나보다.

"마사무네 씨는 어떤 분인가요?"

"으~음, 그 사람은요. 남자답고 자상하지만, 좀 바보 같은가?"

"그런 점이 귀여운 거죠?"

나는 아하하 웃고 말았다. 나 자신조차 깨닫지 못했지만 듣고 보니 정말 그랬으니까.

"그 두 사람, 육상부 라이벌이었어요. 기록도 거의 같아서 0.1초 앞서거니 뒤서거니 했죠. 3학년 여름 마지막 대회 때는 릴레이에서 배턴을 떨어뜨리는 바람에 둘이 감정을 주체하지 못하고 엉엉 울고……. 왠지 그때, 남자는 좋겠다, 하고 생각했어요. 하나밖에 모르는 바보처럼 앞만 보고 돌진하는……. 그때 우는 모습, 정말 멋있어 보였죠."

나나미 씨와 나는 서로 마주보고 킥킥 웃었다.

"좋겠다, 미즈키 씨는……."

"어? 왜요?"

"요짱의 어린 시절을 아니까요."

나는 쓴웃음을 지었다. 분명 아기 때부터 줄곧 알고 지냈지만.

"내가 아는 것은 어릴 때 요짱이에요. 하지만 가장 중요한 도쿄 시절을 아는 건 나나미 씨잖아요."

나나미 씨는 천천히 벚꽃을 올려다보았다. 시선을 멀리 주는 걸 보니 어쩌면 도쿄 생각을 하는지도 모른다. 나는 이즈음에 나의 사명을 떠올렸다.

"나나미 씨는 앞으로 어떻게 할 거예요?"

직구를 던졌다.

"저희 부모님…… 과수원을 하시는데 제가 외동딸이에요. 부모님은 아무래도 우리 과수원에서 함께 일할 수 있는 사윗감을 원하시는 것 같아요. 하지만 지금은……."

"지금은?"

"으음. 우선 어엿한 사진작가로 독립하고 싶어요. 아직 스승님께 은혜도 못 갚았고. 만약……스승님만큼 찍을 수 있게 되면, 여기서 작품 사진을 찍어도 좋고."

"그렇구나. 나나미 씨도 앞만 보고 돌진하는 타입이군요. 멋져요."

아키코 아줌마, 조금 실망할지도…….

"현실은 전혀 멋지지 않아요. 매일 육체노동만 하는 것 같거든요." 나나미 씨는 곤란한 표정으로 웃어 보였다. 그리고 질문을 던졌다.

"미즈키 씨는 어때요?"

"나? 으음, 나는……."

어떨까? 벚꽃을 올려다보았다. 마사무네 부자의 얼굴을 생각한다. 떠오른 것은 두 사람의 웃음이었다. "나는요, 내 핏줄이 아닌 아이를 책임지고 끝까지 사랑할 수 있을지, 생각 중인가?"

분명 이것이 지금 나의 솔직한 심정이다. 말로 표현하니 지금까지 품고 있었던 응어리의 정체가 확실히 드러나는 듯하여 기분이 조금 편해졌다.

"저마다 여러 사정이 있군요."

"그러네요, 정말."

여러 사정이 있다는 걸 서로 확인했지만, 이때 우리 사이를 흐르던 공기는 결코 무겁지 않았다. 여러 가지로 어렵겠지만 힘내요, 라고 오히려 긍정적으로 격려하는 분위기였다.

"아, 맞다. 나나미 씨. 오늘 밤에 우리 집 와서 자요."

나는 굉장히 멋진 아이디어를 떠올렸다.

"네……?"

"그러면 귀가 시간 신경 안 쓰고 밤 벚꽃을 충분히 즐길 수 있잖아요?"

"아, 네. 하지만……."

"요짱이랑 데이트 끝나고 우리 집으로 와요. 일단 전화번호 가르쳐줄게요. 오늘 밤 몇 시든 상관없으니까."

마지막 한 문장은 조금 장난스럽게 말해보았다.

나란 여자, 제법 '매력' 있지?

두 개의 하트

- 오모리 요이치

　미즈키의 매력 넘치는 주선 덕분에 그날 밤 늦게까지 나나미와 둘이서 인적 드문 공원의 밤 벚꽃을 천천히 구경하며 돌아다닐 수 있었다. 도중에 조금 쌀쌀해져서 식당 텐트로 잠입하여 따끈하게 데운 술을 홀짝홀짝 마시며 체온을 높였다.

　다시 밖으로 나왔을 때는 벌써 밤도 완전히 이슥해져 있었다. 구름이 엷게 낀 밤하늘을 올려다보니 마침 황금빛의 으스름달밤이었다. 따끈한 술로 달아오른 볼에 봄철의 밤바람이 쾌적하게 다가왔다. 우리는 손을 잡고 크게 흔들면서 암흑과 벚꽃 사이를 활보했다.

　나는 배낭을 메고 있었다. 배낭 안에 겐이 맡긴 파란 헬륨가스 통이 들어 있다. 이틀 연속으로 울트라맨을 잊었다간 큰일이 날 것 같았다.

나나미는 어깨에 카메라를 메고 있었다. 아버지에게 물려받았다는 은염필름의 구형 캐논이다.

공원 안이 투명한 젤리로 가득 찬 것처럼 고요하고 평온했다. 벚꽃 잎이 지면에 닿을 때 팔락 하는 소리마저 들릴 것처럼 잡음이 없다. 그저 두 사람의 발소리만 크게 울려 주위로 퍼져 나갔다.

"술 취한 관광객이 없으니 이렇게 조용하네."

"내일이 평일이라 다들 일찍 갔나봐."

나나미 말대로 내일은 징검다리 연휴의 가운데 날이다.

우리는 그냥 서쪽을 향해 어슬렁어슬렁 걸었다. 곧 순요교 옆을 지난다.

"여기서 그 잘생긴 남자랑 나나미가 같이 있는 걸 봤을 때 심장이 멎을 것 같았어."

내가 웃으면서 팔꿈치로 나나미의 어깨를 찌르니, 나나미가 '앗!' 하고 뭔가 떠오른 듯 소리를 높였다.

"왜 그래?"

"요짱, 우리 보트 타자."

나나미가 벚꽃 터널을 따라 뻗은 연못을 손가락으로 가리켰다.

나는 좋지, 라고 말하려다 생각을 바꿨다.

"이 시간에? 보트 대여는 벌써 끝났지."

"아, 그런가……."

나나미는 조금 과장스럽다 싶을 만큼 어깨를 푹 떨구었다.

"그렇게 타고 싶어?"

"응."

"왜?"

나는 그 이유를 어렴풋이 짐작했지만 혹시 몰라 물어보았다.

"이 연못에서 보트를 탄 두 사람이 손을 겹쳐서 떨어지는 벚꽃 잎을 잡으면."

"영원히 이어진다는?"

"응. 요쨩도 아는구나."

"물론."

히로사키의 젊은이라면 누구나 아는 얘기다.

"아~아, 타고 싶어."

쿨한 성격의 나나미답지 않게 자꾸 미련을 보였다.

"할 수 없지 뭐."

"우웅……."

우리는 손을 잡고 벚꽃 터널 안을 걸었다. 오른편으로 보이는 연못 수면에는 지난밤 폭풍 때문에 떨어진 꽃잎이 빽빽하게 떠 있어 연못 전체가 희미하게 빛나 보였다. 너무나 환상적인 광경이었다.

영원히 이어진다…….

나는 내가 한 말을 가슴속에서 되새김했다.

밤공기가 스윽 움직여 눈앞으로 꽃잎 한 장이 나풀나풀 떨어진다.

"좋아."

나는 나 자신에게 기합을 넣듯 말했다.

"어, 뭐……?"라며 나나미가 이쪽을 본다.

"까짓것, 보트 타지 뭐."

"어떻게?"

"철망 넘어 살짝 들어가자."

"안 돼……."

나나미가 눈을 둥그렇게 뜨고 나를 올려다보았다. 나는 이 표정이 좋다. 영원히 놓치고 싶지 않다.

"안 되긴 왜 안 돼. 꽃잎만 잡고 원래 있던 곳에 되돌려놓으면 되지. 대금은 표 파는 곳 창문에 꽂아두자."

내가 싱긋 웃으니 나나미의 얼굴에도 보조개가 천천히 떠올랐다. 므흐흐흐 하고 장난치기 전의 아이처럼 웃는다. "그럼, 진짜 타버릴까?"

나는 "가자." 하고 나나미의 손을 끌었다.

나나미와 함께라면…….

뭐든 할 수 있고, 뭘 하든 즐겁다.

나는 이제 피에로가 아냐…….

선착장의 철망은 낮아서 쉽게 넘을 수 있었다.

가장 안쪽에 묶여 있는 보트까지 걸어가 내가 먼저 올라탔다. 선착장 가장자리를 잡고 보트를 고정시킨 후 나나미도 태웠다.

나나미가 타자 보트가 조금 흔들렸다. 출렁, 출렁 하고 작은 물결이 뱃전에 닿으며 달콤한 소리를 냈다.

"그럼, 간다."

나는 노를 천천히 젓기 시작했다.

머리 위로 뻗은 벚나무 가지 아래에서 보트가 스윽 움직인다. 꽃잎으로 가득 메워진 수면을 헤치며 나아가니 우리가 지난 뒤로 검은 밤하늘을 비춘 물길이 만들어졌다.

"멋지다. 왠지 꿈속 같아."

나나미는 감탄하며 사진을 찍었다.

잠시 후 나는 보트를 멈췄다.

"이 부근이 좋겠지? 얼른 잠자."

"응."

우리는 마주보고 꽃잎이 떨어지기를 기다렸다. 이따금 산들바람이 불었지만 꽃잎은 좀처럼 떨어지지 않았다. 가끔 떨어져도 보트에서는 잡을 수 없는 거리였다.

"요짱, 저쪽이 더 잘 떨어지는 것 같아."

"응, 알겠어."

나는 나나미가 손가락으로 가리키는 쪽으로 보트를 이동시키려고 노를 젓기 시작했다. 꼭 그럴 때 예고도 없이 우리 위로 꽃잎이 떨어진다. 급히 노를 팽개쳐도 이미 늦기 일쑤였다…….

'아아아아아' 하고 원통함을 그대로 드러내는 나.

"정말 어렵네……"라며 탄식하는 나나미.

그로부터 30분 정도 계속 도전했지만 전혀 잡힐 기미가 보이지 않았다.

좌절한 우리는 잠시 쉬기로 했다.

흔들리는 보트에 몸을 맡긴 채 머리 위를 올려다보며 밤 벚꽃의 아름다움에 젖는다. 나나미는 카메라 셔터를 눌렀다.

암흑 속에서 카메라를 들여다보는 나나미의 자태가 묘한 멋을 발했다. 나는 그 모습을 넋을 잃고 바라보았다. 그리고 생각했다.

나나미는 사진작가를 꿈꾸고 있다.

그러나 나는…….

만약 떨어지는 벚꽃 잎을 잡는다 해도 나나미와 나에게 '영원'이 있을까?

그런 생각을 하니 가슴 깊은 곳에 거무스름한 구멍이 생긴 것 같았다. 나는 기도하는 마음으로 나나미를 바라보았다. 그러자 갑자기 카메라 렌즈가 이쪽을 향했다.

"움직이지 마. 셔터 스피드가 느리니까."

나는 긴장한 얼굴로 빛나는 렌즈를 응시했다. 찰칵 하는 기분 좋은 셔터 소리가 수면에 울려퍼졌다.

파인더에서 눈을 떼고 나나미가 나를 본다. 보조개가 생겼다. 이 보조개도 사진처럼 영원히 남기고 싶었다.

"응? 왜 그렇게 봐?"

나나미가 고개를 살짝 기울였다. 이 몸짓도 영원히.

갑자기 밤바람이 불었고 우리 사이로 꽃잎 한 장이 떨어졌다. '앗' 하고 둘이서 소리 내며 급히 손을 뻗었지만, 그 꽃잎은 마주본 우리 발 아래로 떨어지고 말았다.

"아, 너무 아까워~"라며 나나미가 아쉬워했다. 그 순간 내 안에서 뭔가가 복받쳐올랐고, 나는 그걸 토해내지 않고는 더이상 견딜 수 없을 것 같았다.

"나나미……."

"응?"

"나……. 나중에 식당을 할까 해."

"어, 왜 갑자기."

나나미는 조금 얌전한 표정이 되어 가지런히 모은 허벅지 위에 카메라를 올렸다.

"나나미가 끓인 국물, 맛있었어."

"어? 응. 고마워……."

앞으로도 계속, 함께, 국수를……. 목구멍까지 나온 대사를 나는 꾹 삼켰다.

꿈을 좇았으면 좋겠다. 좋아하는 걸 해……아버지의 얼굴이 떠올랐다.

남자로서의 매력 쩡이네……마사무네와 겐의 얼굴이 떠올랐다.

"나도 한번쯤은 매력적이고 싶은데. 나나미, 내 말 좀 들어줄래?"

"무슨 말인데?"

나나미는 자그마한, 무척 자그마한 미소를 입가에 담았다.

"나는 식당을 하겠지만……, 나나미는……나나미는 도쿄에서 최고의 사진작가가 되어줘."

"……."

나나미의 눈빛에 슬픔이 깃들었다. 하지만 입술엔 아주 자그마한 미소를 담은 채였다. 나는 계속했다.

"그리고……. 나나미만 괜찮다면, 도쿄에서도 최고로 맛있는 국물 만들기를 연습해주지 않겠어?"

슬픔의 빛이 반으로 줄고, 나머지 반은 평소의 다정한 눈으로 돌아왔다.

한동안 둘 다 아무 말도 하지 않았다.

별안간 강한 바람이 불어 꽃잎이 몇 장이나 떨어졌지만 우리는 가만히 응시하기만 할 뿐 움직이지 않았다.

먼저 입을 연 쪽은 문득 시선을 떨군 나나미였다.

"결국 이렇게 돼버렸네……."

조금 농담 같은 말투였지만 아래 눈꺼풀에 굵은 눈물방울이 고여 있었다. 나는 아직 아무 말도 할 수 없었다.

"솔직히 말하면, 언젠가는 요짱이 식당을 잇겠다는 말을 할 거라는 예상은 했어. 그 말을 들을까봐 난 두려워서……. 그래서 나, 줄곧……."

나나미의 볼을 타고 흐른 물방울이 턱 끝에서 떨어졌다. 처음 나나미를 만난 그날……사과 풍선 위로 눈물이 뚝, 뚝 하고 떨어지는 소리가 내 귀에 되살아나는 듯했다.

나나미는 눈물과 함께 말도 뚝, 뚝 흘렸다.

"우리, 이제, 장거리 연애, 하는 거야……?"

"금방 그렇게 되진 않겠지만……. 나도 일단 도쿄로 돌아가서 한동안 피에로 일을 할 거야. 그래도 언젠가는……."

나도 겨우 말을 할 수 있었다. 왠지 애매한 대사가 되어버렸지만.

"장거리, 가능할까? 도쿄와 히로사키야. 너무 멀어."

분명 멀다. 하지만…….

"나나미는 자주 도쿄의 하늘을 보면서 쓰가루를 생각했지."

"응."

"하늘은 연결된다면서."

"응……."

"되도록 하늘을 보면서 서로를 생각하면 괜찮을 거야."

"그럴까……."

"응, 괜찮아. 틀림없이."

솔직히 말하면 나도 자신은 없었다. '괜찮아'는 거의 나 자신에게 한 말이었다.

변함없이 나나미를 좋아할 자신은 있다.

하지만 나나미에게 사랑받을 자신은, 별로 없다.

"미즈키 씨가 요짱 고교시절에 꽤 인기 많았다더라. 아무래도 불안해……."

"응? 나 인기 없어. 그 점은 걱정 마."

이건 정말 자신 있다. 좀 한심한 자신감이긴 해도.

"요짱은 바보라서 누가 좋아하는 것도 눈치 못 챌걸?"

"그건 또 뭐야. 어차피 미즈키가 한 말이지?"

나는 웃었다. 나나미도 울다가 웃는 모양새가 되었다.

또 한 장의 꽃잎이 떨어진다. 나는 벚나무를 올려다보았다. 화려한 벚꽃 너머로 아련한 보름달이 두둥실 떠 있었다.

"맞다, 나나미. 하늘에 주술을 걸어둘까?"

"주술?"

"응. 겐이 가르쳐줬어."

나는 등에 짊어진 배낭에서 헬륨가스가 들어 있는 파란 통과 핑크색 요술풍선 두 개를 꺼냈다. 헬륨가스를 입에 대고 힘껏 빨아들였다가…….

"지금부터 주술을 걸겠다"라고 도날드덕 목소리로 말했다. 나나미는 아하하하 하고 소리 내어 웃었다.

나는 빨아들인 헬륨가스를 두 개의 풍선에 불어넣고 입구를 묶었다. 그리고 하나를 나나미에게 건넸다.

"자, 이거, 나나미 것. 놓치면 날아갈 테니 조심해."

"응."

나는 하트 만드는 법을 나나미에게 설명했다. 그리고 두 사람이 만든 하트 링을 체인처럼 통과시킨 후 단단히 묶어 주술 아이템을 만들었다.

"이것으로 영원히 헤어지지 않는 두 개의 하트가 완성되었어."

"날릴 거야?"

"응. 최대한 높이 날려서 조금이라도 하늘 가까이 가면 주술 효과도 커진다고 겐이 말했거든." 날렸다가 잡아야 한다는 규칙은 못 들은 걸로 했다.

"그럼, 간다."

내가 하늘을 향해 두 개의 하트를 놓으려 하니, 나나미가 "자, 잠깐만!" 하고 급히 카메라를 들었다.

"증거사진 찍어둬야지."

카메라를 손에 든 나나미의 눈에서 또 눈물이 한 방울 떨어졌다.

"응…… 이제 됐어?"

"좋아."

나는 '후우' 하고 숨을 내뱉음으로써 마음을 가라앉힌 다음, 두 개의 하트에서 손을 뗐다. 풍선은 천천히, 정말로 천천히 어슴푸레한 달밤을 향해 날아갔다. 나나미는 셔터를 몇 번이나 눌렀다. 우리의 풍선은 점점 작아지고, 바람에 실려 암흑 속의 점이 되었다가, 마침내 사라졌다.

나나미는 한숨을 쉬며 카메라를 내렸다.

"아~아, 사라졌다……. 그래도 정말 멋진 사진이 찍혔을 것 같아."

나를 보는 얼굴에 보조개가 생겼다. 아주 조금 후련해 보였고, 뭔가를 떨쳐버린 듯 보이기도 했다. 그 미소엔 프로 사진작가로서의 존재감도 섞여 있었다.

"이 정도 주술이면 완벽해. 장거리라도 문제없어."

내가 80퍼센트 나를 향해 그렇게 말했을 때, 나나미가 내게 묘한 명령을 내렸다.

"요짱, 잠시 고개 숙여봐."

"왜?"

"아무튼, 빨리."

나는 시키는 대로 머리를 꾸벅 숙였다. 나나미의 손가락이 내 머리카락에 닿는다.

"자. 꽃잎."

나나미의 가느다란 손가락이 꽃잎 한 장을 잡고 있었다.

"그렇게 애써도 못 잡았는데, 요짱 머리에 내려앉다니."

"그러게 말이야."

둘이 같이 씁쓸한 미소를 지었다.

"요짱, 알아?"

"뭘?"

"남녀가 둘이 있을 때 한 사람 머리 위에 벚꽃 잎이 내려앉으면 그 두 사람은 행복하게 이어진다는 이야기."

"어, 정마알?"

나는 그만 순진하게 기뻐했다.

"거짓말. 방금 내가 지어낸 거."

나는 헬륨가스를 힘껏 빨아들인 후 "뭐야~"라고 도날드덕 목소리로 투덜거렸다.

나나미는 정말로 유쾌한 듯 웃어주었다. 웃음 띤 얼굴로 흔들리는 보트 위를 이동하여 내 옆에 앉더니 목에 양팔을 감았다.

나는 자연스레 나나미의 등을 끌어당겼다.

입을 맞춘다.

내 오른손엔 파란 통이 그대로 있다.

마사무네, 고마워.

이번엔 정확히 받았어.

최고로 매력적인 겐을 통해.

파란 배턴을.

제5장

백년 선물

- 오모리 도요

점심시간이 지나서야 겨우 메밀국수 사리 만들기가 끝났다. 나는 '후우' 하고 짧은 숨을 내쉬면서 아무 생각 없이 주방 창문에 시선을 주었다. 밖은 이미 남빛 저녁하늘로 채워져 있다.

면 만들기가 끝나면 그다음엔 국물 상태를 봐야 한다. 구워 말린 정어리를 넣고 끓인 국물이다. 나는 토방의 큼직한 새 아궁이 앞에 섰다. 새하얀 김이 피어오르는 쇠가마 안을 들여다보니 연한 조청 빛 국물이 보글보글 끓어오르고 있다.

조금 불이 센가…….

옆에 있던 부지깽이를 손에 들고 쭈그리고 앉았다. 천천히 아주 천천히 무릎을 굽혔는데도 나도 모르게 입에서 '에구구구' 하는 소리가 새어나오니 내가 생각해도 우습다.

아궁이 속으로 부지깽이를 쑤셔 넣고 겹겹이 쌓인 장작더미를 무너뜨렸다. 마치 폭죽을 터뜨린 듯 미세한 불꽃이 탁탁탁하고 튀었다. 그러자 성대하게 흔들리던 불길이 반 정도 크기로 줄었다.

나는 또 '에구구구' 하고 행복한 소리를 내며 일어났다. 그러고는 가마 속을 들여다보았다.

말간 국물이 마치 살아 있는 것 같다. 열로 인해 가마 속에 대류가 일어나, 그 흐름을 타고 정어리가 세로 방향으로 빙글빙글 돌고 있다.

잠시 국물 상태를 유심히 바라본다.

2분쯤 지나자 정어리 회전 속도가 느려지고 수증기 양이 훨씬 줄었다. 보글보글 끓어오르던 거품도 거의 사라지고, 국물은 말간 액체가 되어 아지랑이처럼 흔들린다.

색도 향도 남편에게 배운 대로다. 맛은 어떨까?

국자로 국물을 떠서 작은 접시에 따랐다. 먼저 향을 맡고 입에 머금는다. 혀 위로 깔끔하고 희미한 단맛이 퍼진다.

응. 맛있다.

작은 접시에 국물을 더 담아 주방에서 나왔다.

식당 안쪽에 사다리 두 개가 세워져 있었다. 마도위인 가도타 세지 씨와 남편이 사다리 꼭대기에 올라가 부지런히 새 신주장을 설치하고 있다.

오모리 식당 개업일이 드디어 내일로 다가왔다.

"잘 돼가나요?"

사다리 아래에서 남편을 올려다보며 물었다.

"아아, 도요, 마침 잘 왔어. 거기 있는 쇠망치 좀 건네줄래?"

"미안해, 도요 씨. 조금만 더 하면 끝나."

마도위가 신주장 밑면을 양손으로 떠받친 채 이쪽을 보고 웃어주었다. 나는 손에 든 작은 접시를 옆 식탁에 내려놓고, 대신 쇠망치를 들었다.

그 모습을 본 남편이 묻는다.

"응? 국물 다 됐어?"

"네."

"가도타 씨, 미안. 잠시만 들고 있어줘요."

말을 내뱉기가 무섭게 남편이 사다리에서 주르르 내려왔다.

"어이, 겐지. 이 바보, 지금 뭐하는 거야. 나 무겁다고."

훌륭한 신주장 아래에 홀로 남겨진 마도위가 사다리 꼭대기에서 당황스러운 듯 소리를 내질렀다.

"맛은 따뜻할 때 봐야 하거든."

남편이 노래하듯 말하면서 내 앞에 섰다.

나는 쇠망치 대신 아직 살짝 김이 나는 접시를 건네주었다.

"어디 보자……"

접시를 받은 남편이 늘 그랬듯 조용히 눈을 감았다.

향을 맡고 입에 머금는다.

혀 위에서 굴리고는 응, 하고 고개를 한번 끄덕인다.

천천히 눈을 떴지만 그 눈은 여전히 가늘었다. 웃고 있는 것이다.

"어느새 나보다 솜씨가 더 좋아졌네."

"아⋯⋯."

"이렇게 마음이 따스해지고 편안해지는 맛이 최고야. 이 맛이라면 매일 먹어도 질리지 않아."

기분 좋은 칭찬을 들으니 자연스럽게 웃음이 나왔다. 나는 남편과 살게 된 후부터 매일매일 하루도 거르지 않고 국물 만들기를 연습해왔다.

"앞으로 국물은 도요 담당이야."

"⋯⋯네."

그 순간 머리 위에서 비통에 찬 음성이 떨어졌다.

"야야, 언제까지 둘만의 세계에 빠져 있을 셈이야? 나는 잊었어? 이 바보, 겐지! 빨리 못질해야지."

"아하하. 미안미안."

남편은 재빨리 사다리를 타고 올라가 망치질을 했다. 곧 멋진 신주장이 설치되었다.

"훌륭하군요. 가도타 씨, 정말 고맙습니다."

내가 말하자 사다리 위에서 마도위가 '헤헤헤' 하고 악동처럼 웃었다.

"그건 그렇고 떠버리 와타나베가 안 오네. 오늘 저녁 때 개업 축하잔치 하자고 지난주에 단단히 일러뒀는데."

마도위가 사다리에서 내려왔다.

나는 남편을 보았다.

남편이 고개를 살짝 흔들며 "욧짱, 나한테도 온다고 했는데……"라고 중얼거렸다.

"오겠지 뭐. 우리 먼저 마시고 있자."

술 좋아하는 마도위가 술잔을 죽죽 들이켜는 흉내를 내며 즐거운 듯 싱글벙글했다.

마도위와 남편과 나는 신주장이 제일 잘 보이는 말석에 앉아 개업 전야의 조촐한 축하잔치를 시작했다.

바깥 거리는 이미 캄캄했다. 입구의 창 너머로 희미하게 켜진 가로등의 노란 불빛이 보였다. 입구 옆엔 새 포렴이 세워져 있다.

나는 술을 자제하고 있어서 두 사람에게만 술을 따라주었다.

"겨우겨우 완성한 조그만 가게인데 신주장 하나는 기막히게 훌륭하네. 가도타 씨, 정말 감사합니다."

개업 축하 선물로 신주장을 가져온 마도위를 향해 남편이 잔을 들었다. 마도위도 같이 잔을 들었다.

"뭐, 모처럼 선물하기로 했으니, 가장 호화로운 신전 모양으로 만들어줄 수 있는 목수를 찾아보라고 하낫삐끼한테 시켰지. 그랬더니 말야, 그 분야에서 둘째가라면 서러워할 전문 건축가한테 특별 주문을 했더라고. 그래서 만드는 데 시간이 많이 걸린 거야. 오늘에야 빠듯하게 완성해서 들고 왔지. 아무튼 늦지 않아서 다행이야."

마도위는 그렇게 말한 후 '으하하하' 하고 크게 웃었다.

"굉장하네요. 전문가가 만들어주신 겁니까……."

나는 막 설치한 신주장을 찬찬히 바라보았다. 최고급 아오모리 노송나무로 만들어 무척 향이 좋았다.

"식당 개업 말고도 경사스러운 일이 또 있으니."

마도위가 기분 좋게 한잔 들이켠 후 나의 커다란 배에 따스한 시선을 보냈다.

나는 두 홉들이 술병을 손에 들고 마도위의 빈 잔에 넘치도록 따라주었다.

"도요 씨, 몇 개월 남았지?"

"2개월 남았습니다."

대답한 건 쑥스러운 듯 머리를 긁적인 남편이었다.

"그렇구나, 7월에 태어나는군."

두 사람의 시선이 내 배로 쏟아진다.

나는 무심코 사랑스러운 봉우리에 양손바닥을 대고 천천히 쓰다듬었다. 내 안에 움튼 생명에게 마음을 보내며.

"겐지, 넌 정말 행복한 놈이야."

마도위의 직설적인 말에 남편은 살짝 부끄러워했다.

"그때 와타나베가 네 등을 밀지 않았다면, 지금쯤 도요는 멀리 친정 건어물 가게에서 일하고 있겠지."

"그렇겠죠……."

남편이 너무나 먼 곳으로 시선을 주기에 나는 '후훗' 하고 웃고 말았다.

그때 입구 미닫이문이 쓰르륵 하고 경쾌한 소리를 내며 열렸다. 그쪽을 보니 커다란 보퉁이를 안은 키 큰 남자가 초연한 모습으로 서 있다. 그가 이쪽을 향해 '오우' 하며 미소를 날린다.

"욧짱."

남편이 기쁜 듯 목소리를 높이며 손짓했다.

"와타나베, 너 왜 이렇게 늦었어?"

마도위는 악동 같은 웃음을 싱긋 웃어주었다.

보퉁이를 안고 있어서 양손을 쓸 수 없는 욧짱이 발끝으로 재주 좋게 문을 닫고 곧장 이쪽으로 걸어왔다. 그러고는 옆 식탁 위에 조심스레 보퉁이를 올렸다.

"먹을 걸 갖고 온 건가? 근데 뭐가 이렇게 커? 안에 뭐 들었어?"

욧짱은 마도위의 질문에는 대답하지 않고 "오늘 몸이 꽁꽁 얼 만큼 춥네. 나도 일단 술 한 잔 줘"라며 마도위 옆자리에 앉았다.

나는 욧짱에게 잔을 내밀고 뜨겁게 데운 술을 따랐다. 넷이 함께 건배한다.

한잔 들이켠 욧짱의 눈에 신주장이 보인 모양이었다.

"훌륭한 신주장이네. 아오모리 노송나무로 만들었나?"

"그럼. 향이 좋지? 가도타 씨가 주셨다네. 둘이서 방금 열심히 설치했지."

남편의 말에 마도위 얼굴이 우쭐해졌다. 나는 세 사람의 잔에 술을 따르고 정면에 앉은 욧짱에게 물었다.

"오늘은 왜 늦었어요? 일이 바쁜가요?"

욧짱이 단숨에 술을 벌컥 들이켜더니 자작을 하면서 "저거 완성하느라 늦었지"라며 옆에 둔 보퉁이를 턱으로 가리켰다.

"그러니까 저게 뭐냐고 아까부터 물었잖아."

마도위가 팔꿈치로 욧짱의 겨드랑이를 찔렀다.

"그렇게 궁금하면, 도요, 풀어 봐."

욧짱이 의미심장한 미소를 내게 보냈다.

"어, 내가?"

"그럼."

나는 '에구구구' 하고 소리 내며 일어나 상자형의 위쪽 매듭을 풀었다. 고급스러워 보이는 남빛 보자기가 스르르 흘러내렸다.

그 순간……, 욧짱을 제외한 전원이 입을 딱 벌렸다. 벌렸지만 아무 말도 나오지 않았다. 나온 것은 깊은 감탄의 한숨뿐이었다. 양손을 입에 댄 채, 나는 그 휘황찬란한 광택에 넋을 잃고 말았다.

제일 먼저 말을 꺼낸 건 마도위였다.

"이, 이거……. 와타나베, 너, 진짜……."

욧짱은 여전히 새침한 얼굴로 자작을 하고 술만 술술 마셨다.

문득 내 기억 깊은 곳에서 벚꽃 잎이 날아올랐다.

그 봄날 저녁, 욧짱이 분명 이렇게 말했다.

〈겐지가 가게를 내면, 바보인 내가 바보에 바보 칠을 거듭해서 일본 제일의 자개 서랍장을 만들어 선물하지.〉

지금 내 눈앞에 자개로 빈틈없이 장식된 쓰가루 칠기 서랍장이 놓여 있다. 더없이 우아한 빛을 발하면서.

"욧짱. 너, 설마, 이런 걸 진짜……."

남편이 눈을 둥그렇게 뜨고 중얼거렸다.

"이러면 와타나베는 오늘로서 문 닫아야겠는걸? 이야, 정말 놀랐네."

마도위가 욧짱의 빈 잔에 술을 따랐다. 욧짱이 무척 맛있게 마신다.

"욧짱……. 정말로 고마워."

남편이 감격스러운 목소리로 인사했고, 나도 남편을 따라 자개 서랍장 옆에 선 채 고개 숙였다.

그러자 욧짱의 붉은 입술 끝이 씨익 올라가더니 얼굴에 조금 심술궂은 미소가 담겼다.

"웬 착각들이냐? 내가 이걸 언제 겐지한테 준다고 했어?"

어……?

이 발언에 세 사람은 또 할 말을 잃고 말았다.

욧짱이 자작을 하고 다시 잔을 벌컥 들이켰다. 심술궂은 미소를 그대로 담은 채 세 사람을 차례로 응시한다.

"이 서랍장은 말야, 바보에 바보 칠을 거듭한 데다 그 위에 또 바보 칠을 해서 완성한 거야. 백년이 지나도 끄떡없을 정도의 걸작이란 말이지. 내가 겐지한테 주려고 그딴 짓을 했다면 나더러 바보라 해도 정말 할 말이 없어."

크크크크 하고 마도위가 웃었다.

"뭐야? 와타나베. 그럼 이걸 뭐 하러 가져왔어? 오, 알겠다. 임신 축하 선물로 도요한테 주려는 거지?"

욧짱의 미소가 조금 커지긴 했지만 여전히 고개를 가로저었다.

"아니. 도요한테 주는 거나 겐지한테 주는 거나 마찬가지 아냐? 나한텐 떠버리로서의 자존심이 있어. 약속은 깨야 제 맛이지."

이 말을 듣고 셋 다 웃음을 터뜨렸다. 정말이지 욧짱다운 주장이다.

"그럼 대체 누구한테 줄 건가?"

마도위는 그만 안달이 난 듯했다. 욧짱이 조심스럽게 잔을 내려놓고 훌쩍 일어나서 내 앞으로 걸어왔다.

"내가 이 선물을 보내려 하는 상대는 아직 여기 없어."

말하면서 천천히 바닥에 양 무릎을 꿇었다. 욧짱의 얼굴이 나의 커다란 배 앞으로 다가왔다.

혹시, 이 아기에게……?

나는 가슴이 조금 두근거려 볼록한 배를 쓰다듬었다. 그 자세 그대로 욧짱을 계속 응시한다.

세 사람이 숨을 죽이고 지켜보는 가운데, 욧짱은 양손을 입가에 대고 뱃속의 작은 생명에게 속삭이기 시작했다. 여태까지 들어본 적 없는, 따스한 온도를 지닌 음성이었다.

"어이, 오모리 2세. 내 목소리 들려? 이 자개는 말야, 너의 손자한테 주는 거야. 그러니까 미안하지만, 네 것도 아니야. 나는 분명 너보다 먼저 죽어 그때가 되면 이 세상에 없겠지만, 넌 내 마음을 손자한테까지 반드시 전해줘야 해. 알겠지? 부탁한다."

욧짱…….

나는 나 자신조차 신기할 정도로 은혜로운 기분에 푹 빠졌고, 어느새 눈시울마저 뜨거워졌다. 문득 남편에게 눈길을 주었다. 남편 역시 똑같은 기분인 듯 눈동자가 촉촉이 젖어 있었다.

그 순간, '아……' 하고 내가 소리를 냈다.

일어나던 욧짱이 "응?" 하고 고개를 갸우뚱한다.

"움직였어요. 이 아이가, 지금."

나는 아기가 발로 찬 부분에 손을 댔다.

"내 말을 잘 알아들었나보군."

욧짱이 기쁜 듯 미소 지었다. 그러고는 다시 한번 배를 향해 이렇게 말했다.

"알겠지? 오모리 2세. 떠버리와의 약속은 반드시 지켜야 해."

새로 세워진 오모리 식당 안에 밝은 웃음이 터졌다.

이 아이의 손자……. 나는 창밖을 바라보며 멀고도 먼 미래를 생각했다. 가로등에 비친 길 맞은편의 어린 벚나무 가지에서 꽃잎이 나풀나풀 떨어지고 있었다.

어떤 매력

- 오모리 아키코

장을 보러 나갔다 와서 뒷문을 열었다.

"다녀왔어요."

거실 쪽을 보고 인사했으나 대답은 없었다.

손을 뒤로 하여 문을 닫는다. 마치 귀마개라도 한 듯 인기척 하나 없이 고요했다. 유일하게 들리는 소리라곤 벽시계의 똑딱 똑딱똑딱 하는 단조로운 리듬뿐. 그 소리가 평소보다 크게 들 리니 오히려 깊은 고요가 느껴지는 듯했다.

올해 벚꽃 축제도 어제까지로 끝났다…….

무사히 치러 한시름 놓았으면서도 왠지 쓸쓸해진 나는 조금 복잡한 한숨을 쉬면서 신발을 벗고 마루로 올랐다.

방금 사온 식재료를 부엌 한쪽 구석에 내려놓았다. 마루를 밟으면 낡은 판자가 삐걱삐걱 소리를 낸다. 나는 냉장고에서 보리차를 꺼내어 목을 축였다.

모모코, 요이치와 함께 떠들썩하게 지냈던 어제까지의 시간들을 벌써부터 그리워하는 내게서 나이를 느낀다. 앞으로 2년이면 60세……나 자신조차 믿기 힘들지만 곧 환갑을 맞게 된다.

남편은 오늘 지역 주민회 사람들과 '반성회'라는 명목으로 뒤풀이를 열고 있을 것이다. 어머님은 아마 노인회에 가셨겠지. 남편도 시어머님도 아직까지는 건강하시니 나로서는 감사한 일이다.

아침에 장을 보러 나설 때 요이치는 도쿄로 돌아갈 준비를 하고 있었다. 내일은 피에로 일을 해야 하고, 모레는 시민회관에서 풍선으로 여러 가지 모양 만드는 법을 가르친다고 했다. 그 수줍음 많고 내성적인 아이가 사람들 앞에서 피에로나 강사일을 잘 할 수 있을까…….

해마다 벚꽃 축제가 끝나면 3일 휴업하기로 정해두었다. 연휴 첫날은 TV라도 보며 쉬고 싶어서, 나는 녹차를 끓여 거실로 이어지는 문을 열었다.

응? 상 위에 A4 사이즈의 갈색 봉투가 놓여 있다.

뭘까…….

가까이 가보니 겉봉에 볼펜으로 '아버지께'라고 적혀 있다. 왼쪽으로 기울어진 필체. 요이치의 글씨다.

나는 방석에 무릎을 꿇고 앉아 봉투를 손에 들었다. 약간의 꺼림칙함은 있었지만, 그래도 살짝 꺼내보기로 했다.

빛바랜 종이 다발. 요이치의 고등학교 졸업문집이다.

〈10년 후의 나에게 보내는 편지〉

표지에 그렇게 적혀 있었다.

요이치는 3반이었지…….

페이지를 넘기려는데 종이 조각이 책갈피처럼 끼워진 부분이 있었다. 나는 그 페이지를 펼쳤다. 펼치면서 책갈피가 사르르 바닥으로 떨어졌지만 내버려두었다. 우선 문집에 실린 글부터 보고 싶었다.

오모리 요이치라는 이름은 금방 찾을 수 있었다. 제목란에 〈꿈은 일본 제일의 식당〉이라 적힌 걸 보고, 나는 무심코 심호흡을 했다. 허용되는 문자수에 맞춰 최대한 길게 적어둔 글을 차분한 마음으로 읽기 시작했다.

벽시계가 뎅 하고 한번 울었다. 그러고는 똑딱똑딱똑딱 다시 시간을 새기기 시작한다. 미래를 과거로 바꾸는, 그 어떠한 것에 대해서도 평등한 리듬. 그렇게 모두 조금씩 성장하며 나이를 먹는다.

반 넘게 읽다가 "요이치는 정말 옛날부터 글씨를 못 써……" 라고 중얼거리며 천장으로 시선을 주었다. 나이 탓인지 눈물이 방울방울 솟아났기 때문이다. 주위에 아무도 없다는 사실이 떠올라, 옆에 있는 화장지로 눈가를 눌렀다. 그러고는 다시 읽기 시작한다.

다 읽고 나자, 나 자신과 내 주위의 여러 존재가 문득 사랑스럽게 느껴지면서 입술 사이로 따스한 한숨이 새어나왔다. 그로부터 화장지를 다섯 장이나 썼다. 마지막 한 장으로는 코를 풀었지만.

바닥에 떨어진 책갈피를 주웠다.

자세히 보니 그 책갈피에도 요이치의 삐뚤빼뚤한 글자가 나란히 적혀 있었다.

〈제 꿈은 변하지 않았습니다. 도쿄에서 할 일을 다 한 후에 돌아오겠습니다. 잘 부탁드려요, 사부님. 요이치 드림〉

나는 또 화장지를 몇 장이나 뽑았다.

오모리 식당, 100주년을 맞아 4대째 결정.

지난밤 나나미 양이 나에게 살짝 건넨 멋진 대사가 떠올랐다.

"어머님, 부탁드릴 게 있는데요……. 쓰가루 메밀국수 국물 만드는 법, 언젠가 자세히 가르쳐주시겠어요? 그때까지는, 으음……저 말고 다른 여자한텐 절대 가르쳐주지 마세요."

혹시 4대째 안주인도 결정?

나는 혼자 싱글벙글 웃고 말았다. 주위에 아무도 없으니 눈치 볼 것 없이 마음껏 웃고 마음껏 코를 풀었다.

책갈피를 원래 있던 페이지에 끼우고 문집도 원래대로 봉투에 넣어 상 가운데에 되돌려놓았다.

왠지 TV 보고 싶은 마음도 사라져서 나는 샌들을 걸쳐 신고 포렴이 걸려 있지 않은 가게로 나왔다. 청소라도 할까 생각한 것이다.

그때 뒷문이 열리는 소리가 들렸다. 남편이다. 뭔가 잊은 게 있어서 다시 돌아온 걸까?

거실 문이 열려 있으니 가게에서도 반응을 엿볼 수 있을 것이다. 나는 웃음이 나오려는 걸 꾹 참고 슬쩍슬쩍 남편의 행동을 살폈다.

예상대로 거실로 들어간 남편이 상 위의 봉투를 본 모양이다.

"응? 뭐야? 이거."

봉투를 손가락으로 가리키며 가게에 있는 나를 쳐다보았다.

"글쎄……. 아버지께라고 적혀 있어서 나는 그냥 뒀죠. 요이치 글씨던데?"

나는 시치미를 딱 떼고 행주로 테이블을 닦기 시작했다.

남편은 의아한 얼굴로 조금 전 내가 앉았던 방석 위에 책상다리로 앉아 봉투 안에서 문집을 꺼냈다.

과묵하고 완고한 남편이 어떤 반응을 보일지 궁금했지만

계속 훔쳐보자니 조금 미안해서 나는 이만 청소에 집중하기로 했다.

잠시 후 거실에서 남편의 중얼거림이 들렸다.

"이 녀석, 제법 매력 있는 놈이네……."

나도 모르게 히죽 웃고 말았다.

남편이 있는 쪽을 보았다. 마침 문집을 탁 하는 소리를 내며 덮고 봉투에 되돌려놓는 참이었다. 창립자 할아버지로부터 물려받았다는 쓰가루 칠기 자개 서랍장의 제일 위 칸을 열더니, 남편은 봉투를 그곳에 조심스레 보관했다.

대대로 우리 집안의 가보를 간직해온 아름다운 서랍장이다. 방금 남편이 연 제일 위 칸 서랍에는, 똑같은 부위가 똑같이 닳아서 해진, 수가 예쁘게 놓인 천이 다섯 장 정도 들어 있다. 무엇에 쓰인 건지는 모르지만 소중히 간직하라는 당부를 선대로부터 들었다.

가게 입구의 미닫이문이 바람에 흔들려 덜컹덜컹 운다. 왠지 누가 부르는 것만 같아서 창 너머 바깥쪽을 바라보았다. 길 맞은편의 늙은 벚나무가 꽃잎을 팔랑팔랑 떨어뜨리고 있었다.

그 위로 펼쳐진 5월의 하늘은 눈 속으로 스며들 만큼 푸르렀다.

요이치와 나나미 양이 열심히 살고 있는 도시의 하늘을 생각한다.

도쿄……

오늘의 이 하늘은 평생 잊을 수 없을 것 같다. 한숨을 쉬며 조금 감상적인 기분에 빠져들려는데, 문득 목소리가 등을 두드렸다.

"어이. 준비합시다."

"어? 3일간 쉰다면서요?"

"올해는 내일부터 열지 뭐."

"반성회는?"

"안 가기로 했어."

슬쩍 본 남편의 눈은 역시 조금 붉었다. 이 사람도 나이 탓에 눈물이 많아졌는지도 모른다.

나는 잠시 남편의 얼굴을 안 보기로 했다.

여주인으로서 이 정도 '매력'은 갖춰야지?

'실수할 자유가 없는 자유란 가치가 없다.'

마하트마 간디의 이 말은 내가 좋아하는 명언 중 하나입니다.

불완전한 존재이기에 자꾸 '실수'를 범하고 상처 입고 괴로워하는 우리 인간을 따뜻한 자비의 담요로 감싸주는 듯한 말이기 때문입니다.

《쓰가루 백년식당》의 등장인물들도 어떤 삶이 옳고 어떤 삶이 그른지 알 수 없어서, 손으로 더듬어가며 조금씩 조금씩 앞으로 나아갑니다. 그 과정에서 늘 감사하게 되는 것은 사람과 사람 사이에 이어지는 마음입니다. 메이지 시대부터 현대까지 여러 사람의 마음이 이어지는 과정을 입체적으로 그리는 동안,

어쩌면 멋진 연결에 한해서라면 실수를 범할 자유를 누릴 수 있을지도 모른다는 생각이 들었습니다. 왜냐하면 멋진 연결엔 '용서'가 들어 있기 때문입니다. 따스한 자비의 담요가 되어, 실수를 범한 사람을 감싸주는 것. 참으로 멋진 마음의 연결법입니다. 이런 글을 쓰고는 있지만 나 자신은 아직 수행 중인 몸입니다. 등장인물들처럼 다정한 인간이 되고 싶어 날마다 노력하고는 있습니다만(웃음).

마음과 마음의 이어짐을 그린《쓰가루 백년식당》은 많은 독자 여러분과 이어져서 영화로도 만들어졌고, 그 외에도 다양한 제안을 받고 있습니다. 어떤 의미에서는 속편이라고도 할 수 있는《아오모리 드롭 킥커즈》도 호평을 얻고 있습니다. 그리하여 〈아오모리 3부작〉을 쓰게 되었지요. 지금《쓰가루 백년식당》과《아오모리 드롭 킥커즈》다음의 완결편이 될 새로운 이야기를 구상하고 있습니다.

세 번째 작품의 스케일은 장대합니다. 하나의 작품으로서도 충분히 즐길 수 있는 이야기이지만,《쓰가루 백년식당》과《아오모리 드롭 킥커즈》를 먼저 읽어두면 얼핏 관계없어 보이던 세 가지 이야기가 뜻하지 않게 융합되고 승화하는 신비한 체험을 할 수 있을 것입니다. 아니, 그런 작품으로 완성할 수 있도록 노력 중이니, 아무쪼록 기대해주십시오!

마지막으로.《쓰가루 백년식당》을 쓰면서 정말로 많은 분과 만나고 연결되었습니다. 앞으로는 이 관계를 멋지게 발전시키고 싶습니다. 저와 연결되어주신 여러분께 진심으로 감사드립니다.

모리사와 아키오

백년의 시간 속에서 찾은 소중한 가치

모리사와 아키오의 《쓰가루 백년식당》이 처음 한국에서 출간된 때는 2014년 1월이었다. 그로부터 10년이 흘러 재출간 소식을 듣고 다시금 이 책을 펼쳤을 때, 10년 전과 지금의 느낌이 사뭇 달라서 신선한 놀라움을 느꼈다.

10년 전, 우리가 살아가던 세상은 지금과 많이 달랐다. 얼굴을 가까이 대고 스스럼없이 대화하거나, 찌개를 가운데 두고 나눠먹으며 식사를 즐기는 것이 일상이었다. 그때는 지금처럼 디지털화가 우리의 삶을 지배하지 않았고, 사회적 거리두기라는 개념도 생소했다.

지금은 어떤가? 직접 만나는 대신 화상 회의로 업무를 보고 메신저로 대화를 나누며 물리적인 거리를 유지한다. 만남보다

온라인 소통이 더 익숙하다.

　그 외에도 많은 것이 변했다. 그렇지만 짧지 않은 시간 속에서 변하지 않은 것들도 분명 있을 거라 생각한다. 바로 이 점에서 시간을 초월한 가치의 전달을 다룬 이 소설의 재출간이 특별한 의미를 지닌다.

　《쓰가루 백년식당》은 아오모리 현 히로사키에 위치한 백년 역사의 작은 식당을 배경으로, 세대를 거쳐 내려오는 가족의 전통과 그곳을 지켜온 사람들의 삶을 그린 이야기다. 오모리 식당은 단순한 식사 공간을 넘어, 지역 사회와 세대 간의 연결을 상징하는 장소로 설정되었다.

　주인공 요이치가 도쿄에서 아르바이트를 하며 생활하다가 5년 만에 고향 히로사키로 돌아와 변하지 않은 풍경에 안도하는 장면이 있다. 그가 느낀 '달콤하지만 약간은 숨 막히는 냄새'는 현대의 많은 젊은이들이 고향을 떠올릴 때 느끼는 감정과도 닮아 있다. 바쁘고 변화무쌍한 도시 생활 속에서 종종 안정감을 주는 공간을 갈망하지만, 왠지 고향이나 가족 같은 존재를 떠올리면 마음이 답답하고 얽매이는 듯한 느낌.

　가족, 고향, 가업, 공동체……. 이런 단어들이 때로는 무겁고 부담스럽게 다가올 수 있다. 요이치나 나나미가 느끼는 갈등과 고민도 이런 감정과 무관하지 않다. 나의 뿌리에 대한 책임감이 가끔은 무거운 짐처럼 느껴지기도 하지만, 동시에 그 안에 담긴 사랑과 유대감이야말로 우리를 지탱해주는 힘이 아닐까?

특히 가업을 잇는 문제는 일본과 한국에서 중요한 주제로 다뤄지곤 한다. 두 나라 모두 전통과 가문을 중시하는 문화가 있긴 하지만, 가업을 대하는 태도에는 정도의 차이를 보인다. 일본에서는 가업을 잇는 것이 개인의 선택 이전에 가족과 공동체의 기대를 반영하는 경우가 많다. 요이치가 고향으로 돌아왔을 때 동네 어르신이 그를 '불효자'라고 말한 것을 보면 알 수 있듯이 일본에서는 가업을 잇는 것이 가족의 명예와 전통을 지키는 중요한 일로 여겨진다.

헌법상으로는 모든 이에게 직업 선택의 자유가 보장된다 해도 심리적으로는 그렇지 않은 경우가 많다. 학교를 졸업한 후 배운 것을 활용하여 기업 등의 조직에서 일한다 하더라도, 부모가 은퇴하는 시점이 되면 현재 직업을 계속 이어갈지 가업을 계승할지 선택의 기로에 놓인다. 요이치가 고향으로 돌아와 가업을 이어받기로 결심하는 여정은 개인의 정체성과 가족의 역사를 어떻게 이어갈 것인지에 대한 고민의 과정이기도 하다.

이러한 시점에서 《쓰가루 백년식당》의 재출간은 단순히 문학적 성취를 넘어, 우리에게 필요한 시간 여행이자 삶의 근본적인 가치를 되새기는 기회가 될 것으로 기대된다.

혹은 이렇게 거창하진 않더라도, 이 소설을 읽고 아버지에 대한 추억을 떠올리며 눈시울을 붉혔다거나, 마치 백년식당에서 식사를 즐기는 듯한 기분으로 메밀국수를 먹었다는 독자의 글을 기다린다. 이렇듯 책 한 권이 일상에 작은 변화를 주는 일은 언제나 흥미롭고 즐거운 경험이다.

끝으로, 이 소설을 읽으면서 알아두면 좋을 몇 가지 정보를 소개하고자 한다.

'쓰가루(津輕)'는 일본 아오모리(靑森) 현 서부를 가리키는 지역 호칭이다. 에도시대에 쓰가루 씨가 지배한 영역이라는 이유로 이러한 호칭이 붙었다는 설도 있다. 《인간실격》으로 유명한 다자이 오사무의 고향이기도 한 이 지역은, 그의 기행문 형식의 소설 《쓰가루》로 인해 더 유명해졌다.

우리나라에서 흔히 볼 수 있는 '원조'라는 단어와 일본의 '백년식당'이라는 호칭은 비슷한 듯 다르다. '원조'가 특정 음식이나 서비스의 기원을 나타내는 것에 비해, '백년식당'은 그보다 더 깊은 의미를 지닌다. 이는 3세대, 70년 이상 이어온 대중식당에게 주어지는 칭호로, 단순히 오래된 가게라는 의미를 넘어 세월을 거쳐 내려온 맛과 그 맛을 지키기 위한 노력, 그 안에 담긴 사람들의 이야기를 담고 있다.

저자는 이 책 집필을 위해 열 곳에 이르는 백년식당을 취재했다고 한다.

《쓰가루 백년식당》은 이미 영화로도 제작되었다. 책을 읽는 독자들이 각자의 상상력으로 만들어놓은 정경과 영화 속 영상을 비교해보는 재미도 덤으로 얻을 수 있다. 영화화되면서 내용이 상당히 달라졌고, 요이치와 나나미의 달콤한 러브라인도 약간 다른 색채를 띤다는 점, 그리고 저자인 모리사와 아키오가 지나가는 사람으로 깜짝 등장한다는 점을 미리 염두에 두고 감상하면 더 흥미로울 것이다.

이수미

쓰가루 백년식당 리스트

이 소설을 쓰기 위해 저자가 취재한 '쓰가루 백년식당'은 아래의 열 곳이다. 아오모리 현이 지정한 '백년식당'의 정의는 3세대, 70년 이상 이어진 대중식당이다. 소중한 이 가게들에는 인간적이고 따스한 드라마와, 역사를 통해 성숙된 맛이 있었다.

다이쥬 식당(大十食堂)　　메이지시대 오노에마치(尾上町)의 중심지 '십자(十字)'의 마차 정차장 앞에 가게를 열었다. 4대째인 니시타니 유타카(西谷豊) 씨의 라멘은 돼지 뼈와 구워 말린 정어리를 듬뿍 사용해서 만든다.

나가사키야(長崎家)　　오모리 식당의 주방과 내부는 이 가게

341

를 모델로 했다. 여름철의 '냉라멘'은 한번 먹으면 자꾸 생각나는 맛으로, 멀리서 찾아오는 손님도 많다고 한다.

히카게 식당(日景食堂) 창업은 1897년. 사장은 이 가게를 열기 전엔 마도위로서 활동했다. 중화풍 라멘은 히다카(日高) 다시마와 와키노사와(脇野沢)·다이라다테(平舘) 산 정어리로 국물을 만든다.

야마자키 식당(山崎食堂) 쇼와시대 초기, 오와니(大鰐) 역 앞에 사과 상자를 놓고 장사를 시작했다. 비장의 '오와니 온천 콩나물'을 듬뿍 넣은 '오와니 라멘'이 일품이다.

라이라이켄(来々軒) 히로사키에서 가장 오래되고 유서 깊은 중화요리점이다. 라멘도 야키소바도 맛있지만 특별 메뉴인 '소금 야키소바'는 맥주와 잘 어울리는 추천 메뉴이다.

이코이 식당 사사키 다다요시(佐々木忠美) 사장은 손으로 돌리는 제면기를 사용하여 선대의 일을 도왔다고 한다. 오와니 온천을 즐긴 후엔 이곳 라멘을 꼭 드셔보시길.

가메노야(亀乃家) 가리비 튀김을 곁들인 중화풍 라멘 '덴츄

카(天中華)'가 유명하다. 선대(2대째)가 방탕했다고 하여 소설 속의 2대째 모델이 되었다.

산츄 식당(三忠食堂)　이 가게는 매년 벚꽃 축제에 참가한다. 쓰가루 메밀국수 만드는 법은 4대째인 구로누마 미치오(黒沼三千男) 씨에게 배웠다. 가슴에 스며들 만큼 깊이 있는 맛을 느낄 수 있는 가게이다.

진타케 식당(神武食堂)　4대째 진 쇼지(神祥時) 씨는 도쿄에서 본격적으로 중화요리를 배운 노력파이다. 특제 고기 양념을 넣은 탄탄멘은 정말 훌륭하다. 덮밥류는 양이 많아서 젊은이들에게 인기가 좋다.

스고 식당　60년간 활약해온 베테랑 요리사 스고 기요시(須郷清) 씨와 여동생이 함께 꾸려가는 가게이다. 화학조미료는 일체 사용하지 않고, 예부터 전해 내려오는 부드러운 맛을 추구한다.

쓰가루 백년식당

초판 1쇄 발행 2025년 4월 20일

지 은 이   모리사와 아키오
옮 긴 이   이수미
펴 낸 이   한승수
펴 낸 곳   문예춘추사

편   집   구본영
디 자 인   박소윤
마 케 팅   박건원, 김홍주

등록번호   제300-1994-16
등록일자   1994년 1월 24일

주   소   서울특별시 마포구 동교로 27길 53, 309호
전   화   02 338 0084
팩   스   02 338 0087
메   일   moonchusa@naver.com

I S B N   978-89-7604-716-8 03830